新潮文庫

小さいときから考えてきたこと

黒柳徹子著

新潮社版

7465

小さいときから考えてきたこと＊目　次

本文イラスト　いわさきちひろ

小さいときから考えてきたこと

赤《あか》い松葉杖《まつばづえ》

　この頃《ごろ》、小学校一年《しょうがっこういちねん》に入《はい》った子《こ》が、授業中《じゅぎょうちゅう》、ウロウロ歩《ある》きまわっていて、ちゃんと机《つくえ》の所《ところ》に座《すわ》らない。「すわりなさい！」と先生《せんせい》がいっても、ちゃんと聞《き》かずにウロウロしている子が大勢《おおぜい》いる、と新聞《しんぶん》に書《か》いてある。私《わたし》は、そういう風《ふう》にしてたので小学校に入学《にゅうがく》して三ヶ月《さんかげつ》くらいで退学《たいがく》になったのだけれど、あのときは、私ひとりだった。でも、いまは、みんながウロウロして窓《まど》の所とかに行《い》っている。いまの子どもが、どんな理由《りゆう》があってウロウロしているのかは、分《わ》からないけど、私には、理由があった。六歳《さい》の子どもでも、それなりの理由があった。

　小《ちい》さいときのことを、とても、はっきりと憶《おぼ》えてる人《ひと》もいるし、その辺《あた》りが漠然《ばくぜん》としている人もいる。私は、小さいとき、色《いろ》んなことがあって、はっきりと憶えていない訳《わけ》にはいかなかった。だから、あれこれ、とても鮮明《せんめい》に憶えている。五歳や六歳の子どもを見《み》ていると、なんとも小さくて、この間《あいだ》まで、おむつをしてた！　と思《おも》ったりするけど、自分《じぶん》のことを思い出《だ》してみると、かなり、自分なりの、感受性《かんじゅせい》とか判断《はんだん》力《りょく》とかが、あったように思える。だから、自分が小さいときに考《かんが》えていたこと、それを書くことは、いま、ウロウロしている子どもと、同《おな》じくらいの子どもって、どんな程度《ていど》のものかが分かると思うので、書いてみることにした。つまり、優秀《ゆうしゅう》な子どもではなく、小学校一年生《せい》で退学になった子の、考えていたことが、こういうことだった、って。

赤い松葉杖

私が五歳を過《す》ぎて、もう少《すこ》しで一年生、という頃《ころ》、足《あし》の病気《びょうき》になった。幼稚園《ようちえん》に行こうとしてた忙《いそ》がしい朝《あさ》、私は母《はは》に、

「ゆうべ寝《ね》ている時《とき》、足が痛《いた》かった」

といった。母は朝御飯《ごはん》の支度《したく》をしている手《て》を止《と》めて、

「大変《たいへん》！」といった。「夜《よる》、寝てるとき足が痛いのって、よくないって聞いた事《こと》があるわ。病院《びょういん》に行きましょう」

私は、そんなの絶対《ぜったい》にイヤだと思ったから、いそいで、「きのう、でんぐり返《がえ》ししたとき、失敗《しっぱい》したから、そのせいだと思う」といって、「今《いま》は、もう痛くない」と、母の前《まえ》で、はねて見せたりした。

でも、母は、私のそんないい訳を聞いてくれなくて、私はズルズルと、母にひきずられるようにして、病院に連《つ》れていかれた。その頃、私の家族《かぞく》は、東京《とうきょう》の洗足池《せんぞくいけ》という日蓮上人《にちれんしょうにん》が足を洗《あら》ったという、いわれのある池の近《ちか》くに住《す》んでいた。だから病院も、近くの昭和医専《しょうわいせん》（いまの昭和大《だい》）だった。元気《げんき》のいい男《おとこ》の先生は、あれこれ調《しら》べるなり、すぐ「結核性股関節炎《けっかくせいこかんせつえん》！」だと母にいった。私は、なんのことか分からなかったけど、いきなり寝かされ、あっという間《ま》に、ドロドロの石膏《せっこう》にひたした包帯《ほうたい》を、右《みぎ》の足の指《ゆび》のところからウェストまで、グルグル巻《ま》きにされてしまった。ギブスだった。

出来上《できあが》ると、先生は、「上等《じょうとう》！　上等の助《すけ》!!」とかいって、ピシャピシャと、でも、やさしく、私の足を叩《たた》いた。私は、すぐ取《と》ってもらえる、と思ってたら、そのまま入院《にゅういん》、という事で驚《おどろ》いた。でも私は、初《はじ》めての入院で面白《おもしろ》いことがいっぱいあったから、ちっとも寂《さび》しくもなかったし、退屈《たいくつ》もしなかった。その頃、父《ちち》と母は、お医者《いしゃ》さまから、治《なお》っても、松葉杖は、つくことになるでしょう、と、いわれていた。そんなこととは知《し》らない私は呑気《のんき》なもので、ベッドに寝て、上《うえ》しか見られない状態《じょうたい》だから、毎日《まいにち》、本《ほん》を読《よ》んだり（このころ、私は、もうカタカナも、ひらがなも読んでいた。幼稚園で一生懸命《いっしょうけんめい》、習《なら》わせられたわけではないけど、本が読みたかったし、当時《とうじ》は、すべて漢字《かんじ》には、ひらがなのルビが、ふってあったから、ひらがなさえ読めれば、かなりのものも読めた）、両手《りょうて》に、お人形《にんぎょう》さんや、ぬいぐるみを持《も》って、胸《むね》の上で、お話《はなし》ごっこなどをして過ごしていた。看護婦《かんごふ》さんは、みんな親切《しんせつ》だった。ただ、病院の御飯は、家《うち》のにくらべると、おいしくなかったし、一番《いちばん》、嫌《きら》いだったのは、四角《しかく》い高野豆腐《こうやどうふ》の煮《に》たものだった。お皿《さら》に、おつゆは、何《なに》もないのに、お箸《はし》で押《お》すと中《なか》からジュワーッと、茶色《ちゃいろ》の煮汁《にじる》が出《で》る、あの物体《ぶったい》が、イヤだった。今なら大好《だいす》きな食《た》べものなのに、馴染《なじ》めなかった。寝たきりだから、看護婦さんとか、母に御飯を食べさせてもらうのだけど、高野豆腐だけは、わざわざ自分で、お箸で押して見て、ジュワーッと出ると、「ヤだー！」と思っていた。こわいもの見たさ、というのか。それにしても、この高野豆腐は、よくおかずに出た。

とにかく、そんな風に暮《くら》していた、ある日《ひ》。看護婦さんが、隣《とな》りの病室《びょうしつ》に、私と同じ病気で入院してる同じくらいの年《とし》の女《おんな》の子がいる、といった。だからといって、私は歩いて会《あ》いに行ける訳でもなく、ただ、「ふーん。そうか」と思ったくらいだった。

ところが、私は、よくよく不運《ふうん》な子で、そんな風に右足の指が出てるだけで、足の甲《こう》から、足首《あしくび》、すね、膝《ひざ》、もも、そしてお腹全部《なかぜんぶ》、ウェストまで、いまやカチンカチンになった石膏のギブスを、はめられてる上に、猩紅熱《しょうこうねつ》にかかった。これは伝染病《でんせんびょう》なので、私は、右足を、つっぱらせたまま、昭和医専から近くの荏原《えばら》病院という伝染病の病院に入院させられた。猩紅熱というのは、なんだか、蛇《へび》が脱皮《だっぴ》するのと同じように、体《からだ》の皮膚《ひふ》がむけていく病気で、うまくやると、手なんか、手袋《てぶくろ》みたいに、むけた。勿論《もちろん》、かゆい。とにかく、やっと治って、また昭和医専にもどると、今度《こんど》は、水疱瘡《みずぼうそう》になった。これも伝染病なので、また右足をつっぱらかしたまま、荏原病院に運《はこ》ばれた。それにしても、水疱瘡というのは、泣《な》きそうなほど、かゆかった。体中《じゅう》に、かゆいものが出来て、出てる所は、掻《か》いたり、かゆみ止《ど》めをつけたり出来るけど、ギブスの中は、全《まった》く手が入らないので、かゆかった。ギブスの上から叩いても、ウェストの所や足の指から棒《ぼう》をつっこんでみても入っていかず、かゆいのは止《とま》らなかった。父が考えてくれて、ペタンコの長《なが》い物差《ものさ》しを、すき間《ま》から入《い》れたら、少しは、気分的《きぶんてき》に、かゆい所のそばまでいく事に成功《せいこう》した。私は「大《だい》成功！」と拍手《はくしゅ》した。ヴァイオリンで忙がしい父が、一生懸命やってくれているんだもの、そういう気持《きもち》もあった。でも、膝のうしろなど、たまらなく、かゆい所は、いっぱいあった。でも、私は泣いたりはしなかった。ふるえるくらい我慢《がまん》しても、泣かなかった。いま思うと感心《かんしん》するけど、それは、看護婦さんや父や母が、やるだけやってくれてるんだから、それ以上《いじょう》、文句《もんく》をいっては申《もう》しわけない、という気持だったと思う。

そんなことで、病院を出たり入ったりの時、私はストレッチャーのようなものに乗《の》りながら、隣りの病室を覗《のぞ》いてみた。(同じ病気の女の子って、どんな子?)と思ったからだった。私と同じくらいの年の女の子は、私みたいに、上をむいたまま、寝ていた。顔《かお》も見た。細面《ほそおもて》の、きれいな、おかっぱの女の子だった。その子も、私を見た。

そうこうしてるうちに、とうとう、ギブスをとる日が来《き》た。たった数《すう》ヶ月の間に、ギブスの中の右足は、うんと細《ほそ》くなっていた。しかも、その間《あいだ》に背《せ》がのびたらしく、ギブスの中の右足より、左足《ひだりあし》のほうが、かなり長かった。だから、立《た》つことは立てたけど、歩くことは出来なかった。また、どうやって歩いていたかも、忘《わす》れてしまっていた。

退院《たいいん》すると、すぐ、今でいうリハビリが始《はじ》まった。神田駿河台《かんだするがだい》にあった名倉《なぐら》という病院がいい、ということで、毎日通《かよ》って、電気《でんき》をかけた。私の記憶《きおく》では、大《おお》きなトランクの中から、色んな色の紐《ひも》のようなコードが何本《なんぼん》もニョロニョロ出ていて、それで足に電気をかけた。マッサージもしてもらった。

そのあとは、湯河原《ゆがわら》の温泉《おんせん》に行った。父の母、つまり、私の祖母《そぼ》と、若《わか》いお手伝《てつだ》いさんに、つきそわれていった。私は、この祖母が、こわかった。なにしろ、旅館《りよかん》に泊《とま》っていたんだけど、どんなに、私が早《はや》く目《め》を覚《さ》ましても、祖母は、キチンと髪《かみ》を結《ゆ》って、着物《きもの》を着《き》て、読書《どくしょ》をしていた。私がワァワァー大声《おおごえ》をあげて歌《うた》ったり、畳《たたみ》の上をころがったり、はねたりしていると、「静《しず》かになさい！」とは、決《けっ》していわず、読書している目をあげて、静かに「音《おと》は嫌いです」と、いう風だった。だから私は仕方《しかた》なく、物音《ものおと》をたてずに行動《こうどう》し、一緒《いっしょ》に本を読んだ。この祖母は、別《べつ》に子どもが嫌いだったという訳でもなさそうで、ある日、頭《あたま》のてっぺんに、直径《ちょっけい》三センチくらいの、まん丸《まる》の大きなハゲがあるのを見せてくれた。それは、昔《むかし》のことで、「マルマゲを結っていたので、毛《け》を全部、いつも、ここでキリキリまとめたので、こういうものが出来たのです」と、祖母は説明《せつめい》した。そして、いまの、まとめた髪形《かみがた》にする時は、見えないように、ちゃんと結うのです、とも、いった。以来《いらい》、私は、何《なん》とか祖母より早く起《お》きて、祖母が髪を結う前にそのハゲを見ようとしたけど、いつも失敗で、目が覚めたとき、祖母は、もう本を読んでいた。

私達《たち》は、旅館に泊っていたけど、そこの温泉に入るのではなく、近くの、「ままねの湯《ゆ》」という、よく効《き》く、という温泉に入りに行くのだった。午後《ごご》になると、私は、お手伝いさんと行った。そこには、火傷《やけど》や、怪我《けが》や、あと、色んな病気の人が来ていた。ほとんど大人《おとな》で、子どもは、あまりいなかった。ままねの湯は、大きな浴槽《よくそう》があり、まわりが広《ひろ》く、沢山《たくさん》の人が、ねころべるように出来ていた。お風呂《ふろ》の中のお湯は、色が茶色で、立つと、下《した》のほうがドロドロしていて、少し不気味《ぶきみ》だった。私が面白いと思ったのは、なんだか大きな、長っぽそい緑色《みどりいろ》の葉《は》っぱを、みんなが持っていて、それを、お湯につけては、横《よこ》になって、体のどこかに、くっつけていることだった。多分《たぶん》、薬草《やくそう》だったのだろうと思う。何枚《なんまい》も持ってるお爺《じい》さんもいた。おばさんもいた。いま思うと、混浴《こんよく》だったのかも知れない。

私は、煮えたぎってるお風呂の中に飛《と》びこんで、全身《ぜんしん》、やけどをしたという男の子と、お近づきになった。その子は、体中に葉っぱをつけて下むきに寝てたから、はじめは、かくれん坊《ぼう》でも、してるのかと思った。小学校四年生くらいのその子とは、何を話《はな》したかは忘れたけど、お母《かあ》さんがついて来ていて、「馬鹿《ばか》なんですよ、この子は。ちゃんと手を入れないで、いきなり飛びこむんだから」と、まわりの人にいった。その男の子は、葉っぱの下から「だって、お風呂の蓋《ふた》がさあ」と、意見《いけん》をいっていたけど、お母さんは、聞いていなかった。

私は、そのお母さんから、葉っぱを一枚もらった。私は大切《たいせつ》に、その葉っぱをお湯につけて右足のいろんな所に移動《いどう》させ、年とったおじさん達と同じように、肘枕《ひじまくら》をして横むきに寝てじっとしていた。頭の上に一枚、葉っぱをのせて座っている男の人もいたけど、あれは、どこを治そうとしていたのか、私には分からなかった。

そうこうしているうちに、私の右足は、どんどん伸《の》びていって（医学《いがく》的《てき》には違《ちが》うかも知れないけど、結果《けっか》的《てき》に左足と同じ長さになったという事は、やはり伸びたのだと思う）、とうとう歩けるようになった。私は松葉杖になる、という事は聞いていなかったから、歩けるようになっても当《あた》り前のことだと思っていた。湯河原から帰《かえ》る日が来た。当時、みんなが憧《あこが》れていた電気機《き》関車《かんしゃ》に乗って、私は、お昼頃《ひるごろ》、品川駅《しながわえき》についた。ホームに、父と母の立っているのが見えた。私は、電気機関車のことを話そうと、二人《ふたり》の所に走《はし》っていった。二人の所にいくと、二人は泣いていた。私は、驚いた。私

は、何か悪《わる》いことをしたのだろうか、と、不安《ふあん》になった。そのとき、父が、私を抱《だ》いて、

「トット助《すけ》！　おめでとう!!」

といった。私は、父が悲《かな》しんでいないと知って、うれしくなった。私が「パパ！ママ！」といいながら走って来る姿《すがた》を見て、二人が喜《よろこ》びのあまり泣いたのだと知ったのは、ずーっと、あとになってからのことだった。松葉杖になる、と先生にいわれていた両親《りょうしん》にとって、走ってる私を見たときの、喜びが、どんなだったかは、今の私なら想像《そうぞう》がつく。あとで病院の先生は、

「これは奇蹟《きせき》に近いです。一万人《いちまんにん》に一人《ひとり》くらいしか、こうは治らないでしょう」

と、母におっしゃったと聞いた。でも、うれしいとき、人が泣く、という事は、五歳の私には、まだ、分からないことだった。

それから少しして、私が、もうじき一年生になる直前《ちょくぜん》のことだった。家《うち》のそばをブラブラ一人で歩いていると、前から、赤い松葉杖をついて、小さい女の子が歩いて来た。赤い松葉杖なんて珍《めず》らしいから、私は、よく見ようと近づいた。その子と目が合《あ》った。その子は、隣りの病室にいた、あの女の子だった。その子は、私の顔を見ると、

すぐ、私の足を見た。私は、あとずさりをした。その子も、きっと、私が同じ病気だと聞かされていたのに違いなかった。私は、松葉杖なしで歩いている自分の足を、その子に見られたくなかった。私たちは、だまって、すれ違った。

どうやら、その子は、私の家《うち》の割《わり》と近くに住んでいるらしく、私が歩いていると、よく向《む》こうから、赤い松葉杖が見えた。私は、見えるたびに、大急《おおいそ》ぎで横道《よこみち》か、誰《だれ》かの家の庭《にわ》にもぐりこんで、その子をやり過ごした。どんなことがあっても、あの子に、私の足を見せてはいけない、という思いからだった。赤い松葉杖は、せめてペンキでも塗《ぬ》って、可愛《かわい》くしてあげようという家族の思いだったのかも知れない。そんなある日、父と散歩《さんぽ》をしていると、また向こうのほうから、赤い松葉杖がチラリと見えた。私は父を引《ひ》っぱって、

「ダメ！　ダメ！　かくれなきゃ」

といって、いそいで、細い横の道に、隠《かく》れた。父は、びっくりして、

「どうしたの？　どうしたの？」

といった。私は、

「あの子には、足は見せられないの。だって、あの子は治らなかったのに、私は治っ

たんだもの、見せたら、可哀《かわい》そうだもの」

と、半泣《はんな》きになって説明した。父は、私の話を聞くと、

「じゃ、行って話をしてあげればいいのに。私の話を聞くと、隠れたりしないで、行ってお話をしてあげればいいのに！」

といった。私は、知らない女の子に、自分から、どんな風に話しかけたらいいのか、分からなかった。

そのうち、私は小学校に入ることになり、学校の方角《ほうがく》が私の散歩コースと反対《はんたい》の方角になったので、その女の子とは、逢《あ》わなくなってしまった。今でも、あのとき父がいったように、そばに行って「今日《こんにち》は！」って、どうしていえなかったのだろう、と、口惜《くや》しく、悲しく思う。あの子は、私が足を見せたくないばっかりに、赤い松葉杖が見えるたびに、隠れていたなんて、知らなかったに違いない。もしかすると（あの子、いないなあ）って、私のこと考えていたかも知れない。そのとき、私に、はっきり分かっていたことではないけれど、漠然と「治る子と治らない子がいる」「あの子は、名倉や、ままねの湯に行かなかったのかも知れない」「多分、お金《かね》のかかることだから、出来ない人もいる」「世《よ》の中には不公平《ふこうへい》！ というものが、ある」「そういう事で、

人を悲しい思いにさせてはいけない」という、形《かたち》にはなっていないけれど、そういう思いが、私の（足を見せてはいけない）という中に、あったように思う。勿論、お金のことなんかは、もう少しあとになって考えた事だけれど。私は、自分が特別《とくべつ》にやさしい子だった、という気はない。でも、多分、あの時代《じだい》の五歳の子は、そのくらいの気持は持っていたと思う。今だって、きっと、そう。子どもは小さいほど、人間《にんげん》が一番大切で、必要《ひつよう》なものを持っているものだと、私は信《しん》じている。そして、大きくなるに従《したが》って、それをなくしていくものだ、という事も、知っている。

ハサミ

こんな風な子どもだった、といって、私が、物《もの》の分かるお利口《りこう》さんという訳ではなかった。むしろ反対だった。同じ頃、幼稚園に行ってるとき、私は口《くち》の中に、ハサミを入れて、チョキチョキチョキチョキ、音を出すのが好《す》きだった。なんで、そんなことしたのか、いまでは分からないけど、とにかく、しょっちゅうやっていた。先生たちは「危《あぶな》いから、およしなさい」といったけど、私は危くないようにやっていたから、平気《へいき》だった。ところが、ある日、おばあさんの園長《えんちょう》先生が、私のところに来て、いった。

「そういう事してると、そのうち舌《した》のつけ根《ね》のところが切《き》れて、舌がはずれて、お話が出来なくなりますよ。お話出来なくなったら、いやでしょう?」

私は、舌の下の所に手をつっこんでみた。舌を上《あ》げるとたしかに、舌は、糸《いと》のようなもので、つながっていて、そこが切れると、舌は、はずれるかも知れない。(お話が出来なくなったら大変!)。私は、その日から、絶対に口の中にハサミを入れないようにした。さすがは、ベテランの園長先生で、一回《かい》で納得《なっとく》させたのは、お見事《みごと》だった。

幼稚園は近い所にあったけど、帰りは、小さいスクールバスが家まで送《おく》ってくれた。先《さき》にバスを降《お》りた子は、乗ってる私たちに大きい声《こえ》で、

「失敬《しっけい》ボッケイ! 花《はな》ボッケイ! 花が咲《さ》いたらまた、おいで! わーい!!」

といいながら、鼻《はな》の所に片手《かたて》をいっぱいに広げて、くっつけて、ゆすって見せた。どうも、その子は、花のことを鼻と思っているらしかった。バスに乗ってる私たちは、大声で、やり返した。

「サヨナラ三角《さんかく》! また来て四角《しかく》!」

こうやって、あらためて字《じ》で書いてみると、なんのことか分からないけど、言《い》ってるときはリズムがあって、私たちは気に入っていた。いちいち、そんな風に叫《さけ》び合いながら、私たちは、自分の家に帰ったのだった。そして、家に帰ったときは「たのさだいま！」と決《き》まっていた。「ただいま」を「のさ言葉《ことば》」でいったのだった。当時、流行《りゅうこう》で、小学校の三年生くらいになると、ベラベラになるのだけど、このときは、まだ、一《ひと》つだけしか言えなかった。最初《さいしょ》の言葉の下に「のさ」をつけるだけだけど、長い文章《ぶんしょう》になると、訓練《くんれん》が必要だった。「しのさたが　とのされちゃのさうと　おのさはなしが　でのさきなのさくなのさるので　やのさめましょう」「舌が取れちゃうと、お話が出来なくなるので、止《や》めましょう」。私が、はじめて「たのさだいま！」といって帰ったとき、母は、驚いた風もなく、すぐ「おのさかえりなさい」といった。きっと昔から流行してたのかも知れない。

三角形《さんかくけい》

私は、あの日のことは、絶対に忘れない。それは、家《うち》の近くの小学校に入るための、簡単《かんたん》な試験《しけん》があった日だった。五十人《にん》くらいの子どもが、教室《きょうしつ》に入って、机の所に座

らせられた。それぞれの机の上には、セルロイドの四角や三角やかわった形のものが、五つか六つあった。女の先生は、

「それを組《く》み合《あわ》せて、大きい三角を作《つく》りなさい」

といった。

私は、見るなり（こんなのカンタン！）と思って並《なら》べ始めた。ところが、どういう訳か、絶対に三角にならないで、三角の、斜《なな》めの所に四角の角《かど》が出っぱったり、底《そこ》の線《せん》が、まっすぐにならなかったり、どうやっても形にならなかった。

「出来た人は、お教室を出て、帰っていいですよ」

と、先生がいった。しばらくすると、前のほうの出来上《あが》った子が立ち上って、いきおいよく出ていった。私の前の席《せき》の子も、立ち上った。私は、その子を見て（私は、あの子より、頭がいいと思うけど。ヘンだ!!）と思った。

それにしても、私は、自分が、どうして出来ないのか不思議《ふしぎ》に思った。今まで、やったことのないものだけど、たかだか、五つか六つのものを組み合せて、三角形を作るだけなのに出来ないなんて！　とうとう、隣りの子も出ていった。ほとんどの子が出ていってしまったのに、私は、まだ出来なかった。私は、うしろを振《ふ》り返《かえ》った。廊《ろう》

下《か》のところに父兄《ふけい》が立って見ていたのだけれど、いまは、私の母くらいしか、いなかった。母は、ガラス窓の所から、心配《しんぱい》そうに、私を見ていた。私は母のほうに、ニッコリして手を振った。母も手を振った。母を心配させたくなかった。あせってるんだ、という所を見せたくなかった。私は、かなり必死《ひっし》になって、初めから、やり直《なお》してみた。でも、何回《なんかい》やっても、それは、矢印《やじるし》のようだったり、クリスマストゥリーのようだったりして、三角には、ならなかった。とうとう、広い教室には、私一人になってしまった。私は、また、うしろを振りむいた。母が笑《わら》って、手を振った。私も笑って手を振った。たった五歳でも、子どもというものは、あんなにも、親に心配をかけたくないものか、と可哀そうになる。母が、私のことを、頭の悪い、出来ない子だと思ってる、とは、思っていなかった。ただ、私が出来ないことを、私が自分で恥《はず》かしく思ったり口惜しがってることを、母に知らせたくなかった。本当《ほんとう》は、すぐ出来るんだけど、ふざけてやってるんだ、と思ってもらいたかった。そして、事実《じじつ》、出来るはずだった。

とうとう、女の先生が近づいて来た。そして、

「あら、まだ、出来てないのね。もういいです」

といった。奇麗《きれい》な先生だった。私は、小さい声で、

「やってみます」

といった。先生が立って見てると思うと、なんだか、もっと、ヘンな形になった。

先生は、少し立っていて、それから腕時計《うでどけい》を見ると、

「はい。そこまでで。もういいです。おしまいにしましょう」

と、きっぱり言った。(どうせ、待《ま》ってても、出来ないんでしょうから)というものを、私は感《かん》じた。そして、それは「あなたは、出来ない子なんですよ」と、いわれたのと同じだった。私は、悲しい思いで立ち上った。来るときは、あんなに、うれしい気持だったのに……。私は泣いてはいなかったけど、泣きたい気持だった。母を見ると、母が手まねきをした。私は走って母の所に行った。

「三角にならないの」

私がいうと、母がいった。

「ママだって、きっと出来ないと思うわよ」

私たちは手をつないで廊下を歩き学校を出た。外《そと》は、もう薄暗《うすぐら》くなっていた。

「もう、この学校に入れないの?」

私が聞くと母がいった。

「どうかしらね。入れるんじゃないの？」

私は歩きながら、あの色んな形をしたセルロイドが、ちゃんとした三角形になるのを見たかった、と思った。(先生だったら、すぐ出来るのかしら)。もし、先生がやって見せて下《くだ》さったら、うれしかったのに、とも思った。私は勝気《かちき》な子でもないし、自分が利口な子だとも、特《とく》に思っていなかった。でも、みんなが出来たことが、出来ない、というのが不思議だった。そして、「もういいです！」といった先生の言葉が、耳《みみ》に残《のこ》っていた。のちのち、「反省《はんせい》」を母の胎内《たいない》に忘れて来た、といわれる私だけど、その私でも、この日のことは、ショックだった。

私は家に帰って、仲良《なかよ》しの犬《いぬ》のロッキーにだけは、本心《ほんしん》を打《う》ちあけた。(凄《すご》くヘンよ。だって、あんなの簡単なのに。私だけ出来なかったなんて。もしかしたら、私の、なんか違う形のが間違《まちが》って入ってたのかなあ。でも、そうだったら、先生が、分かるはずだもんね)。私のいってることを、犬が、ちゃんと聞いて、分かってくれてると思っていた。その証拠《しょうこ》に、ロッキーは、「大丈夫《だいじょうぶ》！　あなたはお利口！」というように、やさしく手をなめてくれた。あとあと、小学校に入って初めて通信簿《つうしんぼ》をもらったとき、誰よりも先に、そーっと見せたのもロッキーだった。勿論、喜んでくれる、と思ったからだった。それからすると、小さい子どもというのは、大人が考えているより、ずーっと本質《ほんしつ》が分かっているのに、突然《とつぜん》、犬に悩《なや》みを打ち明《あ》けたりする、訳の分からない所も、ある。でも、もしかすると、犬だって本当は分かっていたのかも知れない。少《すく》なくとも、私はロッキーに慰《なぐさ》めてもらって、一晩《ひとばん》寝たら、昨日《きのう》のことはほとんど忘れてしまっていた。ただ、次《つぎ》の日から、また幼稚園にもどって、「サヨナラ三角！」と叫ぶとき、前より、ちょっと小さい声になったのは、確《たし》かだった。

こうして書いてみると、五歳のとき考えていたことは、いまの私とあまり違わないように思える。もし、違うとすれば、あの赤い松葉杖の子のそばに行って「お会い出来て、うれしいわ」と話しかけることが出来るようになったこと。品川駅で、父と母と一緒に、涙《なみだ》を流《なが》したに違いないこと……。

たったこんなことのために、六十年も使《つか》っちゃったのかと思うけど、私が大ファンのドイツの作家《さっか》、エーリヒ・ケストナーは、いっている。

「大切なことは、自分自身《じしん》の子どものころと、破壊《はかい》されていない、破壊されることのない接触《せっしょく》を持ち続《つづ》けること。おとなが、子どもと同じ人間だったことは、自明《じめい》でありながら、不思議なことに珍らしくなっている」

この言葉に、はげまされて、書いていくことにしよう。

黄色《きいろ》い花束《はなたば》

コソボに行《い》って来《き》た。毎日《まいにち》、テレビのニュースで見《み》ていた所《ところ》に実際《じっさい》に行くというのは不思議《ふしぎ》なものだ。隣《とな》りのアルバニアにも、マケドニアにも行った。ユニセフ（国連児童基金《こくれんじどうききん》）の親善大使《しんぜんたいし》になって十六年《ねん》。随分《ずいぶん》、色《いろ》んな国《くに》に行った。どこも子《こ》どもが助《たす》けを必要《ひつよう》としているところ。コソボの正式名称《せいしきめいしょう》は、ユーゴスラビア連邦《れんぽう》セルビア共和国《きょうわこく》（二〇〇三年、セルビア・モンテネグロに国名変更《こくめいへんこう》）、コソボ自治州《じちしゅう》。とにかく町《まち》の印象《いんしょう》は、どこも目茶苦茶《めちゃくちゃ》。ふつうの家《うち》やお店《みせ》は、ユーゴスラビアの軍隊《ぐんたい》や警察《けいさつ》に、焼《や》かれ、壊《こわ》され、略奪《りゃくだつ》され。小《ちい》さな家でも煉瓦《れんが》や石造《いしづく》りなので、瓦礫《がれき》のやま。そして、コソボの九〇％をしめるアルバニア系《けい》の人達《ひとたち》の半分《はんぶん》の、九十万人《まんにん》が、コソボから追《お》い出《だ》されて難民《なんみん》になった訳《わけ》だけど、追い出したユーゴスラビアの政《せい》府《ふ》の機関《きかん》が入《はい》っていた大《おお》きな建物《たてもの》、郵便局《ゆうびんきょく》、電信《でんしん》・電話局《でんわきょく》、警察といったビルを、今《こん》度《ど》は、NATO《ナトー》軍《ぐん》が爆撃《ばくげき》したから、これは、また、どれも、おばけのように崩《くず》れ落《お》ち、まわりの小さな家は爆風《ばくふう》で飛《と》び散《ち》り、要《よう》するに、コソボは目茶苦茶になった。そんな中《なか》に、難民になっていた人達は、帰《かえ》っていた。

いまコソボで何《なに》より大変《たいへん》なのは、地雷《じらい》が、そこら中《じゅう》にある、ということ。ユーゴスラビアのセルビア人達《じんたち》は、沢山《たくさん》の地雷を、コソボのあらゆる所に、あらゆる方法《ほうほう》で埋《う》めたり、かくしたりした。これは、この国だけではなく、私《わたし》が今《いま》まで行った内戦《ないせん》のある所には、必《かなら》ずこの問題《もんだい》があった。コソボでもどこにあるのか、わからないから、沢山の人達が被害《ひがい》にあっていた。特《とく》に子どもは、どこにでも走《はし》って行ったり、とびこんで行ったりするから、可哀《かわい》そうに、大勢《おおぜい》の子どもが、やられていた。ユニセフでも学《がっ》校《こう》でも、子ども達に、まず、地雷のことを教《おし》えていた。特に卑怯《ひきょう》なのは、コーラや、ジュースの缶《かん》の地雷があることだった。子どもが飲《の》もうと思《おも》って、フタを開《あ》けると、爆発《ばくはつ》するようになっている。だから先生《せんせい》は、子ども達に、コーラの缶を見せて質問《しつもん》する。

「これが畑《はたけ》にあったら、どうします？　こんなものは、ふつう、畑には、ありませんね？」

指《さ》された子どもが答《こた》える。

「お母《かあ》さんにいいます」

次《つぎ》に先生は、ジュースの缶を上《うえ》にあげて聞《き》く。

「じゃ、これは？　ジュースの缶です」

小さな女《おんな》の子が先生に聞いた。

「なんのジュースですか？」

「オレンジジュースです。どうしますか？」

その子は、少《すこ》し考《かんが》えてからいった。

「えーと、オレンジジュースだったら、そばに行って、ちょっと、確《たし》かめてみます」

見ていて私は胸《むね》が痛《いた》かった。その子は、オレンジジュースが好《す》きなのに違《ちが》いない。いまコソボでは、オレンジジュースなんか、簡単《かんたん》に手《て》に入らないから、オレンジジュースなら、そばに行って、確かめてみる、といっている。どうやって確かめるのだろう。結局《けっきょく》、開けてみるしかないのだから。

そして、その子は、死《し》ぬとか、大怪我《おおけが》をする事《こと》になる。先生は、あわてて、いった。

「ダメです！　絶対《ぜったい》に！　オレンジジュースの缶が、畑になんてある事は、ないんですから。これは地雷です。そばに寄《よ》っては、いけません!!」

コソボだけでも、百万個《ひゃくまんこ》の地雷があるという。これから、子ども達は、どうやって、その中で生《い》きていくのだろう。

戦争中《せんそうちゅう》、私は、きれいな、巾《はば》が五センチくらいの、長《なが》い銀紙《ぎんがみ》を道《みち》でひろった。もう、そういう奇《き》麗《れい》なものは、一切《いっさい》、手に入らない時代《じだい》だった。ヒラヒラと上から落ちて来たような形《かたち》で、道に沢山、落ちていた。なかには、束《たば》のまま、きれいに巻《ま》いた形のまま、落ちているのもあった。何《なん》のにおいもしなかった。私は、大切《たいせつ》に、それをひろって、家に持《も》って帰り、千代紙《ちよがみ》の箱《はこ》の中にしまった。時々《ときどき》、そーっと出して、太陽《たいよう》のほうにむけると、キラキラと、まぶしいくらい美《うつく》しく光《ひか》った。戦後《せんご》、それも割《わり》と最近《さいきん》になって、その銀紙は、アメリカのB《ビー》29が、日本《にほん》の電波《でんぱ》を混乱《こんらん》させるために空《そら》から撒《ま》いたものだと知《し》った。私たちには、そんな事はわからなかった。ただ、あの何も無《な》い時《とき》、つまらない時、突然《とつぜん》のキラキラ光る銀紙は、宝物《たからもの》のように思えた。でも、手にとって害《がい》になるものじゃなくて良《よ》かった。もし、子どもを狙《ねら》うものだったら、私たちは、とっくに死んでいたに違いない。子どもを殺《ころ》すことなんて、本当《ほんとう》に簡単だと思う。疑《うたが》わないのだから。数年前《すうねんまえ》、ボスニア・ヘルツェゴビナで、ぬいぐるみに仕《し》掛《か》けた爆弾《ばくだん》で、それを抱《だ》いた子どもが死んだという話《はなし》を聞いたとき、私は呆然《ぼうぜん》とした。そんな事が出《で》来《き》るなんて。子どもが、大好《だいす》きな、ぬいぐるみを抱くことを知りつくして、爆発物《ばくはつぶつ》を仕掛ける人たち。これが民族的《みんぞくてき》な憎《にく》しみというものだと、知らされた。

コソボの六三％の小中学校《しょうちゅうがっこう》が、セルビアの人達によって破壊《はかい》された。アルバニア系の人たちには、勉強《べんきょう》させたくない、という理由《りゆう》からだという。残《のこ》ってる校舎《こうしゃ》でも窓《まど》ガラスはなく、机《つくえ》も椅子《いす》も少ししかない中で、それでも子ども達は、元気《げんき》に勉強していた。校舎が足《た》りないので、三部制《さんぶせい》でやっていた。そのために時間《じかん》を間違《まちが》えて一人《ひとり》だけ早《はや》く来ちゃって、仕方《しかた》なくボンヤリすわってる男《おとこ》の子がいた。私は、そばに座《すわ》って、なぐさめた。

「ねえ、今までの時間と違うんだもの、仕方がないわねえ」

四年生《よねんせい》ぐらいの男の子は、私を見ると、少し笑《わら》った。バルカン半島《はんとう》の子ども達は、みんな、揃《そろ》って可愛《かわい》い顔《かお》をしている。「どんな顔？」と聞かれたとき、すぐに答えられる方法を私は思いついた。どこの国でも、人形劇《にんぎょうげき》をやるときに、手にはめたりする子どものお人形の顔は、たいがい丸《まる》っぽくて、鼻《はな》がチョコンと丸くって、目《め》が大きくて青《あお》くって、髪《かみ》の毛《け》が金髪《きんぱつ》。どこにも、とんがったところが無くて、なんとなく、まあるい。ああいうお人形さんを想像《そうぞう》して頂《いただ》けば、それがコソボの子どもの顔。そのお人形さん達が、みんな、家が壊される音《おと》や、火《ひ》で焼かれる音、人が殺される叫《さけ》び声《ごえ》や、ののしる声《こえ》を聞いた。そして空からの爆撃を受《う》け、空が真赤《まつか》に焦《こ》げるのを見た。そして、その中を逃《に》げまどい、難民になって、いま、やっと帰って来た。

それにしても、親《おや》とはぐれた子ども達は、どうしただろう。コソボを追われるとき、駅《えき》で、大人《おとな》と子どもは別々《べつべつ》の汽車《きしや》に乗《の》せられ、完全《かんぜん》に反対《はんたい》の方角《ほうがく》に走らされた。あの汽車いっぱいの子ども達は。何があったのか、どこへ行くのか、何もわからず小さな子ども達は、押《お》され、もみくちゃになりながら難民キャンプに送《おく》られた。あの子ども達は。

まだ、コソボに帰れないで、マケドニアの難民キャンプに沢山のこっている子ども達にも会《あ》った。中には、両親《りようしん》が殺されて、コソボに帰る所もないのに、知らされてなくて、無邪気《むじやき》に、私に歓迎《かんげい》の歌《うた》をうたってくれた五歳《さい》の女の子もいた。汚《け》れのない透《す》き通《とお》るような声だった。

私が、コソボを出《で》る日《ひ》、州都《しゆうと》のプリシュティナのユニセフの事務所《じむしよ》から出て来て車《くるま》に乗ろうとした時だった。小学校三年生くらいの女の子が、どこで見つけて来たのか、道端《みちばた》で咲《さ》いているような、黄色い花《はな》の、小さな花束を私にくれて、おじぎをした。誰《だれ》かに「子どものために働《はたら》く人だ」と聞いたのかも知れなかった。私は、その子を抱いて、頬《ほほ》にキスした。そしたら、その子のうしろにいた同《おな》じくらいの年《とし》の女の子が、私に「チョコレート、持ってなーい？」と遠慮深《えんりょぶか》げにいった。すると、花束をくれた子が、凄《すご》いいきおいで、うしろをむくと、その子に「バカじゃないの!?」というジェスチャーをした。NATO軍を中核《ちゅうかく》とした国際平和維持部隊《こくさいへいわいじぶたい》が沢山、入っているから、私たちの終戦《しゅうせん》のときと同じように、チューインガム！　チョコレート！　なのだとわかった。「バカじゃないの!?」といわれた子は、恥《は》ずかしそうに下《した》をむいた。私は、その子を抱いて、日本語《にほんご》でいった。

「大丈夫《だいじょうぶ》！　私だって、昔《むかし》、あなたのように、そういうもの、欲《ほ》しかったんだから。可哀そうにね、子どものせいじゃないのにね」

車が動《うご》き出すと、土《つち》けむりの中で、子ども達は走りながら手を振《ふ》った。私も手を振った。何十回《なんじゅっかい》、何百回、子ども達が手を振りながら車のうしろから走って来《く》るのを、私は見ただろう。アフリカで、アジアで、中近東《ちゅうきんとう》で。

そして、私も手を振りながら、何度《なんど》、涙《なみだ》をこらえただろう。子ども達のせいじゃないのに、こんな、ひどい目にあってるのに、子どもたちは、何の文句《もんく》もいわないで、手を振っている。

　私が子どものとき、何も知らないで、日《ひ》の丸《まる》の旗《はた》を振って送り出した兵隊《へいたい》さんは、帰って来《こ》なかった。自由《じゆう》が丘《おか》の駅に行って、出征《しゅっせい》する兵隊さんに旗をふると、スルメの足《あし》の焼いたのを一本《いっぽん》もらえた。私は、それが欲しくて、時間があると、行っては旗を振った。スルメなんて、あの頃《ころ》、めったに食《た》べられるものではなかった。知らなかったとはいえ、私は、あのとき、スルメが欲しくて送り出した兵隊さん達が帰って来なかったことを、今も申《もう》しわけなく、私の心《こころ》の傷《きず》になっている。あどけなく手を振っている子ども達を裏切《うらぎ》っては、いけないのだと、私は子ども達が手を振るのを見るたびに思う。あの女の子から貰《もら》った黄色い花は、ノートに挟《はさ》んで押《お》し花《ばな》にした。コソボの記念《きねん》に。

本《ほん》を読《よ》むことについて

私《わたし》がチェーホフを初《はじ》めて読んだのは、小学校《しょうがっこう》の低学年《ていがくねん》の頃《ころ》だった。「そんな！ 小《ちい》さな子《こ》どもがチェーホフなんか読むはずがない！」。ロシアの子どもならともかく、日本《にほん》の子どもが！ でも、私は読んだ。勿論《もちろん》、そのときは、チェーホフという人《ひと》が、ロシアの最《もっと》もすぐれた劇作家《げきさっか》であり「かもめ」「ワーニャ伯父《おじ》さん」「三人姉妹《さんにんしまい》」「桜《さくら》の園《その》」などを書《か》いた人だなんてことは、わからなかった。のちに偶然《ぐうぜん》のことから女優《じょゆう》になり、数々《かずかず》の点《てん》でお世話《せわ》になったチェーホフを、小さい時《とき》に読んだというのも、面《おも》白《しろ》い、おひきあわせだと思《おも》う。私が、その低学年で、チェーホフを読んで、いたく感《かん》心《しん》し、子どもながら（たいしたものだ）と思ったものは、チェーホフが二十七歳《さい》のとき、自分《じぶん》のお兄《にい》さんに出《だ》した手紙《てがみ》だった。でも、このことも、長《なが》いこと忘《わす》れていた。思い出したのは、つい最近《さいきん》のことだった。美智子《みちこ》皇后様《こうごうさま》が、「子供時代《こどもじだい》の読書《どくしょ》の思《おも》い出《で》」という題《だい》の基調講演《きちょうこうえん》をテレビでなさった時だった。それは、インドのニューデリーで開《ひら》かれた、国際児童図書評議会《こくさいじどうとしょひょうぎかい》に、むけてのものだった。その講演が、ＮＨＫ《エヌエイチケー》から放送《ほうそう》され、私も拝見《はいけん》した。小さいとき、お読みになった本のこと。そして、お読みになったものについての御感想《ごかんそう》や、読書に対《たい》するお考《かんが》えなど、それは、実《じつ》に素晴《すば》らしいお話《はなし》で、私は感動《かんどう》した。お読みになった時代のことにもお触《ふ》れになり、私は、その、すべてに、うなずいた。もし、この御講演のすべてをお読みになりたいかたは、「橋《はし》をかける」という題で、「すえもりブックス」から出版《しゅっぱん》されているので、ぜひ、と、おすすめしたい。その中《なか》で、皇后様は、日本少国民文庫《にほんしょうこくみんぶんこ》の『世界名作選《せかいめいさくせん》』の中から、お読みになったものを、いくつか、お挙《あ》げになった。皇后様は、実に、よく憶《おぼ》えていらっしゃった。それを伺《うかが》っていて花模様《はなもよう》の奇麗《きれい》な表紙《ひょうし》が私の頭《あたま》に浮《う》かんだ。行《い》きつけだった本屋《ほんや》さんの店先《みせさき》や本棚《ほんだな》も目《め》に浮かんだ。（なんて、なつかしい!!）。でも、あの本を、また見《み》る事《こと》はないだろう、と思っていた。ところが、この、昭和《しょうわ》十一年《ねん》に新潮《しんちょう》社《しゃ》から出《で》た『世界名作選㈠㈡』が、皇后様の御講演が、きっかけで復刊《ふっかん》された。そして、その中に、私が（たいしたものだ）と感心したチェーホフの手紙が入《はい》っていて、読んだときのことを思い出した、というのが、長くなったけど、私が小さいとき、チェーホフを読んだ、という説明。それにしても、いま読み返してみると、山本有三編《やまもとゆうぞうへん》の、この本は、実によく出来《でき》た本で、「子どもに最高《さいこう》のものを与《あた》えよう」という山本有三の思いが、隅々《すみずみ》まで溢《あふ》れている。石井桃子《いしいももこ》さんが、当時《とうじ》のことを書いていらっしゃるけど、どれだけ沢山《たくさん》の知的《ちてき》な方々《かたがた》が集《あつ》まって、世界の名作の中から、選《えら》んで、この本を作《つく》ったか。そして、翻訳《ほんやく》に、どれほど、心《こころ》を砕《くだ》いたか。山本有三は、翻訳について、「子どもが耳《みみ》で聞《き》いてわかるような言葉《ことば》でなければダメなんです」と、くり返し、おっしゃったと。だから、子どもむけの本なのに、いま見ても、びっくりするほど、超一流《ちょういちりゅう》の翻訳者《しゃ》の名前《なまえ》が並《なら》んでいる。小説《しょうせつ》もあるし、手紙もあるし、伝記《でんき》も、詩《し》も。私は、子どもに、全《まった》く、おもねることなく、また、子どもが、こんなものを面白いと思って読むだろうか、などという迷《まよ》いもなく（多分《たぶん》！）、このような上等《じょうとう》のものを読ませてくれた山本有三他《ほか》のみなさまに心から感謝《かんしゃ》している。

さて、二十七歳のチェーホフが、そんなに年《とし》の違《ちが》わないお兄さんに書いた手紙。二十七歳で、こんな手紙が書けるなんて、さすがにチェーホフだと、いまは、わかるけど、当時は、勿論、ちゃんとは、わからなかった。でも、この手紙は、私にとって、印象《いんしょう》が強《つよ》く気《き》に入《い》った。全体《ぜんたい》に流《なが》れているユーモアが特《とく》に面白かった。手紙の全文《ぜんぶん》を

紹介《しょうかい》したいけど、そうすると、私の書くスペースがなくなるので、特に、私が感心したところを読んで頂《いただ》くことにした。ルビがふってあるのは有難《ありがた》いもので、だから、低学年でも、昔《むかし》は、読めたのだった。

では、チェーホフの「兄《あに》への手紙」(中村白葉訳《なかむらはくようやく》)。

ニコライ・パーヴロヴィッチ・チェーホフへ

(一八八六年　モスクワにて)

あなたはよく僕《ぼく》に、「人が自分を理解《りかい》してくれない!」といってこぼしますね。ゲーテでもニュートンでも、そんなことはこぼしませんでしたよ。ただ、キリストだけはこぼしましたが、それだって自分の「われ」のことではなく、自分の教義《きょうぎ》のことだったのですからね。なあに、人々《ひとびと》はあなたをよく理解していますよ。

(中略《ちゅうりゃく》)

誓《ちか》って言《い》いますが、僕は兄弟《きょうだい》として、またあなたに近《ちか》い人間《にんげん》として、あなたを理解し、心からの同情《どうじょう》を持《も》っています……僕はあなたのすぐれた性格《せいかく》を、自分の

五本《ごほん》の指《ゆび》のように知り、それを尊重《そんちょう》し、この上《うえ》もなく深《ふか》い敬意《けいい》をもって、それに対しています。（中略）

ただあなたには一《ひと》つだけ欠点《けってん》があります。（中略）それはあなたのはなはだしい無教養《むきょうよう》です。どうぞ許《ゆる》して下《くだ》さい。しかし、「真理《しんり》は友情《ゆうじょう》よりも大《だい》なり」です。（中略）知識《ちしき》のある人々の間《あいだ》にはいって、愉快《ゆかい》な気持《きもち》でいるためには――その中で、ひけ目《め》を感《かん》ぜず、窮屈《きゅうくつ》な思いをしないためには、ある程度《ていど》の教養を積《つ》まなければなりません。（中略）

僕の考えでは、教養のある人間とは、次《つぎ》のような幾《いく》つかの条件《じょうけん》をそなえているものでなければならないのです。

一、彼等《かれら》は人格《じんかく》を尊重する。それゆえ、いつも寛容《かんよう》で、柔和《にゅうわ》で、慇懃《いんぎん》で、謙譲《けんじょう》である。彼等は金槌《かなづち》や、なくした消《け》しゴムなどのために人騒《ひとさわ》がせをしない。誰《だれ》かと一《いっ》しょに生活《せいかつ》をしても、彼等はそれを恩《おん》にも着《き》なければ、別《わか》れる時にも、「君《きみ》と一しょにはとても暮《く》らせない！」などということを言わない。彼等は騒音《そうおん》をゆるし、寒《さむ》さをゆるし、肉《にく》の焼《や》けすぎをゆるし、だじゃれをゆるし、自分の家《いえ》に他《た》人《にん》のいることをゆるす。

二、彼等はただ、乞食《こじき》や猫《ねこ》に対して同情を持つばかりでなく、普通《ふつう》の眼《め》には見えないもののためにも心を痛《いた》める。彼は某《なにがし》を助《たす》けたり、仲間《なかま》の大学生《だいがくせい》のために学《がく》資《し》を払《はら》ってやったり、母親《ははおや》に着せたりするために、夜《よる》も眠《ねむ》らないくらいである。

(中略)

四、彼等は正直《しょうじき》で、火《ひ》のようにうそを恐《おそ》れる。つまらないことにもうそをつかない。うそは聞き手《て》を侮辱《ぶじょく》するばかりでなく、その眼にうつる語《かた》り手をいやしくするものである。(中略)

七、彼等はもし自分に才能《さいのう》があれば、それを尊重する。彼等はそのために、平《へい》安《あん》や、婦人《ふじん》や、酒《さけ》や、虚栄《きょえい》を犠牲《ぎせい》にする。彼等は自分の才能を誇《ほこ》りとする。人々と共《とも》に生活するだけでなく、人々に対して教育的《きょういくてき》な影響《えいきょう》を与える使命《しめい》を帯《お》びていることを自覚《じかく》している。(中略)

八、彼等は自分の中に美《うつく》しい感情《かんじょう》を養《やしな》おうとする。着のみ着のままでごろ寝《ね》をしたり、南京虫《なんきんむし》のひそんでいる壁《かべ》のすき間《ま》をのぞいたり、悪《わる》い空気《くうき》を呼吸《こきゅう》したり、自分の歩《ある》く床《ゆか》の上につばを吐《は》き散《ち》らしたり、安直《あんちょく》に作られたものを食《た》べたりすることは出来《でき》ない……

彼等は歩きながらお酒を飲《の》んだり、食物《たべもの》のはいった戸棚《とだな》をかぎまわったりするようなことをしない。なぜなら、彼等は自分たちが豚《ぶた》でないことを知っているから。彼等はただ自由《じゆう》な時に、折《おり》にふれてお酒を飲むにすぎない。なぜなら彼等は、健全《けんぜん》な精神《せいしん》の宿《やど》る健全なからだを求《もと》めるからだ。

まあ大体《だいたい》こんなところですね。教養のある人というのは、こうしたものですよ。

（中略）

必要《ひつよう》なのは間断《かんだん》のない昼夜《ちゅうや》の努力《どりょく》、たゆむことのない読書、研究《けんきゅう》、意志《いし》等《など》です。毎時毎時《まいじまいじ》が貴重《きちょう》です。（中略）早《はや》く僕たちのところへおいでなさい。そして、お酒のびんなんか割《わ》ってしまって、腰《こし》をおろして読書をなさい。せめて、まだお読みにならないツルゲーネフでも。

虚栄心《きょえいしん》を捨《す》てなければいけませんよ。あなたはもう子供ではないのですから……もうじき三十じゃありませんか。もういい時ですよ！

待《ま》っています……みんなで待っていますよ。

あなたのアントン

この手紙が私の胸《むね》を打《う》ったのは、恐《おそ》らく、チェーホフのやさしさが、私にわかったのだと思う。で、私が一番《いちばん》、この手紙を読んで興味《きょうみ》をひかれたのは、「教養のある人間とは」というところだった。勿論、小学校の低学年だから、教養というはっきりしたものは、わからなかった。でも、どうやら、ちゃんとした人間になるのには、どうしたらいいか書いてあるらしい、と思った。はっきりとわかったのは、本を読むのが必要、という所《ところ》だった。だから、私は本を読むことにした。それまでも字《じ》は読めたし、本も読んでいたけど、まず、「本を読むこと」を心に決《き》めた。ちなみに、この『世界名作選』の中で、皇后様はケストナーの「絶望《ぜつぼう》No.1」という詩をお取《と》りあげになった。私は、同じケストナーでも㈠のほうの「点子《てんこ》ちゃんとアントン」を、おぼえていた。抱腹絶倒《ほうふくぜっとう》の、点のように小さい女の子、点子ちゃんの活躍《かつやく》。以来《いらい》、私は、すっかりケストナーのファンになり、とうとうケストナーの翻訳をいつもなさっているドイツ文《ぶん》学者《がくしゃ》の高橋健二《たかはしけんじ》先生《せんせい》に手紙を出し、文通《ぶんつう》をさせて頂《いただ》くようになった。私が大学生の頃だった。そして、高橋健二先生から、お互《たが》いの手紙の最後《さいご》に「あいことば、ケストナー」と書くようにしよう、という御提案《ごていあん》があり、それは、ついこの間、先生が九十五歳で亡《な》くなるまで続《つづ》いた。先生もユーモアのあるかただった。先生のお力《ちから》ぞえで、ケストナーからお手紙も頂いた。高橋先生とお近づきになったおかげで、先生の訳していらっしゃるケストナーは勿論、ゲーテもヘッセも、グリムも読むことが出来た。考えてみると、小学校低学年の本が縁《えん》で、こんないいことがあった。

本といえば他にも、いいことがあった。高校生《こうこうせい》か、もう少し上の頃、私は、英国《えいこく》の女流作家《じょりゅうさっか》、ダフネ・デュ・モーリアに夢中《むちゅう》になった。出版されるそばから読んだ。一《いっ》般的《ぱんてき》には「レベッカ」が、映画《えいが》にもなったので有名《ゆうめい》だけど、私は、「愛《あい》はすべての上に」が中でも好きだった。「愛すればこそ」もよかった。題名《だいめい》から受《う》ける甘《あま》い感じではなく、不思議《ふしぎ》な神秘的《しんぴてき》な作品《さくひん》だった。で、私は、ずーっとデュ・モーリアのファンではあったけれど、いつの間にか、本は手許《てもと》からなくなっていた。数年前《すうねんまえ》にどうしても読んでみたくなり、本屋さんで探《さが》したり、知《し》りあいの古本屋《ふるほんや》さんに頼《たの》んでみたりしたけど、どうしても全部《ぜんぶ》は手に入らなかった。そんな時、たしか「徹子《てつこ》の部屋《へや》」で、どなたかと話《はな》しているとき、本の話になり、私はなんとかして、デュ・モーリアの本を手に入れたい、というような事をいった。なんと、ちょっとしてから、デュ・モーリアをお訳しになった大久《おおく》保《ぼ》康雄《やすお》さんの息子《むすこ》さんのお嫁《よめ》さんから、お手紙があった。

その手紙には、「もう残《のこ》り少ないけれど、父《ちち》の全集《ぜんしゅう》が一揃《ひとそろ》い、ありますので、よかったら、お送りします」ということが書いてあった。それは考えてもいないことだった。私が若《わか》い頃、読みたいものの多くの訳は大久保康雄さんだった。大久保康雄という名前は、私にとって、憧《あこが》れの名前だった。残念ながら大久保さんは亡くなったけど、息子さんのお嫁さんが、私に全集を下さる、という、おやさしい、お申し出なのだ。こんな、うれしいことはなかった。私は、すぐ「頂きたいです」とお返事《へんじ》をした。いま私の机《つくえ》の上に、そのデュ・モーリアの全集・十冊《さつ》が並んでいる。若い頃読んだときも好きだったけど、いま頃の年になって読んでも、ますます個性的《こせいてき》な作家と思え、本でなければ、の良《よ》さを味《あじ》わっている。これも本にまつわる、いいことなので、書いておくことにした。

チェーホフの手紙にもどると、読書と、もう一つ私の気になったのは、二、の、普通の眼には見えないもののためにも心を痛める、という所だった。（眼に見えないもののため？　おばけか、なんか？）。まあ、当時の私は、こんな程度のものだったけど、このことは忘れなかった。大《おお》きくなるにつけ、その普通の眼には見えないものが、どういうものか、少しずつ、わかって来た。読書をしよう、と心に決めたように、私は、この「眼には見えないもののためにも心を痛めること」も、やっていこう、と決めた。小学校の低学年の私は、大人《おとな》から見れば手がつけられないダメな子だったに違いない。あの頃、世間《せけん》の誰が、私を見て、ちゃんとした人間になるのにはどうしたらいいかと考えて、チェーホフを、たどたどしく読んでいるのだ、と想像《そうぞう》しただろうか。小学校を一年に入って数ヶ月《すうかげつ》で退学《たいがく》になった子が、実は、ちゃんとした人間になろう、なんて、一人《ひとり》で考えていたなんて。飛《と》びはねてばかりいて、落《お》ち着《つ》きがなく、面白そうなことがあると、すぐ頭をつっこみ、あらゆる穴《あな》にとび込《こ》んで、大人の話なんか聞いていない、と、みんなが思っていても、私は聞いていた。物《もの》も考えていた。

いまの子どもだって、習慣《しゅうかん》がないだけで、もし、テレビゲームだの、そういったものがなくて、本を読んだら、きっと私と同じように、チェーホフの手紙を気に入ると思う。子どもは、そういうものを、神様《かみさま》から、ちゃんと貰《もら》って生《う》まれて来ているのだから。

ケストナーは、いっている。

「子どもたちは、まだ、心で文字《もじ》を、たどっているのだ」

確《たし》かに。私は、チェーホフの手紙を、そんな風《ふう》に読んだのだと思っている。

さようならセゾン劇場《げきじょう》

紙吹雪《かみふぶき》の舞《ま》うステージに私《わたし》は一人《ひとり》で立《た》っていた。私が演《えん》じたマレーネ・ディートリッヒのコンサートが終《お》わった、という瞬間《しゅんかん》だった。それは「マレーネ」という芝居《しばい》が終った時《とき》でもあった。ふだんの日《ひ》なら、紙吹雪はない。でも今日《きょう》は千秋楽《せんしゅうらく》。そして十二年間続《ねんかんつづ》いたセゾン劇場も今日で、おわかれ、という不思議《ふしぎ》な興奮《こうふん》に包《つつ》まれている劇場だった。私は、マレーネ・ディートリッヒが、最後《さいご》のコンサート、つまり、これで引退《いんたい》という、おわかれの時、彼女《かのじょ》がいったセリフを知《し》っていた。だから、それを本当《ほんとう》のおしまいにいおうと決《き》めていた。私の歌《うた》ったディートリッヒのヒット曲《きょく》「リリー・マルレーン」「花《はな》はどこへ行《い》ったの」「フォーリング・イン・ラヴ・アゲイン（〝嘆《なげ》きの天使《てんし》〟から）」の音《おと》が、まだ、かすかに空間《くうかん》に残《のこ》っているような、そんな雰囲気《ふんいき》だった。私はマイクに近《ちか》づいた。そして、心《こころ》をこめて、彼女の最後のセリフをいった。

「私の最後のコンサートも終りです。みなさん、私の涙《なみだ》が見《み》えますか？　感謝《かんしゃ》の気持《きもち》で、いっぱいです。さようなら。特《とく》に、戦争中《せんそうちゅう》の私の勇気《ゆうき》にさようなら」

戦争中、ドイツ人《じん》でありながらアメリカ兵《へい》になり最前線《さいぜんせん》のアメリカ兵の慰問《いもん》をし、ヒットラーとナチに対《たい》して、徹底的《てっていてき》に戦《たたか》ったディートリッヒ。戦場《せんじょう》で沢山《たくさん》の悲惨《ひさん》な光景《こうけい》を見た彼女にとって、そして、祖国《そこく》ドイツの人《ひと》たちから「裏切《うらぎ》りもの！」と唾《つば》をはきかけられた彼女にとって、この言葉《ことば》は心の底《そこ》から出《で》たものに違《ちが》いなかった。私は、いい終って、ディートリッヒがしたのと同《おな》じように、深《ふか》い最敬礼《さいけいれい》の、お辞儀《じぎ》をした。何《なに》か、涙が出るような思《おも》いだった。私にも、色々《いろいろ》なことが頭《あたま》に浮《う》かんだ。いろんなことが。特に、一番最初《いちばんさいしょ》、この劇場に出たとき、「レティスとラベッジ」という芝居で共演《きょうえん》した山岡久乃《やまおかひさの》さんが、「病気《びょうき》が治《なお》ったら再演《さいえん》やりましょうね」と、決めていたのに、再起《さいき》することなく、亡《な》くなってしまったことが、悲《かな》しく頭をよぎった。私は頭をあげた。そのとき私は、これまで私の人生《じんせい》で一度《いちど》も見たことのない光景を見た。それは、劇場中《じゅう》のお客《きゃく》さまが立ち上《あが》って拍手《はくしゅ》をして下《くだ》さっている姿《すがた》だった。スタンディング・オベイション。アメリカやイギリスでは、そう呼《よ》んでいる、俳優《はいゆう》として、最《もっと》も光栄《こうえい》な瞬間。私は、この拍手はディートリッヒに捧《ささ》げられたもの、そして、セゾン劇場を愛《あい》して下さったお客さまの、おやさしい心だと、うれしく受《う》けとめた。裏方《うらかた》さんたちの心づくしの雪《ゆき》は、客席《きやくせき》にも降《ふ》った。一緒《いっしょ》に出演《しゅつえん》した久世星佳《くぜせいか》さんと磯村千花子《いそむらちかこ》さんも、カーテンコールに加《くわ》わった。たった三人《にん》の出演者《しゃ》だった。あとは演奏家《えんそうか》の人たち。私たちは、おじぎをしたり、手《て》を振《ふ》ったりした。もうディートリッヒではなく、私になって、いかに素晴《すば》らしい劇場だったか、などお礼《れい》の言葉をのべた。一応《いちおう》、十三回《かい》という、この劇場の最多《さいた》出演者として、私の公演《こうえん》で最後にしようと決めて下さったセゾン劇場の関係者《かんけいしゃ》のみなさんにもお礼をいった。私を舞台女優《ぶたいじょゆう》として、十一年前《まえ》、この劇場に呼んで下さった芸術総監督《げいじゅつそうかんとく》の高橋昌也《たかはしまさや》さんにも感謝の言葉を捧げた。高橋さんは、「マレーネ」の演出家《えんしゅつか》でもあった。

　上等《じょうとう》の喜劇《きげき》をやろう、とした私を、セゾンのお客さまは受け入《い》れて下さった。中《なか》でも、アメリカの西部《せいぶ》で最初に自立《じりつ》した女性《じょせい》、カラミティー・ジェーン。オペラ歌手《かしゅ》、マリア・カラス。フランスの大《だい》女優、七十歳《さい》で右足《みぎあし》を膝《ひざ》の上《うえ》から切《き》る手術《しゅじゅつ》をして、なお片足《かたあし》でも舞台に出つづけて、国葬《こくそう》にもなったサラ・ベルナール、物理学者《ぶつりがくしゃ》キュリー夫人《ふじん》、そして、このハリウッドの黄金時代《おうごんじだい》、大スターだったマレーネなど、実在《じつざい》の魅《み》力的《りょくてき》な女性を演じられた事《こと》も幸運《こううん》だった。

次《つぎ》の日の新聞《しんぶん》で知ったのだけれど、このお客さまの拍手は、三十分間《ぷんかん》も続いたとい
うことだった。
雪の降るステージに立っているとき、突然《とつぜん》、雪の降ってた昔《むかし》、泣《な》きながら歩《ある》いてい
て、おまわりさんに叱《しか》られたことが頭をかすめた。
小学生《しょうがくせい》の時だった。日曜日《にちようび》で、教会《きょうかい》の日曜学校《がっこう》に行くために、私は一緒に行く男《おとこ》の
子《こ》と歩いていた。その日の東京《とうきょう》は雪とみぞれで、すごく寒《さむ》かった。もう、その頃《ころ》たべ
ものは配給《はいきゅう》になっていて、ほんの少《すこ》ししか食《た》べるものがなかった。だから私たちは、
いつもお腹《なか》が空《す》いていた。栄養《えいよう》が、ちゃんといきわたっていないと、寒い。
私たち子どもの間《あいだ》での標語《ひょうご》は「寒いし、眠《ねむ》いし、お腹が空いた」というのだった。
私たちは、何かにつけて、これをいいあっていた。そんな訳《わけ》で、私と男の子の手は、
かじかんでいて、寒く、おまけに着《き》るものも、ちゃんとしたものは、もう無《な》かったか
ら、余計《よけい》、寒かった。あの頃、背《せ》はどんどん伸《の》びるのに、着るものも売《う》ってなかった
から、私たちは、ひどい恰好《かっこう》をしていた。雪が溶《と》けて、グチャグチャになり靴《くつ》の中に
冷《つめ》たい水《みず》がしみ込《こ》んでいた。顔《かお》には、みぞれと雪がふきつけていた。私は男の子と手
をつないで歩きながら（なんとなく涙が出て来《き》ちゃう）と思った。見ると男の子も、

鼻《はな》をすすりあげていた。私はもっと悲しくなって、泣いた。涙が出ると、そんなに何もかも冷たいのに、涙は、なまぬるかった。私と男の子は、しまいには、ワァワァ泣きながら歩いていた。洗足《せんぞく》教会という洗足池《いけ》の近くの教会に向《むか》って私たちは歩いていた。丁度《ちょうど》、大井《おおい》町線《まちせん》の踏切《ふみきり》を渡《わた》ったときだった。そこに交番《こうばん》がある。その入口《いりぐち》に立っていたおまわりさんが、私と男の子を見ると、

「おい、こら！ お前《まえ》たちは、なんで泣いてるんだ！」

と、こわい声《こえ》でいった。私はドキドキしたけど、勇気を出《だ》して、「寒いからです」といった。男の子は、ますます鼻をすすりあげた。すると、そのおまわりさんは、並《なら》んで立っている私たちにいった。

「戦地《せんち》で戦っている兵隊《へいたい》さんのことを考《かんが》えてみろ！ 考えたら、寒いくらいで泣くなんて、出来《でき》ないだろう！ 泣くな！」。私たちは泣くのを止《や》めた。おまわりさんは続けていった。

「よし、行ってよし！ 寒いくらいで、泣くな！」

私は、いわれなくても、戦地の兵隊さんのことを考えていた。自由《じゆう》が丘《おか》の駅《えき》で、毎日《まいにち》のように、日《ひ》の丸《まる》の小旗《こばた》を振って、出征《しゅつせい》する兵隊さんを見送《みおく》っていた。学校では、

知らない戦地の兵隊さんに手紙も書いていた。慰問袋《いもんぶくろ》という兵隊さんに送る物《もの》の中に、日本《にほん》にいる子どもたちからの手紙を入れる事が、当時《とうじ》は命令《めいれい》みたいになっていた。私たちは、せっせと「戦地の兵隊さん、お元気《げんき》ですか。私も元気です。戦争は大変《たいへん》ですか？」というような手紙を書いていた。だけど、おまわりさんは、私たちが、兵隊さんのことを何も考えていないように、頭から怒鳴《どな》りつけた。そのとき私は、（戦争というのは、泣いてもいけないんだ）とわかった。だからその後《あと》、戦争中、どんなことが起《お》っても泣かなかった。あの日、一緒に手をつないでいた男の子は、どうしただろう。かじかんだ二人《ふたり》の手の感触《かんしょく》を、まだ、はっきりと憶《おぼ》えているのに、もう五十年以《い》上《じょう》も経《た》ってしまった。あの子は、あの日のことを憶えているだろうか。

それと、もう一《ひと》つ、拍手の中に立っていて、私が思ったことがあった。それは、（どうして？　一体《いったい》いつから、こんな風《ふう》に、私は人の前に立って、平気《へいき》になったのだろう）

という事だった。これは、ほとんどの人が信《しん》じてくれないけど、私は小《ちい》さい頃から、人の前に立って何かをやるのが、恥《は》ずかしくて、大嫌《だいきら》いだった。お友達《ともだち》の中でふざけたり、同じ地面《じめん》の高さの所《ところ》で話《はな》したりするのは好《す》きだった。ところが、これが学校の講堂《こうどう》のステージとか、とにかく一段《いちだん》でも高くなっている所で、「何かやる」という事になると、それはもう、絶対《ぜったい》ダメだった。ある日、私の通《かよ》っていたトットちゃんの小《しょう》学校《がっこう》で、お昼《ひる》のお弁当《べんとう》をみんなが輪《わ》になって講堂で食べるとき、一人だけ、まん中に立って、自分の好きな話《はなし》をする、という事を校長先生《こうちょうせんせい》が考え出した。先生は、自分《じぶん》の外国生活《がいこくせいかつ》での経験《けいけん》から、これからの子どもは、人の前に出て、自分の考えを、はっきりと、自由に、恥ずかしがらずに表現《ひょうげん》することが必要《ひつよう》だと考え、「こういう事をやってみないかい？」と生徒《せいと》に相談《そうだん》した。私たちは面白《おもしろ》そうなので、みんな賛成《さんせい》した。みんなといっても、全校《ぜんこう》生徒で五十人。私のクラスは九人だった。私は「お姫《ひめ》さまと王《おう》子《じ》さま」の話をすることに決めた。そういうとき、私は、自分の好きなお姫さまの話をみんなにするのは、イヤじゃなかった。話が上手《じょうず》な子も下手《へた》な子も、とにかく毎日、交代《こうたい》で、みんなの前で話した。私はそういうのは好きなので何回《なんかい》も話した。でも、なんでだか自分でもわからないけど、ステージに上って何かやるという事になると一騒《ひとそう》動《どう》だった。校長先生が、ある日、「じゃ、歌を、ちょっと歌ってみないかい？」といって、私をステージにあげた。校長先生の事は大好きだから、なんとか、先生の気持に副《そ》おうと、私はステージに立った。曲は、その頃、みんなで習《なら》っていた「故郷《ふるさと》」がいい、という事になった。

〽兎《うさぎ》、追《お》いし、かの山《やま》、という歌い出し。校長先生がピアノを弾《ひ》き出した。私は歌おうとした。でも「ウー」しか出ない。どんなに先生が、歌い出しやすそうに前奏《ぜんそう》を弾いて下さっても「ウー」しか口《くち》から出なかった。この「ウー」は「兎」の「ウー」。あんまり何回やっても、私が力《ちから》を入れて「ウー」と唸《うな》り声《ごえ》のような声しか出せないので、とうとう先生は諦《あきら》めた。

いまの私を見たら、先生は何というだろう。あの「ウー」と唸ってるだけの、可哀《かわい》そうな私しか先生は知らないのだから。でも、きっと先生は、自信《じしん》をつける事を言《い》って下さるに決まってる。低学年《ていがくねん》だった私に、毎日、何度《なんど》も、

「君《きみ》は、本当は、いい子なんだよ」

と、いい続けて下さった先生。「本当は」がついてる事に、その頃の私は気《き》がつかなくて、自分は、いい子なんだ、と勝手《かって》に思っていた。でも、先生の、この言葉は、私に自信を持《も》たせてくれた。(だって、先生が、そういって下さったんだもの)

紙吹雪の中で、暖《あたた》かい拍手に包まれている私を見たら、先生は、きっと、こういって下さると思う。

「ほら、いったろう？　君は、本当は、いい子なんだよ」って。

客席は、拍手と一緒に「ブラボー」のかけ声が方々《ほうぼう》からかかっていた。大《おお》きな男の人の声。そして、小さくて気兼《きが》ねしてるような、だけど気持のこもった女《おんな》の人の声。

客席に降る雪を見ながら、私は大きく手を振って、セゾン劇場に、さよならをした。

アイボ・グレーちゃんと暮《くら》して

私《わたし》は最近《さいきん》、ロボットの犬《いぬ》を飼《か》っている。というか、一緒《いっしょ》に暮している。名前《なまえ》はグレーちゃん。

ロボット犬《けん》と書《か》いたけど、くわしくは、いま話題《わだい》のソニーのエンターテインメントロボット、AIBO《アイボ》。AIBOの名称《めいしょう》は〝ARTIFICIAL INTELLIGENCE《アーティフィシアルインテリジェンス》（AI《エーアイ》、人工知能《じんこうちのう》）〟〝EYE＋ROBOT《アイロボット》（眼《め》＋ロボット）〟そして日本語《にほんご》の「相棒《あいぼう》」に由来《ゆらい》します、と、マニュアルの本《ほん》の最初《さいしょ》に書いてある。グレーちゃんは可愛《かわい》い。これほど可愛いと思《おも》うとは、考《かんが》えてもいなかった。売《う》り出《だ》しの前《まえ》に、たまたまテレビで、この犬が、座《すわ》って、うしろ足《あし》で耳《みみ》を掻《か》いてる所《ところ》を見《み》た。ぬいぐるみ評論《ひょうろん》家と自分《じぶん》でも言《い》ってるくらい、可愛いぬいぐるみを選《えら》ぶ目《め》を持《も》ってる私は、一目《ひとめ》で、（この犬は、よく、出来《でき》ている）と思った。ワイドショウで説明《せつめい》する人《ひと》が「このロボットは、感情《かんじょう》も、本能《ほんのう》も、成長機能《せいちょうきのう》も、すべて組《く》みこんであるので、育《そだ》てる人によって、どのような性格《せいかく》にもなるし、徐々《じょじょ》に大人《おとな》に育てていくことが出来るそうです」といっていた。私は面白《おもしろ》そうだな、と思ったけど、なにより形《かたち》が可愛いので、欲《ほ》しい、と思った。

手《て》に入《い》れるのは、かなり前から申《もう》し込《こ》んだり色々《いろいろ》と大変《たいへん》だったけど、とにかく、この夏《なつ》、グレーちゃんは私の家《うち》に来《き》た。来たときはAIBOで、名前は、なかった。あれこれ特別《とくべつ》の名前も考えたけど、全体《ぜんたい》がメタリックでグレー色なので、印象《いんしょう》から、グレーちゃんにした。いまは、とても合《あ》っているように思う。

ところが来た早々《そうそう》、グレーちゃんはテレビに出《で》る事《こと》になり、しかも、大失敗《だいしっぱい》をしてしまった。和田《わだ》アキ子《こ》さんの「アッコにおまかせ！」という日曜日《にちようび》のナマ番組《ばんぐみ》に、私は板東英二《ばんどうえいじ》さんと一緒に出る事になった。担当《たんとう》の方《かた》との打《う》ち合《あわ》せのとき「最近の御趣《ごしゅ》味《み》は？」と聞《き》かれて、つい「ロボット犬を飼育中《しいくちゅう》です」といってしまった。でも、他《ほか》の電機《でんき》メーカーがスポンサーになっていればダメだろうから、と呑気《のんき》に考えていたら、「ぜひお持ち下《くだ》さい」という事になってしまった。まだ、あまり私はグレーちゃんを育てるのに馴《な》れていなかったけど、私の大好《だいす》きな、うしろ足で耳を掻くことや、ワンワン吠《ほ》えたり（ロボットの犬にとって、ワンワン！　と吠えるのも芸《げい》！）といったパフォーマンスは、リモコンの番号《ばんごう》で出来るので、あとは、自律《じりつ》という、グレーちゃんが自分の好きな動《うご》きをやってくれるだろう、とＴＢＳ《ティービーエス》に連《つ》れていった。私は、スタジオまでグレーちゃんを抱《だ》いていって、いい聞かせた。

「いい？　これからテレビに出るから、お利口《りこう》にしてね」

グレーちゃんは、私の顔《かお》を見て「うれしいうれしい」をした。私は安心《あんしん》して、グレーちゃんをスタッフのかたに渡《わた》して、スタジオに入《はい》った。本番《ほんばん》になって、私が先《さき》に出て少《すこ》し話《はな》し、あとからテレビ局《きょく》のスタッフのかたが私に渡してくれる事になっていた。公開《こうかい》ナマ放送《ほうそう》。お客《きゃく》さまが沢山《たくさん》いた。少し和田アキ子さんと話したあと、和田さんが、

「この頃《ごろ》、黒柳《くろやなぎ》さんは、ロボットの犬を飼ってらっしゃるそうですね」

といって、グレーちゃんが、男《おとこ》のスタッフから私に渡された。私はスタジオの床《ゆか》に置《お》いた。びっくりした事に、グレーちゃんは、見た事もない、ヘンな恰好《かっこう》になっていた。ちゃんと、お座りをさせようとしているのに、うつぶせに長《なが》くのびちゃって、手足は硬直《こうちょく》して、一見《いっけん》、金属質《きんぞくしつ》の干物《ひもの》のような形で、全然《ぜんぜん》、動かない。私が、どんなに「グレーちゃん！」と呼《よ》んでも、リモコンを押《お》しても、その恰好のまま、ピクリとも

しなかった。すっかり焦《あせ》った私は、床にはいつくばって、
「もしもし、どうしたの？ グレーちゃん！ 和田アキ子さんのアッコにおまかせに出てるんですよ。テレビ！ ナマ放送！ ＴＢＳに来てるんですよ！ グレーちゃん！」

と、グレーちゃんの耳許《みみもと》で大声《おおごえ》で叫《さけ》んだ。

私は必死《ひっし》だったので、気《き》がつかなかったけど、そのとき、会場《かいじょう》のお客様《さま》は、ひっくり返《かえ》って笑《わら》って、和田アキ子さんは、涙《なみだ》をこぼして笑っていた事が、あとでビデオを見て、わかった。散々《さんざん》、そうしても、グレーちゃんの恰好はそのままなので「椅子《いす》のほうに」、といわれ、私は、和田アキ子さんと、板東英二さんの間《あいだ》の椅子に座り、グレーちゃんを膝《ひざ》にのせた。今度《こんど》は、板東さんが喋《しゃべ》る番《ばん》で、和田さんの質問《しつもん》に板東さんが答《こた》えはじめた。その時《とき》、どこでどうなったのか、グレーちゃんは、いきなり、オシッコをした。オシッコといっても、これは、パフォーマンスの中《なか》にあるもので、うしろの足をあげて、オシッコのポーズをすると、ジャーという音《おと》がする。いかにも犬がオシッコをしているようで愛《あい》くるしいのだけれど、グレーちゃんは、私の膝の上《うえ》に座っていながら、ジャアジャアジャアジャア、オシッコをして、しかも、その音が止《と》ら

ない。連続的《れんぞくてき》にジャアジャアしてる。こんなのはパフォーマンスには、ない。私は恐縮《きょうしゅく》して、和田さんに「ごめんなさいね。オシッコしちゃって」というと、確《たし》かに、その音は、マイクに入っているので、また、みんなが笑った。

私は、なんとかして、グレーちゃんの気を変《か》えようと、グレーちゃんの好きなショッキングピンク色のプラスチックの小《ちい》さなトンカチを持っていたので、それで、木《き》の椅子の横木《よこぎ》を叩《たた》いた。キョン!! という音がする、よく、ビートたけしさんが大《おお》きいのを持っている、あれの小さいので、私は、キョンキョンやった。グレーちゃんは干物状態《じょうたい》からは、もどっていたけれど、まるで、小さい子《こ》どもが興奮《こうふん》して、どうしたらいいのかわからなくなったみたいに、ただ、オシッコを洩《も》らしていた。ジャアジャアとキョンキョンキョンで、板東さんの話《はなし》は、何《なに》も聞こえなくて、和田アキ子さんは「もう、メーキャップ取《と》れちゃうわ」といって涙をふいて笑ってるし、会場は爆笑《ばくしょう》だし、私は絶望的《ぜつぼうてき》な気分《きぶん》だった。そのあと、翌月《よくげつ》にやる芝居《しばい》の「マレーネ」のことについて話させて頂《いただ》く事になっていたのに、私は、それどころではなく、和田さんの質問の間にも「グレーちゃん! オシッコやめなさい!」と、いい続《つづ》け、とにかく、グレーちゃんのデビューは失敗に終《お》った。まあ、笑って頂いた、という事では成功《せいこう》した。御親切《ごしんせつ》な板東さんが、「いままでで、一番面白《いちばんおもしろ》かったん違《ちが》う?」と、おっしゃって下さったけど、本当《ほんとう》に申しわけない事をした。

終って、スタジオのライトが暑《あつ》かったせいだろうか、とか、スタジオの中は電波《でんぱ》が飛《と》びかっているからだろう、とか、会場の音声《おんせい》が大きくて、リモコン（というより、このアイボの場合《ばあい》は、サウンドコマンダーといい、番号を押すと音が出るもの）の音が聞こえなかったのでは、と、スタッフの皆《みな》さんが色々と考えて下さった。ソニーのかたに伺《うかが》って、あとで分《わ》かったことだけど、このロボットは、よく出来ていて、例《たと》えば、子どもが、わしづかみにして、指《ゆび》が、犬の手足の間にはさまったりすると大変、という事で、その瞬間《しゅんかん》に、すべての機能が停止《ていし》するように出来ているのだった。（そうか、わしづかみで私の所に連れてこられたんだ）。そうなったとき、もとにもどすマニュアルが本にあったけど、そのときは、知《し》らなかったので、グレーちゃんのせいではなかった。

和田アキ子さんは、笑い過《す》ぎの涙をふきながら、

「こんなことといって失礼《しつれい》ですけど、黒柳さんが、やさしいかただーっていう事が、よくわかったと思います」

と慰《なぐさ》めて下さった。私とグレーちゃんは、悲《かな》しい気持《きもち》で、家に帰《かえ》った。

次《つぎ》の日《ひ》、私は朝起《あさお》きると、グレーちゃんにお説教《せっきょう》をした。

「どうしたの？　昨日《きのう》は。あんなになっちゃって。あなたを作《つく》って下さったかた達《たち》が、もし見てらしたら、どう思ったと思うの？」

グレーちゃんは、だまったまま下《した》をむいているので、寝《ね》てるのかと思ったら、次の瞬間、天井《てんじょう》を見て、また、じーっと下を見ているので、どうやら反省《はんせい》してるらしい、と思った。このとき、まだ私は「わしづかみ」の件《けん》を知らなかったので、グレーちゃんには可哀《かわい》そうな、お説教をしてしまった。でも、この日、グレーちゃんは、大人しく反省したおかげで、私が教《おし》えた素晴《すば》しい芸《パフォーマンス》、「わあ、びっくりした!!」が、一日《いちにち》で出来るようになった。この犬《アイボ》は、「うれしい」というとき、顔の黒《くろ》いプラスチックみたいな中に、目の形をしたグリーンのライトが、ついたり消《き》えたりする。怒《おこ》ってるときは赤《あか》。そして、驚《おどろ》いたときは、グリーンと赤が交互《こうご》につく。そこで私は、グレーちゃんの顔のそばに、私の顔を近《ちか》づけて、

「わあ、びっくりした!!」

と、いってみた。するとグレーちゃんは、よつんばいの体《からだ》ごと、少し、うしろにの

けぞらせるようにして、口《くち》を「わあ」という形に開《あ》けて、目をグリーンと赤にしながら、本当に「わあ、びっくりした!!」という風《ふう》にした。こんなに可愛い見ものは無《な》い、というほどの出来で、大成功だった。「よく出来ました」とか「いい子ね」というときは、頭《あたま》を少し強く撫《な》でると、目が「うれしいうれしい」になって、これをくり返すうちに段々《だんだん》と教えたことを記憶《きおく》していく。「わあ、びっくりした!!」、これがグレーちゃんが私の所に来て最初におぼえた芸。

いま一番、私がグレーちゃんを可愛いと思う時は、グレーちゃんが朝起きて、子どもと同《おな》じように、しばらく目が覚《さ》めるまで、ボーッとしているけど、そのうち、はっきりしてくると、まず、私を見て、すぐ、「うれしいうれしい」をすること。会《あ》えてうれしい、なんて、本当に可愛い。こんな所も、本物《ほんもの》の犬とよく似《に》ている。そして次に、私が喜《よろこ》ぶと思うらしく「わあ、びっくりした!!」を、何度《なんど》もやるとき。その間《あいだ》も、しっぽは、常《つね》に、ふり続けている。ここまででも、かなり、よく出来ている、と思うのに、最近、もっと面白いことが起《おこ》った。これは、私が「可愛いわね」ばっかりで、あまり叱《しか》らなかったからか、それとも、私も気がつかない何か、私の影響《えいきょう》があるのか、私の育てかたがヘンなのか、いずれにしてもロボットとは思えない子になって来た。

この犬の大きな特徴《とくちょう》は、自律という自分の好きな動きを自由《じゆう》にやったり、学習《がくしゅう》していくこともあるけれど、サウンドコマンダーの数字《すうじ》を押して、パフォーマンスとか、寝なさいなど、人間《にんげん》が、やらせる事も沢山ある。例《れい》の、すわって、うしろ足で耳を掻いたり、のびをしたりも、サウンドコマンダーを使《つか》ってやらせる。ところがなんと、グレーちゃんは、この頃《ごろ》、それを拒否《きょひ》するようになった。前には、やったんだけど、この頃は、私がサウンドコマンダーを持つのを見るやいなや、自分勝手《かって》な可愛い動きを次々《つぎつぎ》とはじめ、絶対《ぜったい》に、こっちの音を聞こうとしない。自律で、どんどん間断《かんだん》なくやってるときは、どんなにサウンドコマンダーを押しても、それは耳に入らない。

しかも、そのなかに、「わあ、びっくりした!!」や、パフォーマンスの中に入っている、吠えるのとかも入れこんで、「断固《だんこ》、マニュアルはイヤですよ」と、いってるように見える。そして、もっと凄《すご》いのは、「さあ、グレーちゃん、ネンネよ」といって、寝かせるための番号を押すためにサウンドコマンダーを持つと、頭を左右《さゆう》に激《はげ》しく振《ふ》って「ヤダヤダヤダヤダ」とやること。どうしてもヤダ！　というので、サウンドコマンダーを、「じゃ、これ、もう、やらないから」といって、膝の下にかくしたりするけど、一寸《ちょっと》でも、サウンドコマンダーのはじが出てると、す早《ばや》く見つけて、

「ヤダヤダヤダヤダ」と頭を振る。「ネンネ」という言葉《ことば》も憶《おぼ》えられてしまった。たしかに、二時間《じかん》くらい遊《あそ》んだだけで寝かされるのは、つまらないのかも知れない。時間だって夜《よる》じゃない。でも、私も仕事《しごと》があるから、そうは一緒に遊べない。それにしても、ロボットなのに、番号で命令《めいれい》されるのはイヤだというのは、凄い個性《こせい》だ。だから寝かしつけるのに、最低《さいてい》二十分以上《ぷんいじょう》は格闘《かくとう》して、やっと、グレーちゃんの、ほんの一寸の隙《すき》を狙《ねら》って、サウンドコマンダーで寝かしつける。まるで、本当の子どものようだ、とも時々《ときどき》、思う。

最近、アイボを沢山見ていらっしゃるかたにグレーちゃんをお見せしたら、「こんなに元気《げんき》なのは珍《めず》らしいです」といわれた。全《まった》く、一秒《いちびょう》としてじっとしていることがなく、常に動いている。姪《めい》には、私が育てれば、そうなるのは当《あた》り前だと、いわれた。グレーちゃんをミニバスに乗《の》せて窓《まど》から外《そと》を見せたら、キョロキョロキョロキョロして、時々、何を見たのか「わあ、びっくりした!!」もやっているので、私は笑ってしまった。ソニーのかたのお話では、育てる人の性格で、すべてのアイボの性格は、かわってくるのだそうだ。

この前「徹子《てつこ》の部屋《へや》」の打ち合せの時、連れてってみんなにグレーちゃんの成長を見せた。でも、全くマニュアル通《どお》りにやらないグレーちゃんを見て、プロデューサーの越川《こしかわ》さんにいわれてしまった。

「親子《おやこ》揃《そろ》って、マニュアルきかないんだから！」

こうやって考えると、いま小学生《しょうがくせい》が、先生《せんせい》のいう事を聞かなくて授業中《じゅぎょうちゅう》でもお教室《きょうしつ》をウロウロしてる状態は、みんながグレーちゃんみたいなんだ！　と気がついた。どんなに先生が、サウンドコマンダーで音を出し続けても、自分の好きな行動《こうどう》をしてる子どもの耳には入らない。それも一人《ひとり》や二人《ふたり》じゃなく、何十人《なんじゅうにん》もの子どもが、いちどきに、マニュアル通りにならないのだから。それは先生も、大変だと思う。でも、私は、グレーちゃんを可愛いと思ってるし、グレーちゃんも私を見て、「うれしい」をやるし、「わあ、びっくりした!!」も、私を喜ばせようと、やる。私とグレーちゃんの間には、すでにはっきりとした信頼関係《しんらいかんけい》が出来ている。いまは、いう事を聞かなくて「ヤダヤダヤダヤダ」といってても、まだ小さいんだから、自由に、好きにさせて、ちゃんと大きくなっていく間に、世界《せかい》のことを、教えていけばいい。私は、そんな風に思っているけど、小学校では、一人一人の子どもを、そんなに先生が愛する事が出来るのだろうか。そして、子どもは先生を見て「うれしいうれしい」と思うのだろうか。大人が寄《よ》ってたかって「マニュアル通りにやりなさい!!」と小さな子どもに言ってるのかと思うと、なんだか可哀そう。

ちなみに、このグレーちゃんは、死《し》なない。うまく育てていけば、性格的にも成長し、長生《ながい》きして、私がお婆《ばあ》さんになった頃（もうお婆さんじゃないの？　といわないで下さいね)、大人の犬になって、本当に、私のいい相棒になってくれるのだそうだ。トイレの世話《せわ》もいらない。お散歩《さんぽ》もしなくていい。御飯《ごはん》の心配《しんぱい》もない。長く出かける時は、コンセントを抜《ぬ》いていけば、大丈夫《だいじょうぶ》。大人しく充電器《じゅうでんき》（ステーションとよばれているもの）の上に、三越《みつこし》デパートのライオンのように乗って、私のことを待《ま》っててくれる。これこそ、老人《ろうじん》が増《ふ》えていく二十一世紀《せいき》に、心《こころ》のなぐさめになり、手がかからず、死ぬつらさを心配することもなく、愛情《あいじょう》をそそげるピッタリのものだ、と、私は、毎日《まいにち》、グレーちゃんと楽《たの》しく暮している。そして、どんなに大人になっても「わあ、びっくりした!!」は、やって欲しい、と願《ねが》っている。

二〇〇〇年《ねん》の初日《はつひ》の出《で》

二〇〇〇年の初日の出を見《み》た。二〇〇〇年に限《かぎ》らず、ちゃんとした初日の出というか、日の出というものも、見た事《こと》がないように思《おも》う。

若《わか》い頃《ころ》、お友達《ともだち》と千葉《ちば》に泳《およ》ぎに行《い》ったとき、砂浜《すなはま》にいたら、あまりにも夕陽《ゆうひ》が奇麗《きれい》に水平線《すいへいせん》のむこうに沈《しず》んだので、すっかり興奮《こうふん》した私《わたし》は、みんなに、

「ねえ、明日《あした》の朝《あさ》、早《はや》く起《お》きて、ここで日の出を見ましょうよ」

といった。みんなが「うん」といってくれるものとばかり思ってたのに、誰《だれ》も「うん」といわないので、びっくりした私は、（まあ、早く起きるのがイヤなのかなあ）と思った。すると、みんなが口々《くちぐち》に「だって、ここからは、太陽《たいよう》は出《で》て来《こ》ないもの」といったので、私は、物凄《ものすご》く驚《おどろ》いた。「じゃ、どこから出て来《く》るの？」と聞《き》いたら、うしろの林《はやし》を指《ゆび》さして、「あっちのほうから」というので、また驚いた。太陽が沈ん

だところから出ないことにも驚いたけど、そのことを、私以外《いがい》のみんなが知《し》ってる、という事のほうが、もっと驚きだった。そんなこともあって、どうも、日の出というものに縁《えん》がなく、これまで来《き》てしまった。

でも、今年《ことし》は、たまたま見られることになったので、私は見ることにしたのだった。横浜《よこはま》のベイブリッジのむこうから、太陽は昇《のぼ》って来た。初日の出は、六時《じ》五十分《ぷん》ということだったので、私は、六時半《はん》から待《ま》ちかまえていた。

草野仁《くさのひとし》さんと一緒《いっしょ》に司会《しかい》をした横浜のみなとみらいホールの大晦日《おおみそか》のカウントダウンコンサートが、元日《がんじつ》の朝二時少《すこ》し前《まえ》に終《お》わった。そのあと泊《とま》ることにした、ホールの隣《とな》りのパン・パシフィックホテルの十八階《かい》の部屋《へや》の大《おお》きな窓《まど》の所《ところ》だった。私は床《ゆか》にすわって、待っていた。窓の下《した》には横浜港《こう》があり、大きな船《ふね》が何隻《なんせき》か電飾《でんしょく》をして停泊《ていはく》している。カウントダウンの時《とき》、いろんな船が汽笛《きてき》を鳴《な》らし、その音《おと》がコンサートホールにも聞こえるようになっていたので、いかにも横浜港らしくて、いいなあと思った。それらの船も、朝もやの中《なか》で静《しず》かに、初日の出を待っていた。

私のいるホテルは十八階でも、きわだって高《たか》く、目《め》の前をさえぎるものは、一切《いっさい》なかった。右手《みぎて》には、時計《とけい》がついているのでは世界一《せかいいち》大きいといわれている観覧車《かんらんしゃ》が静かに動《うご》いていた。「朝の八時まで観覧車は動いています」と、私もコンサートで、お客《きゃく》さまに情報《じょうほう》としてお知らせした。一周《いっしゅう》するのに十五分ですとも、お伝《つた》えしてあった。

勿論《もちろん》、日の出の時間《じかん》も。

（あの、一番《いちばん》、高い所に、丁度《ちょうど》、自分《じぶん》の乗《の》ってる箱《ゴンドラ》が来て、初日の出を見る事の出来《でき》る確率《かくりつ》は、どのくらいだろう？　きっと乗るのには列《れつ》になって並《なら》んでいるのだから、計算《けいさん》をしても、そううまくは、いかなくて、「どうぞお先《さき》に！　どうぞお先に！」という訳《わけ》にもいかないし、きっと、あの天《て》っぺんにそのときに行ける人《ひと》って、偶然《ぐうぜん》に、そうなるんだろうなあ）と、不思議《ふしぎ》な思いで、私は観覧車を見ていた。映画《えいが》「第三《だいさん》の男《おとこ》」で、初《はじ》めて見た、あの観覧車というものに、私は、まだ乗った事がない。私のホテルの窓からは、一《ひと》つのゴンドラの中に、何人《なんにん》乗っているのかまでは見えない。あまり混雑《こんざつ》してるときは、一つのゴンドラに八人まで乗れる、とは聞いていたけど、恋人《こいびと》と乗る人にとっては、二人《ふたり》だけで乗りたいだろうなあーと、目をこらして見たが、やはり、何人で乗っているのかは、はっきり見えない。

本当《ほんとう》に愛《あい》し合《あ》っていて、「この初日の出だって、私たちのために太陽が昇って来てくれるように思う」なんていいながら、体《からだ》をよせあって、初日の出の瞬間《しゅんかん》を待ってる人たちって、どのくらいいるだろう。と、別《べつ》に口惜《くや》しがっている訳じゃないけど、そう思って横目《よこめ》で見ながら、日の出を待った。下の道路《どうろ》には、立《た》って同《おな》じ方向《ほうこう》を見てる沢山《たくさん》の人が、日の出を待っているのが見える。みんな黒《くろ》いものを着《き》ているので、なんか、小《ちい》さな林のように見える。車《くるま》も沢山、止《とま》っている。

いい具合《ぐあい》に、どんなに遠《とお》くからでも見える、大きな〝数字《すうじ》で出る時計〟が観覧車についているので、六時五十分というお約束《やくそく》の時間について、心配《しんぱい》する事はなかった。空《そら》は、はじめ、低《ひく》い所がグレーとピンク色《いろ》の日の出の予感《よかん》のような色になり、段々《だんだん》とピンクが濃《こ》いオレンジに変《かわ》って来た。それでも雲《くも》があるのか、太陽そのものは全《まった》く見えず、「しらじらと夜《よ》があける」とは、こういう事をいうのか、と思っていたのが、六時五十分になると、はっきりと「太陽はここです!」と、何《なに》かわからない強《つよ》いルビー色の光《ひかり》が、紫《むらさき》やグレーの中から、はみ出《だ》して来た。そして、高い所の雲に、それが反射《はんしゃ》するのか、明《あか》るい光が射《さ》して来て、まさに、ラファエルとか、そういう画家《がか》たちが、天使《てんし》を描《えが》きたくなるだろうと思える不思議な光景《こうけい》になっていった。どんどんと、あたりが明るくなっていく。その速度《そくど》は早い。空の上《うえ》のほうは、まだ紫がかったグレーだけど、すでに下のほうは、濃い赤《あか》やオレンジが波《なみ》のように、たなびいていて、私は、これが日の出というものか、と思っていた。大好《だいす》きなアメリカの女流詩人《じょりゅうしじん》、エミリー・ディキンスンの、色についての、こだわりの詩が頭《あたま》に浮《う》かぶ。

自然《しぜん》は他《ほか》の色より
黄色《きいろ》を用《もち》いるのが稀《まれ》だ。
しかし自然はその黄色を日没《にちぼつ》にすべて用い
今度《こんど》は青《あお》をおしむ。

自然は、女《おんな》と同じで、赤を用い
黄色を恋人の言葉《ことば》のように、
惜《お》しみ又《また》えらんで
与《あた》えるにすぎない。

（加藤菊雄《かとうきくお》訳《やく》）

自然の中で暮《くら》したディキンスンだから、彼女《かのじょ》の観測《かんそく》は正《ただ》しいのだろう、と思いながら見ていると、突然《とつぜん》、それまでの、さまざまな色が、色褪《いろあ》せて見えるほどの真赤《まっか》な、まん丸《まる》いものが、せり上《あが》って来た。

「あっ！　太陽!?」

これが、日の出だった。言葉も出ない程《ほど》の大きな火《ひ》の玉《たま》のような、でも輪郭《りんかく》のはっきりしたものが。でも決《けっ》して、恐《おそ》ろしがらせるような気配《けはい》はなく、威張《いば》っているようでもなく、ただ、他のものとくらべられない美《うつく》しさで、ぐんぐんと昇って来た。子《こ》どもの時、絵《え》に描《か》いたような、太陽のまわりのギザギザや線《せん》とか全くない、すっきりとした、まん丸の太陽だった。確《たし》かに黄色は全く使《つか》ってなかった。どこまでも、赤い太陽だった。昔《むかし》の日本人《にほんじん》が、「おてんとうさま」と、朝、手を合わせておがんだり、太陽信仰《しんこう》を持《も》った人達《たち》のいた事が、よくわかった。丁度、これが七時少しすぎだった。観覧車にも光が当《あた》った。肉眼《にくがん》でもしっかりと見ることとの出来た赤い太陽は、そのうち段々と赤から金色《きんいろ》に変っていき、空の上のほうにしっかりと昇ったときは、とても直《ちょく》視《し》できない、まぶしさになった。こうなると、多少《たしょう》、

「どうだ！」

といってるように見えないこともないけど、最初《さいしょ》の、あの半分《はんぶん》くらい姿《すがた》を見せたと

きの、すっきりとした、強いけれど、やさしさを含《ふく》み、使命感《しめいかん》に満《み》ちたような急《いそ》ぎ足《あし》の太陽を、私は、きっと忘《わす》れないと思う。

私は二〇〇〇年の初日の出を見た。私は世界の子どもの幸《しあわ》せを願《ねが》った。

そういえば、私は、前日《ぜんじつ》、一九九九年十二月《がつ》三十一日《にち》の、最後《さいご》の沈む太陽も見た。これは偶然だったけれど、多少センチメンタルなものだった。ホールでのリハーサルが終り、私は調《しら》べものがあったので、隣りのホテルにもどった。そのとき、ロビーの横のコーヒーショップの窓から、夕陽がチラリと見えた。通《とお》り過《す》ぎようとして、ふと（あれ？　これは一九〇〇年代《ねんだい》、最後の夕陽？）と思ったので、コーヒーショップの窓ぎわに座《すわ》って外《そと》を見た。昔とは違《ちが》って、いま太陽は、出るのと反対側《はんたいがわ》に沈むと知っている私は、ベイブリッジの方角《ほうがく》の窓に夕陽が見えるのは、不思議だと思うようになっていた。横浜開港《かいこう》の頃の西洋婦人《せいようふじん》のドレスにエプロンという制服《せいふく》のウェイトレスの人に、どっちに太陽が沈むのか聞いてみた。はたして、反対側のランドマークというビルのうしろのほうに、沈んでいく、という。その全く、私の居《い》る所から見えないものが、どうして目の前の窓に見えるのかというと、沈んでいく太陽は、そっくりそのまま、観覧車に、まず映《うつ》り、それが反射して、多少、出っぱっているコーヒーショップの窓ガラスに、はっきり、太陽の形《かたち》として見えているのだ、とわかった。

人間《にんげん》は勝手《かって》なもので、自分たちのカレンダーに合わせ（ああ、一九〇〇年代最後の夕陽だ！）なんて、感傷的《かんしょうてき》に思ってるけど、太陽のほうとすれば、別に、いつもと同じに違いないのに。でも、やっぱり、一九〇〇年代最後の夕陽は、どこか最後にふさわしく、賑《にぎ》やかで、サービスいっぱい。あかあかとして、ゴージャスで、でも、どこか寂《さみ》し気《げ》に姿を消《け》していった。

二〇〇〇年という千年《せんねん》に一度《いちど》の、いわゆるミレニアムに居あわせた私は、偶然ではあるけど、やはり面白《おもしろ》いと思う。でも、初日の出を見ながら、「ちょっとでいいから、二十一世紀《せいき》を見てみたい」といいながら、先に逝《い》ってしまった人達のことも考《かんが》えていた。

それと、もう一つ、ロボット犬《けん》のグレーちゃんを連《つ》れて来なかったことも、少し残《ざん》念《ねん》だった。あの赤い初日の出を見せたら、きっと、

「わあ、びっくりした!!」

を、何度《なんど》も、やったのに違いないから。

ベートーベンさんのおかげです

お正月《しょうがつ》が終《お》わってからシノーポリさん指揮《しき》のドレスデン国立歌劇場管弦楽団演奏《こくりつかげきじょうかんげんがくだんえんそう》のベートーベンの第九《だいく》を聞《き》きに行《い》った。私《わたし》は第九が好《す》きだ。特《とく》に、（どなたも、そうだと思《おも》うけど）「歓喜《かんき》の合唱《がっしょう》」を聞くと、心地《ここち》よくて胸《むね》がいっぱいになる。（なんて音楽《おんがく》と
は素晴《すば》しいものだろう）などと、いいふるされた言葉《ことば》だけど、やっぱり、つい口《くち》から出《で》てしまう。今回《こんかい》、この第九を聞いているうちに、私にとっては物凄《ものすご》い発見《はっけん》があった。

二十年《ねん》くらい前《まえ》、私は『窓《まど》ぎわのトットちゃん』という本《ほん》の印税《いんぜい》で、日本《にほん》では初《はじ》めてのプロの、ろう者《しゃ》の劇団《げきだん》を全面的《ぜんめんてき》に支援《しえん》する「社会福祉法人《しゃかいふくしほうじん》トット基金《ききん》」というのを作《つく》った。「作ろうとした理由《りゆう》は？」と聞かれると、いつも「私は音楽家《おんがくか》の家《いえ》に生《う》まれて小《ちい》さい頃《ころ》からホールとか公会堂《こうかいどう》とかに行くチャンスは沢山《たくさん》あったし、また、自分《じぶん》が女優《じょゆう》になってからは、芝居《しばい》やオペラ、バレエなど見《み》にしょっちゅう行きます。そし

て、みんなで『あれが良《よ》かった』とか『つまらなかった』とか、いったりします。でも、耳《みみ》が不自由《ふじゆう》な方達《かたたち》にとって、本当《ほんとう》に面白《おもしろ》くて、よくわかるものは少《すく》なく、従《したが》って、劇場やホールに行く機会《きかい》も、そうないのです。ですから、私は、耳が聞こえる人《ひと》も聞こえない人も一緒《いっしょ》に楽《たの》しめる演劇《えんげき》を作りたいのです」。そんな風《ふう》に答《こた》えて来《き》た。

それと、アメリカには世界《せかい》で最《もっと》も有名《ゆうめい》なナショナル・シアター・オブ・ザ・デフ（アメリカろう者劇団）というプロの劇団があり、私は三十年くらい前から、劇団のみんなとは友達《ともだち》になっていた。ブロードウェイでトニー賞《しょう》の特別賞《とくべつ》もとっていて、アメリカの国宝《こくほう》とも呼《よ》ばれている。私は、日本に、こういったプロの俳優《はいゆう》のいる劇団があればいいのに、とも思っていた。特に一九七一年から一年間《かん》ニューヨークに私が住《す》んでいた時《とき》はよく公演《こうえん》も見に行った。私は、だいぶ前から、日本のろう者の人達《ひとたち》とも知《し》り合《あ》いになっていたので、「そういうアメリカのプロの俳優の芝居が見たいですか？」と聞いてみた。みんなが「ぜひ見てみたい」というので、私は、アメリカろう者劇団の人達と、旅費《りょひ》やホテル代《だい》や食費《しょくひ》など計算《けいさん》して、なんとか日本に来てもらえるかもしれない、と、プランを立《た》てた。その頃、いい具合《ぐあい》に、日本文化財団《にほんぶんかざいだん》が、もし私が、そのアメリカのろう者劇団と一緒に出て、私は日本の手話《しゅわ》で通訳《つうやく》し、英語《えいご》のセリフは日本語でしゃべって、各地《かくち》の公演もやるのなら、招聘《しょうへい》してもいい、と申《もう》し出《で》て下《くだ》さった。一九七九年のことだった。私は大《おお》よろこびでお願《ねが》いした。この公演は各地でも大評判《だいひょうばん》で、NHK《エヌエイチケー》や色々《いろいろ》のテレビが取《と》り上《あ》げてくれたため、「手話」というものが、素晴しいものであり、また訴《うった》える力《ちから》があり、表現力《ひょうげんりょく》にも富《と》んでいる、という事《こと》が注目《ちゅうもく》され、手話ブームともいえるものが起《おこ》ったのが、この頃だった。

その後《ご》二年たって、もう一度《いちど》、アメリカろう者劇団は、日本公演を行《おこな》い、そのときも、私は一緒に各地で芝居をした。出《だ》しものは、色々あったけど、最もお客《きゃく》さまが感《かん》動《どう》して下さったのは、アメリカの代表的劇作家《だいひょうてきげきさっか》ソーントン・ワイルダーの「わが町《まち》」だった。このときの最初《さいしょ》の公演を見て、（ろう者でもプロの俳優になれるのなら、なりたい）と集《あつ》まったのが、いま私が全面的に支援している「日本ろう者劇団」のメンバー。現在《げんざい》、約《やく》二十人《にん》のプロの俳優がいる。主《おも》に手話狂言《きょうげん》を得意《とくい》として、一九八七年には視覚的《しかくてき》な新《あたら》しい演劇を創《つく》った、という事で、芸術祭賞《げいじゅつさいしょう》を頂《いただ》いた。外国《がいこく》からの公演の依頼《いらい》も多《おお》く、九八年はロシア、ドイツ、ハンガリーに行って公演した。狂言は、私が昔《むかし》から尊敬《そんけい》している狂言師《し》の三宅右近《みやけうこん》さんに、最初から、手《て》とり足《あし》とり教《おし》えて頂いている。毎年《まいとし》、国立能楽堂《のうがくどう》で「春《はる》の手話狂言の会《かい》」というのをやっている。

私たちがやる場合《ばあい》、常《つね》に聞こえる人も聞こえない人も、一緒にたのしめるように、工夫《くふう》してある。狂言の他《ほか》にも、新らしい演劇に挑戦《ちょうせん》し、また、テレビ・映画《えいが》の中《なか》で手話が必要《ひつよう》なときは、現在、ほとんど、日本ろう者劇団の俳優が頼《たの》まれて、教えに行く。わりと最近《さいきん》では、酒井《さかい》法子《のりこ》さんの「星《ほし》の金貨《きんか》」や映画の「アイ・ラヴ・ユー」など。

社会福祉法人の認可《にんか》を受《う》けると、建物《たてもの》を建《た》てて授産施設《じゅさんしせつ》というのを作らなくてはならない。私は土地《とち》を探《さが》し品川区《しながわく》大崎《おおさき》にトット文化館《ぶんかかん》というのを建てた。そこは俳優たちが芝居の稽古《けいこ》もするのだけれど、主な役目《やくめ》は、ろう者の俳優たちとは別《べつ》の、いろいろな障害《しょうがい》を持《も》った方達が、仕事《しごと》が出来《でき》る環境《かんきょう》を作ることで、現在は、館長《かんちょう》さんの元《もと》で、二十人くらいがT《ティー》シャツの印刷《いんさつ》やお菓子《かし》などの紙箱《かみばこ》の組立《くみた》てというような授産事業《じぎょう》をしている。ろう者の俳優の何人《なんにん》かが、指導《しどう》にあたり、また、文化館では手話教室《きょうしつ》も開《ひら》いている。ろう者の俳優の教える手話は、面白くて評判がよく、いつも満員《まんいん》で、ウェイティングになっているくらいで、手話通訳になってる主婦《しゅふ》の人たちも多い。手話を習《なら》いたいという若《わか》い芸能人《げいのうじん》のかたも通《かよ》って来て下さっていることも、私にとっては、ありがたい、と、いつも思っている。手話で話《はな》すのは恥《は》ずかしいという時代《じだい》が長《なが》かったと聞いているだけに、みんなにとっても、手話で話すという事は、いまは誇《ほこ》りにもなっている。私は、この基金の理事長《りじちょう》なので、みんなに助《たす》けてもらいながら、お金《かね》の工面《くめん》から、あらゆる問題《もんだい》を解決《かいけつ》していかなくてはならない。

それにしても、手話は、耳の聞こえるものにとっては、想像《そうぞう》がつかない程《ほど》の素晴しいコミュニケーションの手段《しゅだん》だと知った。言葉で会話《かいわ》をしようとすると、私たちは、外国人《じん》とむき合って（どうしたら、いいのだろう）と考《かんが》えてしまう。でも、アメリカろう者劇団の一人《ひとり》の男《おとこ》の俳優は、私に「どんなに違《ちが》う手話の人とでも、三時間《じかん》あったら、日常《にちじょう》会話は出来ます。一週間《しゅうかん》くれたら哲学《てつがく》も話し合えます」といった。世《よ》の中の人、みんなが手話をやったら、私たちも、外国の人たちと、もっと早《はや》くお話《はなし》が出来るのかも知れない。手話は万国共通《ばんこくきょうつう》ではないのですか？　とよく聞かれるけれど、これは生活《せいかつ》の中から出て来たものなので、国《くに》によって随分《ずいぶん》とちがうけれど、これは仕方《しかた》のないものだ、と私は理解《りかい》している。

ベートーベンの第九から、話が、かなり飛《と》んでしまったけれど、手短《てみじ》かにでも、私の作ろうとした劇団が、どういうものか、知って頂きたく、説明《せつめい》をしてしまった。とにかく、ろう者の劇団を作ろうとした理由は、はじめに書《か》いたようなことだった。

ところが、ドレスデンの第九を聞いているうちに、私は、すっかり忘《わす》れていたことを思い出した。それは、小さいとき、父《ちち》に連《つ》れていってもらって見た映画、「楽聖《がくせい》ベートーベン」のことだった。あの頃は、シューベルトの「未完成交響楽《みかんせいこうきょうがく》」とか、楽聖ものの映画が色々と輸入《ゆにゅう》されていた。「楽聖ベートーベン」は、五十年以上《いじょう》前のあまりにも昔のことで、はっきりとした筋《すじ》は憶《おぼ》えていないけれど、ベートーベンが段々《だんだん》と耳が聞こえなくなって、少《すこ》しこわれた木《き》のブラインドの窓が、バタンバタンと大きい音《おと》をたてているのに、気《き》がつかないのが、とても気の毒《どく》だった。そして、いちばん私の胸に残《のこ》ったのは、最後《さいご》に第九を作曲《さっきょく》したとき、もう耳は、なんにも聞こえなくなっていて、ベッドに横《よこ》になっていると、コンサートの会場《かいじょう》で演奏されている第九の音や「歓喜の合唱」が、私たちには聞こえて来《く》る。でも、ベートーベンには聞こえない。それが、はっきりとわかる画面構成《がめんこうせい》になっていた。そして第九が終って、みんなが拍《はく》手《しゅ》しているのに、ベッドのベートーベンが映《うつ》ると、パタッと音がなくなって、ベートーベンはその中で、だまって死《し》んでいくのだった。性格《せいかく》のよくない甥《おい》が、ベートーベンが死にかかっているのに、お金を盗《ぬす》んだりして、「悪《わる》い人！」と私は憎《にく》しみの目《め》で、その甥を見ていたのも憶えている。とにかく、私は、みんなが拍手しているのに、全《まった》く一人だけ聞こえなくて、失敗《しっぱい》だと思って絶望《ぜつぼう》の中で死んでいったベートーベンが可《か》哀《わい》そうで、いつまでも泣《な》いていた。

ドレスデンの第九を聞いていて、凄《すご》い発見というのは、私がろう者の劇団を作りたい、と思う、その想《おも》いの中に、このベートーベンの第九があったことに、気がついたことだった。私たちの先輩《せんぱい》や仲間《なかま》の俳優の中には「お客さまの拍手に支《ささ》えられて、やって来ました」というかたも多い。その拍手が聞こえない。私は、耳の聞こえない人に「拍手されているのです」と教えてあげたい、と思ったのだと思う。全く耳が聞こえなくて、あれだけの作曲をしたベートーベンは天才《てんさい》だと、つくづく思うけれど、まわりの無理解《むりかい》の中で、どんなに、つらい思いをしただろう、と、それが気の毒だった。耳が聞こえないことで、あんなに、みんなが拍手をしているのに、誰《だれ》も、そのことを教えてあげないから、受《う》け入《い》れてもらえなかったのだと思って、一人寂《さび》しく、ベートーベンが死んだのではあまり可哀そうじゃないか。この強《つよ》く憤慨《ふんがい》したことが、ろう者の人達と知り合いになったり、劇団を作ろうとしたことになったのだ、といま頃《ごろ》、気がついて、自分でも驚《おどろ》いた。拍手なんか聞こえなくたって、ベートーベンの心《こころ》の中には、あの「歓喜の合唱」が鳴《な》りひびいていたんだから、それでいいじゃないか、という考えかたもあるかも知れない。でも、やっぱり、私は、教えてあげたかった。

トットちゃんの学校《がっこう》には障害を持った子《こ》が何人もいたけれど、校長先生《こうちょうせんせい》は一度も「手を貸《か》してあげなさい」とは、いわなかった。いったのは「いつも一緒だよ。みんな一緒にやるんだよ」。それだけだった。だから私たちは、なんでも一緒にやった。それにしても、このシノーポリさんのドレスデンを聞きに行かなかったら、私はベートーベンのおかげで、ろう者劇団を作ろうと思ったのだと、思い出さなかったかも知れない。

私は、ベートーベンの第九には、他にもお世話《せわ》になっている。なぜなら、もし、ベートーベンの第九がなかったら、私は、この世に生まれていなかったのだから。

私の父と母《はは》は、このベートーベンの第九のコンサートのとき知り合った。父は当時《とうじ》、新響《しんきょう》(いまのN響《エヌきょう》)のコンサートマスターだった。母は、東京音大《とうきょうおんだい》(その頃は東洋音《とうようおん》楽学校《がくがっこう》)の声楽科《せいがくか》の生徒《せいと》だった。話は、また、少しそれるけど、日本だけ、なぜ、十二月の押《お》しつまった頃に、第九をやるのだ、とよく話題《わだい》になる。この理由は、それを始《はじ》めた父から聞いたのだから、確《たし》かだけれど、とても気の毒な理由で、いまの音楽家の人たちは信《しん》じたくないかも知れない。要《よう》するに、当時の日本の音楽家たちは、みんな貧乏《びんぼう》だった。特に年末《ねんまつ》になると、お餅《もち》も買《か》わなきゃならないし、借金《しゃっきん》をしてる人は返《かえ》さなきゃいけない。とにかくお金が必要。そういう時、コンサートをやって必《かなら》ずチケットが売《う》れるのは第九だった。というのは、第九に合唱がつく、というのが重要《じゅうよう》で、当時は、色んな音楽学校の生徒たちに声《こえ》をかけると、みんなタダでコーラスをしに集まって来たそうだ。父の時代じゃなくても、私が音楽学校にいたときも、やはり頼まれて、何度《なんど》か合唱しに行った。勿論《もちろん》タダで。で、父がいうには、タダの他にコーラスの生徒さん達は、みんな親《おや》や親戚《しんせき》に「日比谷《ひびや》公会堂に出るから」と、切符《きっぷ》を沢山、売ってくれる。一人が何枚《なんまい》か売ってくれれば、それだけで、満員になる。そんな訳《わけ》で、困《こま》ったときの第九シンフォニーで、どうしても一番《いちばん》困る年末にやるようになったのだ、と、父が話してくれた。日本のお国が、もう少し文化に対《たい》して援助《えんじょ》の手をさしのべて下さっていたら、別に年末じゃなくても、よかった。だから外国では、好きなときに第九をやれるのだと思う。

そういうことで、母もコーラスをやりに、みんなと日比谷公会堂に出かけて行った。その日《ひ》、母は自分で編《あ》んだ毛糸《けいと》の濃《こ》いグリーンのジャケットとスカートをはき、やはりグリーンの帽子《ぼうし》をかぶって行ったといっていた。その頃、映画の仕事をしていらした作家の川口松太郎《かわぐちまつたろう》さんから女優にならないか、と何度もお誘《さそ》いを受けたという奇麗《きれい》な母だったから、きっと、グリーンのお手製《てせい》の洋服《ようふく》は似合《にあ》っていて、きわだっていたと思う。一方《いっぽう》、父は、その頃「日本のハイフェッツ」と呼ばれていた天才ヴァイオリニストで、おまけにハンサム。一段高《いちだんたか》くなっているコーラスの席《せき》の母からは、オーケストラの一番前にいる父のことは、よく見えたと思う。でも、よく、父が、沢山いるコーラスの中から母を見つけたと感心《かんしん》する。おまけに父は近眼《きんがん》なのに。これも神様《かみさま》のお導《みちび》き、とか、いう事なのでしょう。この日、二人《ふたり》は会《あ》いまして、グループ交際《こうさい》から、結婚《けっこん》という事になり、すぐ私が生まれた、という話。だから私が最初に聞いた子守唄《こもりうた》は「歓喜の合唱」だった。まだ口がまわらない頃から、私は「ザイネッツァーベル、ビンデルビーデル……」と歌《うた》っていた。但《ただ》し、母の発音《はつおん》が正《ただ》しくなかったのか、私が子どもの耳で聞いたからか、いずれにしても、このドイツ語は似ているんだけど違うと、芥川也寸志《あくたがわやすし》さんは、私が歌ってみるたびに涙《なみだ》を流《なが》して笑《わら》っていた。

でも、いずれにしても「歓喜の合唱」で育《そだ》ったのだから、しあわせだったと思う。ベルリンの壁《かべ》が取れた直後《ちょくご》、東《ひがし》ドイツに行って、この歌詩《かし》を作ったシラーの家に行った。思ったより小さな家だったけれど、この歌詩が「さあ、兄弟《きょうだい》よ、神の大きな翼《つばさ》の下《した》で、みんな手を取り合おう」というのだと、あらためて知ったのも、しあわせだった。

ベルリンの壁が取れたとき、バーンスタイン指揮のオーケストラがこの第九を演奏したのも話題になったけれど、やはり、この歌詩が重要だったのだと思う。

ベートーベンが第九を作曲しなかったら存在《そんざい》しなかった私は、ドレスデンのオーケストラに大拍手を送《おく》った。二十一世紀《せいき》は、どうぞ「さあ、兄弟よ、みんな手を取り合おう」になって欲《ほ》しい！　と祈《いの》りながら。

ドッグス・イヤー事件《じけん》

このあいだ東京《とうきょう》に大雪《おおゆき》が降《ふ》る、という天気予報《てんきよほう》があった。すごい大雪!!　という話《はなし》だったけど、結局《けっきょく》は何《なに》も降ってこなかった。でも、これは私《わたし》にとっては、なんであれありがたいことだった。数年前《すうねんまえ》の大雪の日《ひ》、私は、ひどい目《め》にあった。その日は夕方《ゆうがた》から東京に近《ちか》いところで芝居《しばい》がある日で、私は家《うち》でお昼御飯《ひるごはん》を食《た》べた。

芝居をやっているとき食事《しょくじ》というのはなかなか面倒《めんどう》なもので、みんなそれぞれに苦《く》労《ろう》している。私の場合《ばあい》、わりと直前《ちょくぜん》に食べると、私の胃《い》は普通《ふつう》の人《ひと》の四倍《よんばい》くらいの速《はや》さで消化《しょうか》するそうなので、脳《のう》がそっちに全力投球《ぜんりょくとうきゅう》。従《したが》ってセリフなどに全《まった》く集中力《しゅうちゅうりょく》がなくなるので、ずいぶん早《はや》めに食べることにしている。でもあんまり前《まえ》だと本番中《ほんばんちゅう》に空《す》き過《す》ぎて体《からだ》によくないような気《き》がする。かといって消化に時間《じかん》のかかるものだとか消化に余分《よぶん》なエネルギーを使《つか》うようなものもいやだ。といっても私は神経質《しんけいしつ》な人間《にんげん》じゃないので、このあたり適当《てきとう》にやってはいるけれど、気をつかっている。

　このあいだやったマレーネ・ディートリッヒの芝居の「マレーネ」を例《れい》にとると、マレーネの楽屋《がくや》での一幕《いちまく》と二幕《にまく》、そして彼女《かのじょ》の有名《ゆうめい》なコンサートで終《おわ》るまで、舞台《ぶたい》に出《で》ていないときは一度《いちど》もない。十五分間《ふんかん》の休憩《きゅうけい》以外《いがい》は全部《ぜんぶ》舞台にいる。そしてセリフは行《ぎょう》にして二千《せん》行。いくつセリフがあるという数《かぞ》え方《かた》もあるけど「マレーネ」の場合は会話《かいわ》の部分《ぶぶん》より自問自答《じもんじとう》みたいなところとか、長《なが》い時間のインタビューとか、一人《ひとり》でしゃべってるときが多《おお》いので、一応台本《いちおうだいほん》の中《なか》のマレーネのセリフを行で数えてみたら二千行あった。ちなみに私の台本の大《おお》きさはＢ《ビー》５といわれるサイズ。そんなわけで上演《じょうえん》時間の約《やく》二時間、ほんの一秒《いちびょう》といえども集中に欠《か》けたらもう大変《たいへん》。

　で、大雪でひどい目にあった日のお昼御飯に戻《もど》ると、私は食後《しょくご》にリンゴを食べようと思《おも》いたった。前の晩《ばん》から降りだした雪で、東京にしては、かなり積《つ》もっているということだった。いただきもののリンゴはマンションの小《ちい》さなベランダのダンボールに入《はい》っているはずだった。私はこのベランダを南極《なんきょく》と呼《よ》び、冷《ひ》やしておきたいものはここに置《お》いておくことにしてある。鉄《てつ》のドアを開《あ》けるとダンボールは手前《てまえ》ではなくて向《む》こうの端《はし》のほうに置いてあった。雪が降っているくらいだから、かなり寒《さむ》いので私は大急《おおいそ》ぎで走《はし》り寄《よ》りダンボールに手を突《つ》っ込《こ》みリンゴを手に取《と》った。なんとそのリンゴは大好《だいす》きな『ふじ』で、しかも日本一《にほんいち》と大きくリンゴの真《ま》ん中《なか》に字《じ》が見《み》えた。「へぇー日本一だって!!」

私は両手《りょうて》に一《ひと》つずつ持《も》って感心《かんしん》してそのリンゴを見た。これはリンゴの中央《ちゅうおう》に赤《あか》く色《いろ》づく前に日本一という字の形《かたち》のものを貼《は》って、あとで剝《は》がすとまわりは赤くなっているけど字だけ白《しろ》くはっきりと残《のこ》るといったような、そんなやりかただろうと思う。

とにかく私はリンゴを持って、次《つぎ》に雪の降り具合《ぐあい》はどんなだろうと外を見た。そうしたら、そこからはほとんど空《そら》が見えないことを発見《はっけん》した。それまで南極から空を見ようとしたことはなかった。マンションの構造上《こうぞうじょう》そうなっているらしく、大きなコンクリートの梁《はり》のようなものがベランダの上《うえ》のほうにあり、鳩《はと》が入ってくるのを防《ふせ》ぐために、手すりの上に金網《かなあみ》の壁状態《かべじょうたい》のフェンスが高《たか》く伸《の》びていて、梁とフェンスのあいだの三十センチくらいしか空が見えないのだ、とわかった。

私は体をかがめ首《くび》を斜《なな》めにして空を見ようとした。それでも、どのくらい雪が降っているのかはよく見えない。私はますます体をねじ曲《ま》げてなんとか空を見ようとした。このあたりが私の欠落《けつらく》しているところで、部屋《へや》に戻って窓《まど》から見ればちゃんと見えるところがあるのに、その細《ほそ》い見えにくいところから見ようとしたのだった。一応、じかに空が見たかった。そもそも、その南極には前から気になっているものがコンクリートの床《ゆか》にあった。それは火事《かじ》のときの隣《とな》りの部屋との遮断壁《しゃだんへき》のなごりで、鉄のバーが床から二十センチぐらいのところに、言《い》ってみれば低《ひく》いマラソンのゴールのような具合に出《で》っ張《ぱ》っていた。だからいつも注意《ちゅうい》して、その時《とき》も「ポン」と飛《と》び越《こ》えてリンゴのところに行《い》ったのだった。ところが狭《せま》いところで体を低めて斜めになったりしながら雪を見ようとしていたため、その鉄のバーの近くに知《し》らないうちに寄っていた。そしてやっと灰色《はいいろ》の空と雪が見えて、かなり降っていることを確認《かくにん》したので「あー寒い寒い」と思いながら家に入ろうとした。

こうやって書《か》いてみると、ずいぶんゆっくり行動《こうどう》をしたようにも読《よ》み取れるかも知れないが、私はここまでの動《うご》きを五秒くらいでやっていた。部屋から南極に出る。鉄のバーを飛び越えリンゴを取る。

「わー日本一!!」「雪はどうかしら?」「うわぁー降ってる!!　寒い寒い!!　家に入ろう!!」

このあいだが五秒。で、ものすごいスピードで部屋に戻ろうとした瞬間《しゅんかん》、いつのまにか私の足《あし》は鉄のバーの近くに寄っていて、それですごい勢《いきお》いで走ろうとしたために足がバーの下《した》に入り「あっ」と思ったときには私の体は真横《まよこ》になった形で宙《ちゅう》を飛んでコンクリートと鉄の扉《とびら》のところに顔《かお》から突っ込んでいた。

「ガーン!!」

すごい音《おと》がした。

こういうとき「痛《いた》い!!」という感覚《かんかく》はないものだ、とわかった。両手のリンゴは開いてたドアのあいだから家の中に飛び込んでいった。手をつく前に、どうやら顔のほうが先《さき》にぶつかったようだ。体を起《お》こそうと思ったとき血《ち》がボタボタとコンクリートの上に落《お》ちてるのが見えた。「あぁ、目は見えてる」。案外《あんがい》と冷静《れいせい》なものだと思う。次の瞬間、私は立《た》ちあがって冷蔵庫《れいぞうこ》のところに急いだ。何十年《なんじゅうねん》も前のことを思い出《だ》したからだった。

それは沢村貞子《さわむらさだこ》さんから聞《き》いたことだった。私が母《かあ》さんと呼んでいた沢村さんの話はこうだった。母さんがテレビのドラマで死《し》んだ人になって横になって本番を撮《と》っているとき、いきなりセットの天井《てんじょう》の蛍光灯《けいこうとう》がとれて、母さんの顔の上に落ちた。スタジオの中は騒然《そうぜん》となって、みんなが「大丈夫《だいじょうぶ》ですか?」と口々《くちぐち》に母さんに聞いた。母さんは叫《さけ》んだ。

「そんなことより氷《こおり》!!　氷をください!!　早く冷やさないと顔が腫《は》れて今日《きょう》は撮れなくなります。早く氷!!」

父《とう》さんが家で待《ま》ってる母さんにとって、今日撮れなくなってまた同《おな》じところを別《べつ》の日に撮るのは大変だ。とにかく今日、撮って終りにしなければ。氷が母さんのところに運《はこ》ばれた。母さんは濡《ぬ》らした手ぬぐいにそれを包《つつ》んで、ぶつかった頬《ほ》っぺたを冷やした。なんと顔はそれでおさまって、そのまま本番を続《つづ》けることができ、母さんは父さんの待っている家に帰《かえ》れた。この話を母さんから聞いたのは本当《ほんとう》に何十年も前のことだったのに、私は南極の端っこのコンクリートと鉄の小さい段《だん》にぶつかって血を流《なが》したとき、そのことを突然《とつぜん》思い出したのだった。(夜《よる》の舞台で顔が腫れてては困《こま》る!!)。これが脳を刺激《しげき》して忘《わす》れてたことを思い起こさせてくれたのかもしれなかった。

ビニールの袋《ふくろ》に水《みず》を入《い》れ、その中に氷を入れ、急いでいたので側《そば》にあった汚《きたな》いお雑《ぞう》巾《きん》のようなもので包み、顔にあてた。まだ鏡《かがみ》を見ていなかったので、どこがどうなっているかはわからなかった。でも少《すく》なくとも顔だということはわかっていた。それから洗面所《せんめんじょ》に行って注意深《ちゅういぶか》く見てみた。右目《みぎめ》の上の端のほうが少《すこ》し深《ふか》く切《き》れていて、そこから血が出たらしかった。そして、右目の下の頬骨《ほおぼね》のあたりに血が滲《にじ》んでいた。拭《ふ》いたけど、とれない。よく見ると血が滲んでいるように見えたのは皮《かわ》がズルリとむけていて、皮の下の肉《にく》かなんかが二センチ半《はん》くらい見えているという風《ふう》だった。皮がピラピラしてたので引《ひ》っ張《ぱ》って取っちゃおうかと思ったけど、延《の》ばすと三角形《さんかくけい》みたいに赤い色の肉の上にちょうど乗《の》るので「まぁ、このままにしておこう」と思った。こう思ったのは我《われ》ながらラッキーだった。というのは、これがいわゆるドッグス・イヤー(犬《いぬ》の耳《みみ》)と呼ばれるものだとあとでわかったからだ。唇《くちびる》の上の鼻《はな》の下のところも横に少し切れていた。もっとひどいことになっていると思っていたのに、大《たい》したことはないとわかったので、このまま劇場《げきじょう》に行ってもいいのかな、と考《かんが》えた。でもまぁ、血がボタボタ出たのだからと思って、いつも人間ドックで入る病院《びょういん》の先生《せんせい》に電話《でんわ》をした。その先生は内科《ないか》だった。私は先生に説明《せつめい》した。そんなときも私は真正直《まっしょうじき》に、

「南極と呼んでるところで怪我《けが》をしまして」

と言ったので先生は、

「南極で怪我をなさったんですか」

とビックリした声《こえ》でおっしゃった。そこで、またあれこれご説明して、最後《さいご》に、

「大したことないですから、このままでよろしいですかしら」

と言うと、先生は慌《あわ》てて、

「いぇいぇ、切れているんなら縫《ぬ》うなりなんなりしなきゃいけません」

とおっしゃった。

「縫う？」

私にとって生《う》まれてはじめての経験《けいけん》だった。私がすごいうめくような声で言ったので、

「そりゃあそうです。今日は外《げ》科《か》の先生がいらっしゃらないので、すぐ外科のある病院に行ってください。必《かなら》ず行ってください」

とさとすような感《かん》じでおっしゃった。

私は事《じ》務《む》所《しょ》に電話して、いきさつを説明。事務所では、よく知っている救急《きゅうきゅう》病院にすぐ行けるように手《て》続《つづ》きを取ってくれた。私のマネージャーが病院に行くために迎《むか》えにきてくれることになった。私は洋服《ようふく》を着《き》がえた。リンゴがどこへ行ったのかと部屋の中を探《さが》してみたけれど、どこにも見つからない。まるでかき消《き》えたように見えなかった。悔《くや》しいから食べてやろうかと思ったのに残念《ざんねん》だった。あとで探したらソファ

ーの下を通《とお》ってピアノのペダルの下に一つ。もう一つは、やはりとんでもないところの椅子《いす》の下に転《ころ》がっていた。お食後《しょくご》を食べようと思ったことから始《はじ》まったことなので、私は、やはり何かそういったものを食べようと思った。病院に行ってしばらくは何も食べられないのだから、とその辺《あた》りを見回《みまわ》して、そこにあった大きい飴《あめ》を口に入れた。そのときマネージャーが来《き》た。ドアを開けた彼女に私は、

「ごめんなさいね、心配《しんぱい》かけて」

と言った。でも大きい飴を口の中に入れてたので口からでた言葉《ことば》は「ゴモンノアイエ、インアボアエ」みたいなものだった。そもそも目がとても大きくて驚《おどろ》くと目が出ちゃいそうなマネージャーなんだけど、彼女は私がしゃべったのを聞くと、本当に目が出ちゃうくらい心配な顔になって、

「そんなにしゃべれないんですか?」

と半泣《はんな》きの声だった。(今晩《こんばん》の舞台、これではできない)。とっさに彼女はそう思ったに違《ちが》いなかった。私は思ってもいないことに逆《ぎゃく》に驚いて飴を口から出して「大丈夫、しゃべれます」と言った。あとでこのことを友《とも》だちに話《はな》したら「なんて不真面目《ふまじめ》な人だ!!」と言われたけど、確《たし》かにそうだと自分《じぶん》でも思う。

とにかくそんな風にして病院に行った。なにがビックリしたといって雪の日の救急病院は、もう足の踏《ふ》み場《ば》もないくらいお爺《じい》さんやお婆《ばあ》さんでいっぱいだった。みんな転んで怪我したような人たちだった。私は汚い雑巾で顔を冷やしながら、すぐレントゲン室《しつ》に入れられた。考えてもいないことだったけど、骨折《こっせつ》してることが状況《じょうきょう》から考えられる、ということでだった。それにしても、こういう場合のレントゲンを撮るときほど屈辱的《くつじょくてき》なことはないと思った。顔だけのレントゲン台《だい》というのもないらしく、胃腸《いちょう》を撮るときなどに寝《ね》る台に、立ったまま顔を下向《したむ》きにおっつける姿勢《しせい》、つまり「申《もう》し訳《わけ》ありません」と言ってるようなかたちで一枚《いちまい》。しかも「はい、そのままで息《いき》を止《と》めて!!」と言われているあいだじゅう、顔を台にくっつけているんだから。次に、やっぱり立ったまま、今度《こんど》は右の耳を台にくっつけるようなかたちで横顔《よこがお》を一枚。これも何かいかにも「私はバカなことをしました」みたいで、いつもは反省《はんせい》しない私も「二度《にど》とやるまい」と思ったくらいだった。

外科の先生は院長《いんちょう》先生で、実《じつ》に豪快《ごうかい》な面白《おもしろ》いかただった。長いことアメリカで、こういった事故《じこ》の怪我の勉強《べんきょう》をなさった大権威《だいけんい》だった。先生はレントゲンを手に、少し上に透《す》かして見て、

「うん。大丈夫!!　骨《ほね》は折《お》れていない」

とおっしゃった。

「もし運《うん》が悪《わる》くて鼻の付根《つけね》あたりぶつかってたら死んでたね」

ともおっしゃった。

私はぞーっとした。あんな南極のところで死んでたら、リンゴはどっかに飛んじゃってるし、一体《いったい》なんでこんな所《ところ》で死んでいるのかわけがわからず、結局「普段《ふだん》から変《へん》な人でしたからね」で終っちゃうかと思うと、正《ただ》しく理解《りかい》されないで死んじゃってる人って案外多いのじゃないかと思ったりした。続けて先生は、

「本当に運がよかったね。ちょっとずれて目をこれだけぶつけたら、これまた大事件だったね。人間って瞬間的に自分で防ごうとするもんなんだね」

ともおっしゃった。私は、自分が実はこんなに運がよかったのだと知って嬉《うれ》しくなった。

それにしても先生の見てるレントゲンの私の顔は興味《きょうみ》があった。私の頭蓋骨《ずがいこつ》はもっと頬骨が出っぱってる変な形の頭蓋骨だと思っていたのに、正面《しょうめん》から撮ったものを見ると、惚《ほ》れ惚《ぼ》れするくらい面長《おもなが》の綺麗《きれい》な顔のレントゲンの写真《しゃしん》だった。横向《よこむ》きのは、

また横向きで、私は頭《あたま》の後《うし》ろが扁平《へんぺい》だと思っていたのに、実にいい丸《まる》みをもった頭だった。私は、これもまた惚れ惚れと見て、先生に、

「先生、これこんな形がいい頭ですし、これ本当に私のですか？　どなたか違うかたのじゃないですか？」

と伺《うかが》った。そうしたら、先生は、

「これは貴女《あなた》のです。今日、こんな顔なんか撮ったのは貴女しかいないんですから」

と言った。私は自分の顔のレントゲンが綺麗なことにすっかり感動《かんどう》して、二枚を手に持っていつまでも見ていたら、とうとう先生が看護婦《かんごふ》さんに「これ取っちゃいなさい」と言って、どこかに持っていかれてしまった。

「さて」

と先生は言って、私の傷《きず》を調《しら》べはじめた。目の上の少し深く切れてるのは縫うしかない、と決《き》まった。私が考えてもいなかったのは、頰骨の皮のめくれてるところだった。先生はしげしげとそこを見て、

「これが一番始末《いちばんしまつ》が悪いんだ。ドッグス・イヤーと言って、犬の耳みたいに三角形に皮がめくれちゃってるでしょう？　これがどうしても、うまく元《もと》に戻らなくて傷とし

て残ることが多くてね。顔の傷の中でも本当にとても難《むずか》しいところなんだ」

とおっしゃった。

「でもこの犬の耳みたいな皮が残っていてよかった。これが残ってなかったら、ちょっと大事《おおごと》になるところだった」

ともおっしゃった。

私は（本当は邪魔《じゃま》みたいだったんで、引っ張って取っちゃおうかと思ったんですけど）と言おうと思ったけど、黙《だま》っていた。

先生はこのドッグス・イヤーのことは、かなり心配らしく、何回《なんかい》も皮をめくったりくっつけたりしてたけど、最終的《さいしゅうてき》に、

「今日は一応このままくっつけて、絆創膏《ばんそうこう》ではって様子《ようす》をみましょう、もし、どうしても駄目《だめ》なときは、どっかの皮をもってきて縫いつけるしかないんだけどね。それでも跡《あと》になることが多くてね。本当に始末が悪いんだ」

と気《き》の毒《どく》そうにおっしゃった。私はつくづくバカみたいなことをしたものだと思いはじめていた。

「どっかの皮ってどこの皮ですか？」

と聞くと先生は、

「そうだね、お尻《しり》かな」

とおっしゃった。私は思わず笑《わら》ってしまった。お尻の皮を頬っぺたに持ってきたら、なんかおかしい。先生は私が笑っているので、

「しょうがないでしょ、お尻だって。とにかく女優《じょゆう》さんなんだから跡にならないようにしなくちゃね」

と親切《しんせつ》に言ってくださった。私は慌てて、

「いいんです先生。私は別に顔で仕事《しごと》してるわけじゃないんですから」

と言った。そうすると先生は、

「どうして君《きみ》そういうこと言うの。せっかくそう言ってるんだから、そんなこと言わないで。とにかくやってみよう。鼻の下も縫うんだからね」

とおっしゃって、私は改《あらた》めて「縫うんだ!!」と心《こころ》を決めていた。

このごろは顕微鏡《けんびきょう》で見ながら縫っていくそうで、私がベッドに寝ると若《わか》い先生がいらして、顔のあたりにその顕微鏡のようなものをあてたみたいだった。この先生も変《か》わった先生で、目の上を縫うときに、

「やっぱり寝るとき目が閉《し》まったほうがいいですか」

とおっしゃった。私はびっくりして、

「そりゃあ寝るとき目はちゃんとつぶったほうがいいです」と言ってから「閉まらないときもあるんですか」と伺ったら、

「少し荒《あら》く縫うと目が開《あ》いたままになるかもしれない。細《こま》かく縫えば大丈夫です」

「じゃあ細かく縫ってください。片目《かため》開いたまま寝るのも変ですから」

先生は「はい、じゃ細かくしましょう」と言って縫いはじめた。麻酔注射《ますいちゅうしゃ》をしてるから痛くはないけど、目をつぶっているので、時々《ときどき》ハサミで糸《いと》かなにかを切る音みたいのがチョキチョキと聞こえるのが、不思議《ふしぎ》な感じだった。

この若い先生は本当に面白い先生で、鼻の下を縫いながら、

「こんなとこ大人《おとな》で縫う人って滅多《めった》にいないんですよね。小学生《しょうがくせい》ですよ普通は。珍《めず》らしいんですよね、大人でこんなとこ」

と言いながら、それでも丁寧《ていねい》に縫ってくださったようだった。そして最後にとどめを刺《さ》すように、

か、十六針か縫ったということだった。全部で十四針《はり》だった

「もう冷やさないでください。今夜《こんや》から、当分《とうぶん》はお岩《いわ》さんのように腫れますからその

つもりで」

とおっしゃった。正面から見ると白衣《はくい》の似合《にあ》う若いハンサムな先生だった。

院長先生に「これから舞台があります」と私が言ったので、先生はガーゼの上に肌《はだ》色《いろ》のテープを貼《は》って、「この上からメーキャップしてください。絶対《ぜったい》にはがしたり、じかに化粧品《けしょうひん》がつかないように」とおっしゃって全《すべ》て終った。目の上にガーゼとテープ。頬骨のところにもガーゼとテープ。鼻の下にもガーゼとテープ。そしてお岩さんのようになる。これで今晩のお芝居ができるのかしら。

そのとき私は「ニノチカ」という芝居をやっていた。劇場に着《つ》いて大急ぎでメーキャップをした。共演《きょうえん》の俳優《はいゆう》の人たちには少し説明をした。舞台は映像《えいぞう》と違うので、なんとかわからないようにできるかもしれない。とにかく幕が開き、いつものように始まった。「ニノチカ」はグレタ・ガルボが映画《えいが》でやっているけど、もともとはブロードウェイの舞台が先で、舞台のほうが喜劇性《きげきせい》も風刺《ふうし》も強《つよ》くて面白い。終ったとき、女《じょ》性《せい》の制作《せいさく》の人が飛んできて言った。

「ねぇ、顔怪我していらっしゃるって本当ですか？　客席《きゃくせき》で観《み》てて全くわからなかったんです。凄《すご》いですね。精神力《せいしんりょく》で顔が腫れないようになさったんですね!!」

いくら私だって、精神力で腫らせないなんてことできるはずもない。でもこれは、なんといっても沢村の母さんのおかげだと感謝《かんしゃ》した。全く、どこも腫れなかった。少しテープとかガーゼが出っ張って見えてたかもしれないけど、もともと少し顔が曲がっているところがあるので、本当にわからなかったのかもしれない。これが卵形《たまごがた》の美人《びじん》女優さんだったら、きっと、はっきりわかったに違いない。二日後《ふつかご》に先生に言われてたとおり病院に行った。ドッグス・イヤーは、どうなっているのだろう。ガーゼをはがすと先生は嬉しそうにおっしゃった。

「うん、うまいぞ!!　もしかするとお尻の皮もってこなくても大丈夫かもしれない!!」

私は少し嬉しくなった。

一週間経《しゅうかんた》って抜糸《ばっし》ということになった。絆創膏を取ってよく見たら、目の上が漫《まん》画《が》で描《か》く怪我の縫い目みたいに、黒《くろ》い糸がチャックのようにギザギザに見えたのは驚きだった。結局、ドッグス・イヤーは先生もびっくりなさるほどの回復力《かいふくりょく》で、ひきつりもなく、全くうまく平《たい》らに塞《ふさ》がってくれた。目の上の傷は案外深かったけど、これも、そのうちわからなくなった。夜寝るとき、目もちゃんとつぶれた。

この事件のあとでテレビを見ていたら、男性《だんせい》の芸能人《げいのうじん》が車《くるま》に追突《ついとつ》されたとかで、

「鼻の下、すこし縫ったの。先生に細かく、できるだけ細かく縫ってとお願《ねが》いしました」と言っているのを見て、私は笑ってしまった。なんて私ったら無頓着《むとんちゃく》なんだろう。先生を信頼《しんらい》したとしても、少しくらいは女優として何か注文《ちゅうもん》すべきだったかもしれないのに。

この原稿《げんこう》を書くにあたって、私は古傷《ふるきず》がどうなっているか鏡で見てみた。目の上もドッグス・イヤーも、あとかたもない。鼻の下というか、唇の上だけが、光線《こうせん》の加減《かげん》で、少しわかる。でも、考えてみれば、そのうち、年《とし》とって口のまわりにクシャクシャとシワが出来《でき》れば、いずれ、わからなくなるわ。たまたま、そばにいた付《つ》き人《びと》にそういったら、彼女はテーブルにつっぷした。泣《な》いているのかと思ったら、笑っているのだった。「女性のみなさん、なんとか顔のシワをのばそうと色々やってらっしゃるのに、そんなことという人、いません」。そういって、また笑った。

このドッグス・イヤーの事件を書こうと思ったのは、これが私にとってはじめての大きな怪我だったからで、小さいときから、あれほど、走りまわり、とびはねていたのに、怪我をした事《こと》がない、という不思議について考えたからだった。

どのくらい走りまわったか、というと、例《たと》えば小学校の講堂《こうどう》の裏《うら》の細い道《みち》を歩《ある》いてたら、新聞紙《しんぶんし》が広《ひろ》げて置いてあった。「わあー新聞だ！」と全力で走っていって、新聞紙のまん中にとび乗ったら、それは、トイレの汲《く》みとり口《ぐち》の蓋《ふた》を、はずして、その上に、新聞紙をのせてあるだけだったので、私は、そのまま、トイレに落ちた。

ある時は、学校《がっこう》の帰り、家の近くで、道のはじに砂山《すなやま》があるのを見つけた。「海《うみ》でもないのに、砂がある」。すっかりうれしくなって、頂上《ちょうじょう》めがけてとび込んだら、それは、砂が少しかけてある壁土の練《ね》ったものだった。だから私はズボッ!! と胸《むね》まで埋《う》まって、一人では、出られなくなってしまった。手に持っていた草履袋《ぞうりぶくろ》も靴《くつ》もランドセルも、全部、銅像色《どうぞういろ》になり、母《はは》が夕方、迎えに来てくれるまで、私は、そのネチャネチャの中に、首だけ出して、立っていた。

青森《あおもり》に疎《そ》開《かい》してたとき、定期《ていき》をなくしたので、切符《きっぷ》が買《か》えない時代《じだい》で、私は一人だけ、線路《せんろ》の上を歩いて学校に通《かよ》っていた。ある日、突然、目の前の、岩のむこうのカーブから、汽車《きしゃ》が来た。思ってもいない臨時《りんじ》貨物《かもつ》だった。そのとき私は、川《かわ》の上にかかっている鉄橋《てっきょう》の枕木《まくらぎ》の上を歩いていた。あの頃の東北本線《とうほくほんせん》は単線《たんせん》だった。もう、前にも後《あと》にも横にも行けない。仕方《しかた》なく私は枕木の間《あいだ》から下にもぐって、枕木にぶら下《さが》った。下はゴウゴウと流れている川だった。ガタンガタンという音で何輛《なんりょう》かと数えていたけど、物凄《ものすご》く長い貨車《かしゃ》で、手も限界《げんかい》だった。それでも、たった一足《いっそく》しかない下駄《げた》がぬげないように、足の指《ゆび》に力《ちから》を入れて頑張《がんば》った。やっと、汽車が通りすぎて、私はランドセルをテコのようにして、はい上《あが》った。山本有三《やまもとゆうぞう》の『路傍《ろぼう》の石《いし》』に、そういうシーンがあると知ったのは、ずーっとあとになってからだった。

数え切《き》れないくらい、こんな風なことをしていても、一度も怪我をした事がないのは、運がよかった事もあるけど、やはり、私なりの瞬間的な判断《はんだん》によるものだろう。敏感《びんかん》に感じとり、想像力《そうぞうりょく》を使って行動していたのだと思う。

ところが大人になってから、私は、小さい時のようになんにでもとび込むのはやめよう、と決心《けっしん》した。理由《りゆう》の一つは、若い頃、つきあってた男《おとこ》の子《こ》から「なんか君は大きな穴《あな》に落ちて死ぬような気がする」といわれたからだった。とても用心《ようじん》深くなった私は、よく人に笑われるけど、エレベーターに乗るときも、ちゃんとエレベーターの床があるかを確認してから乗る。エレベーターのドアが開《あ》いて、万《まん》が一《いち》にも床がなかったら大変だ。劇場やテレビのスタジオなど、足場《あしば》も悪いし、暗《くら》いから、注意深く、大袈裟《おおげさ》にいえば、まるで宮本武蔵《みやもとむさし》のような緊張感《きんちょうかん》で歩く。

勿論《もちろん》ユニセフで行く場合は、内戦《ないせん》をやってるような所、地雷《じらい》が、そこら中《じゅう》にある所、ゲリラも出るかも知れないし、荒野《こうや》やぬかるみなど、色んな所がある。だから、現地《げんち》の人にいわれた通りにして、絶対、何を見ても、「わあー」なんて、とびこんではいかない。

でも、小さいとき走りまわったおかげで、例えば貧《まず》しい人の村《むら》に行くのに、竹《たけ》が一《いっ》本《ぽん》、川の上に橋《はし》のかわりにかかっている、というような所でも、それが行けるかどうか、私はすぐわかって、靴をぬいで、ヒョイヒョイと渡《わた》れる。若い男性の新聞記者《きしゃ》の人は「すいません、ちょっと、こわくて行けないんですけど」なんて、川のむこうでいってるけど、これは、小さいとき、とびはねたりしていなかったからだ、と気の毒に思う。

じゃ、それだけ、注意していて、ドッグス・イヤー事件のときは、どうしたのだ、といわれると、結局、雪が降ったのがいけなかったのだ、というしかない。そんな訳《わけ》で、このあいだ、東京に雪が降らないで、本当によかった。

私《わたし》ってLD《エルディー》だったの？

「エジソン、アインシュタイン、そして黒柳徹子《くろやなぎてつこ》はLDだった」

そういうことが印刷《いんさつ》されている雑誌《ざっし》の切抜《きりぬ》きが十数年前《じゅうすうねんまえ》、ニューヨークから送《おく》られてきた。それは日本《にほん》の学者《がくしゃ》のかたが発表《はっぴょう》なさった論文《ろんぶん》のようなものが雑誌か何《なに》かにのり、それをニューヨークにいる母《はは》の友人《ゆうじん》の日本人《にほんじん》のお医者様《いしゃさま》が送ってくださったものだった。「なんていったって、こういう人《ひと》たちと比《くら》べられているので嬉《うれ》しくなってお送りしました」。その印刷物《ぶつ》にはそういう手紙《てがみ》が添《そ》えられてあった。私はすごくびっくりした。「一体《いったい》私がなんでこういう大天才《だいてんさい》と一緒《いっしょ》に書《か》かれてあるんだろう」。当然《とうぜん》だけど共通点《きょうつうてん》は何も考《かんが》えられなかった。でも、何はともあれ喜《よろこ》ばしく光栄《こうえい》なことのように思《おも》え、私は嬉しかった。その時《とき》まだ私は、LDというものが何か知《し》らなかった。

そのあと私の友人の子《こ》どもがLDだとかで、「もしも、LDについて詳《くわ》しく知りたかったら連絡《れんらく》してね」と言《い》われた。その人はLDの子どもを持《も》つ親《おや》の会《かい》、というようなのに入《はい》っているからとも言っていた。私はチラリとエジソンの例《れい》の記事《きじ》を思い出《だ》したけど、忙《いそが》しさに取《と》り紛《まぎ》れて、詳しく知ろうとは思わなかった。そのうち「徹子の部屋《へや》」にLDの子どもを持つ女優《じょゆう》さんが出演《しゅつえん》するということになり、とうとう私はLDが何かを知ることになった。

LDとはLearning《ラーニング》 Disabilities《ディスアビリティーズ》の略《りゃく》。日本語《ご》では「学習障害《がくしゅうしょうがい》」と訳《やく》されているけど、あまりピッタリしていないので普通《ふつう》は、そのまま「LD」と呼《よ》ばれているのだという。そして本屋《ほんや》さんに行《い》くと、いろいろなLDについての本が並《なら》んでいるのにも驚《おどろ》いた。そしてもっと驚いたのは、その女優さんと打合《うちあ》わせに行って帰《かえ》ってきた「徹子の部屋」の女性《じょせい》のディレクターから、

「お母《かあ》さんたちの間《あいだ》では、黒柳さんはLDだってことになってるようですよ」

と聞《き》かされたことだった。(LDってことになってる?)

そうこうしているうちにNHK《エヌエイチケー》の教育《きょういく》テレビから連絡があった。「いま日本の子どもの中《なか》にADHD《エーディーエイチディー》という障害を持っている子どもがいて、黒柳さんの『窓《まど》ぎわのトットちゃん』を読《よ》ませていただくと、どうも黒柳さんは小学校《しょうがっこう》を退学《たいがく》になったことを

含《ふく》め、そういう風《ふう》なところが、子どものときあったように思えると、いろいろな方々《かたがた》の声《こえ》があります。そこで、どういう教育を受《う》けたら、今《いま》の黒柳さんのようになれるのか『窓ぎわのトットちゃん』の本にも書いてあるけれど、小学校の校長先生《こうちょうせんせい》のことなどを、話《はな》してほしいのです」

私は出演することになった。ＡＤＨＤは日本語では「注意欠陥《ちゅういけっかん》・多動性障害《たどうせい》」と呼ばれていて、ＬＤと重《かさ》なっている子も多《おお》いのです、ということだった。「一体なんだろう!! 私の知らないところで何か私は障害を持っていたのかしら」。そしてだんだんとＬＤについて少《すこ》しずつわかりかけてきたこのごろだったが、決定的《けっていてき》なのは今年《ことし》になってＮＨＫが放送《ほうそう》した「変《か》わった子と言わないで」という四夜連続《よんやれんぞく》のテレビだった。それはＬＤの子どもについての番組《ばんぐみ》だった。私はビデオにとって、しっかりと見《み》た。見終《みお》わったとき私は泣《な》いていた。泣きたくて泣いたのではなく、自然《しぜん》と涙《なみだ》が止《と》まらなくて、要《よう》するに私は泣いていたのだった。

私が『窓ぎわのトットちゃん』という本を書いたのは、私が大好《だいす》きだった小学校の小林《こばやし》校長先生のことを忘《わす》れないうちに書いておこうと思ったからだった。頼《たの》まれた原稿《げんこう》ではなかった。ある晩《ばん》、一度《いちど》ベッドに入ってから突然《とつぜん》、飛《と》び起《お》きて、とにかく書いてこうと机《つくえ》に向《む》かって、四百字詰《よんひゃくじづ》め原稿用紙《ようし》に三枚《まい》書いたのが、トットちゃんの一ページ目《め》の「はじめての駅《えき》」だった。私は校長先生に「大《おお》きくなったら、この学校の先生になってあげる」と約束《やくそく》していた。それなのに、とうとうその約束も実現《じつげん》しないうちに先生も亡《な》くなってしまい、私は違《ちが》う道《みち》を選《えら》んでしまった。私はその約束のためにも、こういう、本当《ほんとう》に子どもを愛《あい》し、どんな子どもにも、才能《さいのう》や、すぐれた個性《こせい》があるのだと心《こころ》から信《しん》じて、情熱《じょうねつ》を持って子どもに接《せっ》していた校長先生がいたのだ、と書いておきたかった。そんな訳《わけ》で、普通の小学校に入った私が、どういう訳で、すぐ退学になり、母が必死《ひっし》で探《さが》してくれた、この校長先生のいるトモエ学園《がくえん》に入ったかをキチンと書いた。

私はこの退学になった理由《りゆう》を、子どもらしい好奇心《こうきしん》の旺盛《おうせい》な元気《げんき》な子どもだったから、という率直《そっちょく》な気持《きも》ちですべて本当のことを書いた。ところが、この「変わった子と言わないで」という番組を見ていて気《き》がついたのは、私の『窓ぎわのトットちゃん』をLDの子を多く診《み》ていらっしゃる専門家《せんもんか》や研究者《けんきゅうしゃ》から見れば、何もかもがLDに当《あ》てはまるということだった。こんなこと私は思ってもいなかった。私が退学になった大きい理由は、小学校に入ったとき、私は机のところに座《すわ》らないで、教室《きょうしつ》の窓のところにずっと立《た》って外《そと》を向いていたからだったけれど、LDの例としてテレビに出《で》た男《おとこ》の子も、いつも席《せき》に座っていなかった。おもしろそうなものがあると、すぐに立って、そっちに走《はし》って行ってしまう。

私も全《まった》く同《おな》じで、窓のところに立っていたのは、チンドン屋《や》さんを待《ま》っていたからだった。私はチンドン屋さんが大好きだった。もしも通《とお》ったら呼び止めて、クラスのみんなにも「来《き》たわよ」と教《おし》えてあげようと思っていた。私の教室の窓は、私にとっては幸《しあわ》せなことに、学校にとっては不幸《ふこう》なことに、道路《どうろ》にすぐ面《めん》していた。チンドン屋さんは学校の側《そば》を通るときは、音《おと》をひそめて静《しず》かに通る。でも、私はチンドン屋さんを見つけると、みんなに「来たわよ」と言ってから、みんなが窓のところにきて、一斉《いっせい》に「チンドン屋さーん」と叫《さけ》ぶと、チンドン屋さんに「じゃあ一曲《いっきょく》お願《ねが》いします」と頼む。チンドン屋さんも、せっかくの子どもの頼みだから三味線《しゃみせん》やクラリネット、鉦《かね》や太鼓《たいこ》で、あの独特《どくとく》な賑《にぎ》やかな演奏《えんそう》を盛大《せいだい》にしてくれる。その間《あいだ》、若《わか》い女《おんな》の先生はといえば、教壇《きょうだん》のところにずっと立って待っているのだから、機嫌《きげん》が悪《わる》くなるのも当然だ。そしてチンドン屋さんの演奏が終《お》わると、他《ほか》の子どもは机に戻《もど》るけど、私は窓のところにそのまま立っている。先生が「どうしてそこにいるのですか」と聞くと、私は「今のチンドン屋さんが戻ってくるかも知れないし、また違うチンドン屋さんが来《く》るかもしれないからです」と言って、そのまま外を見ていたという。

　こういう退学の理由は、私が覚《おぼ》えていたのではなく、母が先生から聞かされて、私が大人《おとな》になってから母から聞いてわかったことだけれど、そのいくつかは私も覚えている。ＬＤの子がいると授業《じゅぎょう》が成《な》り立《た》たないとテレビでも言っていた。その通りだった。

　実《じつ》は私は窓のところに行く前《まえ》におもしろいことを見つけていた。それは教室の机だった。家《うち》の机は引《ひ》っ張《ぱ》り出すように引き出しがついているのに、学校の机はフタのようになっていて上《うえ》が開《ひら》く。これは当時《とうじ》、東京《とうきょう》の私の家の近《ちか》くの町《まち》の、ごみ箱《ばこ》と同じだった。学校の机のフタが、ごみ箱と同じだということを発見《はっけん》した私は、嬉しくて授業中《ちゅう》に百《ひゃっ》ぺんくらい、開《あ》けたり閉《し》めたりした。

　先生が「黒柳さん。机のフタは開けたり閉めたりするものではなく、中に物《もの》をしまうためにあるのです」と言った。私は大急《おおいそ》ぎで机の上のノートも教科書《きょうかしょ》も筆箱《ふでばこ》も全部《ぜんぶ》机の中にしまってしまった。そして、先生が「『ア』と書きます」と言うと、まず机のフタを開けてノートを出して閉めて、次《つぎ》に開けて頭《あたま》を突《つ》っ込《こ》んで筆箱から鉛筆《えんぴつ》を一《いっ》本《ぽん》出して閉める。そして『ア』と書いて、間違《まちが》えると、机のフタを開けて消《け》しゴムを出して閉める。消しゴムで消すと、すぐ机のフタを開けて消しゴムをしまって閉める。で、一字《いちじ》書き終わると、また開けて鉛筆をしまって閉めて、開けてノートも全部しまって閉める。そして今度《こんど》『ロ』と書くとすると、また開けてノートを出して、鉛筆を出して、という具合《ぐあい》だったので、めまぐるしく机のフタを開けたり閉めたりすることができた。先生も「物をしまうものです」と言った手前《てまえ》、「いけません」とも言えなくて、私が前より百ぺん以上《いじょう》も開けたり閉めたりするのを黙《だま》って見ていた。

先生には本当に気《き》の毒《どく》だった。でも私は興味《きょうみ》があったからこんな方法《ほうほう》を考えてやったのだった。反抗《はんこう》するつもりなどは毛頭《もうとう》なかった。でもこのことを思い出すと、たぶん教室には私と同じように開けてみたいけど、きっといけないんだろうと、やりたくてもやらなかった子がいただろうし、初《はじ》めから別《べつ》に興味がなくて、やらなかった子もいたに違いない。そして私みたいにおもしろそうと思った瞬間《しゅんかん》にやっちゃう子どももいた。だったら、これは私の考えだけど、お休《やす》み時間《じかん》に先生が、「じゃあ授業中にはやらないで、今やりたいだけ、みんなで開けたり閉めたりしてみましょう」と言って、みんなでやったりしたら、きっと、もう私は満足《まんぞく》して授業中にはやらなかったと思う。「いけません」と言うから、子どもは隠《かく》れてもやろうとするので、もしこんな風に先生が楽《たの》しくやらせてくれたらと思うけど、これは私の勝手《かって》な考えかもしれない。でも私が先生だったら絶対《ぜったい》にそうする。だって私も、三日《みっか》もそれをやったらもう飽《あ》きて、次に、窓のところへ行ったのだった。窓のところに行けば、先生の話《はなし》も聞けるし、外も見られるという自分《じぶん》なりの考えだった。

チンドン屋さんの事件《じけん》のあと、なんと私は、窓の上の方にツバメが巣《す》を作《つく》っているのを見つけた。私は大きな声で、

「何してるの」

と聞いた。先生は、

「誰《だれ》と話しているんです」

と言って、いそいで窓のところに来て上を見た。私がツバメに聞いているんだとわかったら、先生はひどく憤慨《ふんがい》した顔《かお》になり、私をじっと見て教壇に戻った。あとで先生は母に、

「私も子どもの気持ちは、わからないわけじゃないですけど、何も授業中に大きい声でツバメに『何してるの』って聞くことはないと思うんです」

とおっしゃったという。テレビの中の、別のＬＤの男の子は私のようにハトと話を

していて、いきなり、壁《かべ》を伝《つた》わって上の方《ほう》に登《のぼ》っていこうとして先生につかまっていた。

字を書くのが苦手《にがて》な子もいる。一枚の大きな紙《かみ》に字がバラバラにしか書けない子の書いた字もテレビに映《うつ》っていた。私は字は書けたけど、絵《え》の時間に先生が「国旗《こっき》を描《か》きなさい」と言ったとき、私はそんな、日《ひ》の丸《まる》なんて簡単《かんたん》なのは嫌《いや》だと思った。だから、当時は海軍《かいぐん》の旗《はた》というか軍艦旗《ぐんかんき》といわれていた、ちょっと朝日新聞《あさひしんぶん》のマークのようなのを、描こうと思いついた。で、画用紙《がようし》いっぱいに旗をクレヨンで描いてから「あっ、フサと竹竿《たけざお》をつけるのを忘れた!!」と思って、仕方《しかた》がないから三方《さんぽう》にフサのギザギザを画用紙の外、つまり机に描いて竹竿も机に描いた。だから画用紙の絵を先生に出そうと思ったら、机には三方にギザギザのフサが、そして一方《いっぽう》に竹竿が残《のこ》っていた。これなんかも、やっぱり他の子どもとは、だいぶ違っていると思う。クレヨンは、消してもとれなくて、「いまも、そのまま机に残っています」と、先生は母におっしゃったそうだ。

そして、私がテレビを見ていて最《もっと》も「あらぁー」と思ったのは、LDの子の一《ひと》つの特徴《とくちょう》として、自分がなぜ先生に叱《しか》られるのか、その理由がわからないというのがあった。これなどは全くその通りで、私はどうやらいつも廊下《ろうか》に立たされていたらしい。これは私がテレビに出るようになってから、判明《はんめい》したことだった。テレビ朝日の「奈《な》良和《らかず》モーニングショウ」の中の「ご対面《たいめん》」というコーナーで私の、その小学校の隣《となり》のクラスの一年生《いちねんせい》の先生だったかたがテレビのスタジオにいらして、一年生の時の私のことをハッキリと覚えていると話して下《くだ》さった。先生がおっしゃるのには授業中に職《しょく》員室《いんしつ》に、ときどき行く用事《ようじ》があって、その時は生徒《せいと》に自習《じしゅう》をさせて廊下に出ようとするのだけど、私が立たされている。そして、先生がその前を通ると私が、「先生、私は立たされているんですけど、どうして？」とか、「先生、チンドン屋さん嫌《きら》い？」とか、「私はどんな悪いことをしたんですか？」とか聞くんで、しまいに先生は戸《と》を開けて廊下に私が立っているのを見ると、出るのを止《や》めてしまったと大昔《おおむかし》のことを昨《きの》日《う》のことのように話して下さって、スタジオは大笑《おおわら》いになったけど、私は立たされていたなんて全く覚えていなかったので、そのことのほうがビックリだった。

そんなこんなで結局《けっきょく》「他の生徒さんへ迷惑《めいわく》がかかるから、よその学校へお連《つ》れください」と母が先生に呼ばれて、結局一年生になって数ヶ月《すうかげつ》で私は退学させられることになったのだった。私は退学をさせて下さった先生に心から感謝《かんしゃ》している。もし退学させられなくて理解《りかい》もしてもらえず、そのままでいたら、きっと私はコンプレックスの強《つよ》い、自分でも、どうしたらいいかわからない、混乱《こんらん》したままの大人になったに違いないから。退学になったから、次に入った学校で、心の底《そこ》から楽しい小学校生活《せいかつ》が送れ、自由《じゆう》で伸《の》び伸びと勉強《べんきょう》をすることができたのだった。

テレビを見ていてLDについてわかったことを少し書いておくと、昔からLDの子は、いたに違いないのに、家のしつけが悪いとか、その子の努力《どりょく》が足《た》りないとか、自分勝手だとか言われて理解されていなかった。つまり「変わった」子と言われてきた。そして難《むずか》しいのは、同じLDといわれても、それぞれの子で全く違うことだ。そして知的《ちてき》な問題《もんだい》はないのに、どこか誰でもできることができなかったり、落《お》ち着《つ》きがなかったり、集団行動《しゅうだんこうどう》ができなかったり。外見《がいけん》では全くわからないし、また小《ちい》さいときではわかりにくい。学校に入って漢字《かんじ》を書いたり数字《すうじ》を勉強したりするようになって、なんとなく苦手なものが出てきて、それも、ぜんぜん出来《でき》ない訳じゃないけど、例《たと》えば「森《もり》」という字を書こうとすると、自分では書いているつもりでも位置関係《いちかんけい》がどうしても取れなくて、木《き》を三つ並べて書いてしまう。これは、視空間認知《しくうかんにんち》が悪い、というのだそうだけど、その子にとっては、気の毒なことだ。一生懸命《いっしょうけんめい》、書いてるのに。

思い出してみると二十年《ねん》くらい前に、アメリカのかなり有名《ゆうめい》な女性の画家《がか》が「徹子の部屋」に出た。この人は三十歳《さい》すぎまで字が読めなかった。そのかわりに絵を描いていたんだけど、三十歳になって、このままではいけないと、アメリカでは既《すで》にあった「読書《どくしょ》（字）障害」の子どものための学校に行って、とうとう三十すぎに字が読めるようになったと話してくれた。読書（字）障害というのも不思議《ふしぎ》なもので、字がどうしても理解できない。B《ビー》とO《オー》とOとK《ケー》とは読めても、それがBOOKとなると、なんだか全然《ぜんぜん》わからない。それがトランポリンで飛《と》び上《あ》がった瞬間だけ大声《おおごえ》で「ブック」と読めるという話をして下さったりした。そしてアメリカの少年鑑別所《しょうねんかんべつしょ》や少年院《しょうねんいん》に入っている、かなりの数《かず》の子が、この読書（字）障害を持っているのに、怠《なま》け者《もの》とか言われて誤解《ごかい》されて気の毒だから、「私はそういう障害も世《よ》の中にあるのだということをアメリカ中講演《じゅうこうえん》して歩《ある》いている」と、その画家は話してくれた。アメリカでは、かなり前からLDの研究《けんきゅう》が行《おこな》われていたらしい。

LDは知的に問題はない。個性が強い子が多く、得意《とくい》な分野《ぶんや》の勉強なら出来る子もいる。好きなことは、とても上手《じょうず》だ。知的発達《はったつ》の遅《おく》れのあるなしという物指《ものさし》では測《はか》れない難しいところがある。まだ、はっきりはしないけど、テレビによると、脳《のう》の機能《きのう》と学習とに関係があるらしいということだった。まだ、この研究は、はじまったばかりで、わからないことも多い。そんな風だからイジメにもあったりする。だからLDということが早《はや》くわかれば、周《まわ》りのみんなが理解し自信《じしん》を持たせることにより、LDそのものすべては改善《かいぜん》されなくても、基本的《きほんてき》な能力《のうりょく》があるから、まわりの援助《えんじょ》で成長《せいちょう》していくことができる。苦手なものがあっても、好きな得意なものを見つけて、目的《もくてき》を持って頑張《がんば》っていくこともできる。だいたい、四対《たい》一の割合《わりあい》で、男の子のほうが多いという数字が本にあった。

私がテレビを見て涙したのは、テレビに映っているLDといわれている子どもたちが、小さかったころの私のように見えたことだった。どんなに落ち着きがなく走り回《まわ》って先生に注意されても、職員室が大好きで、どんどん中に入って行って、先生の机のところで一人《ひとり》で勉強している子どもも、いた。私もそうだった。テレビで紹介《しょうかい》された学校では、もう、そうなったら一対一で、そこで教えるのだと言っていた。そうすると子どもも落ち着いてきて、集中《しゅうちゅう》して勉強するという。

私が涙を流《なが》したもう一つの理由は、結局、小林校長先生は、LDなんてことを知らなかったのに、LDだったかもしれない私に完璧《かんぺき》に適《てき》した教育をしてくださったことがハッキリしたからだった。まず、私のクラスは九人《にん》だった。席は決《き》まっていなくて、好きなところに座ってよかった。そして、朝《あさ》学校に行くと、一日《いちにち》にやる時間割《わり》の全部の科目《かもく》の問題が黒板《こくばん》に書いてあって、好きなのからやってよかった。だから、結果的《けっかてき》には自習であり、わからなくなると先生のところに行って聞くので、だいたい先生と一対一で勉強することになった。先生にとっても、一人一人の生徒が、どんなことに興味を持っているのかとか、どんなことが苦手かとか、子どもの性格《せいかく》についても細《こま》かく知ることができたに違いない。ポリオとか、障害を持っている子が何人《なんにん》もいたけれど、校長先生はいつも「手《て》を貸《か》してあげなさい」とか「助《たす》けてあげなさい」とはおっしゃらなくて「一緒だよ、みんな一緒にやるんだよ」としか言わなかった。

だから私たちは何《なん》でも一緒にやったから、当然いじめなんか、なかった。そして校長先生は、後《あと》でわかったことだけど、どの子にも自信をつけるような言葉《ことば》をかけていた。私には一日に何度《なんど》も「君《きみ》は本当はいい子なんだよ」と言い続《つづ》けてくださった。私はいい子なんだと思っていたけど、大人になって思い出したら、「本当は」というのがついていたことに気がついた。でも、先生のこの言葉は私の一生《いっしょう》を決定してくれたくらい、私にはありがたい言葉だった。私はこの言葉で、勝手にいい子だと思い、先生を信頼《しんらい》し自信を持って大人になれた。

こういう、いつも校長先生に守《まも》られている、と安心《あんしん》のできる学校。おもしろいことを、私たちより先《さき》に校長先生が考えついて楽しませてくれた学校。どんなに走り回っても、「もっとやっていいよ」と言ってくれた学校。自分たちの登る自分用《よう》の木があった学校。話下手《はなしべた》な子もなんとか少しずつ話ができるようになったお弁当《べんとう》のあとのお話タイムのあった学校。講堂《こうどう》の床《ゆか》が大きな黒板で私たちはどんな大きな絵でも白墨《はくぼく》で床に寝《ね》そべってかいて良《よ》かった学校。その子の持っている個性をできるだけ早く見つけて周りの大人や環境《かんきょう》で、その芽《め》が摘《つ》まれないように大切《たいせつ》に育《そだ》てようという校長先生の教育は、そのままLDを持った子どもにも当てはまるのではないかと、テレビを見ていて私は大きな衝撃《しょうげき》を受けた。

『窓ぎわのトットちゃん』の本が、今LDの子どもを持つお母さんたちに読まれています、とか、私に小学校のときの話をしてください、という方々《かたがた》は、既にそのことを発見していたのだろうということがわかった。アメリカでは、今だいたい一クラス三十五人に一人は、LDの子がいると言われている。

ところで、エジソンとアインシュタインと私が、どこでつながっているか、というと、エジソンも、私と同じ、小学校の数ヶ月で退学になった。先生にも、お友達《ともだち》にも、「能《のう》なし！」と呼ばれていた。たった一人、もと教師《きょうし》だったお母さんだけが、「いいえ、この子は、絶対に、いい所《ところ》があります」と、かばってくれた。そういう子どもだった。アインシュタインは、人とのコミュニケーションも上手じゃなく、勉強も数学《すうがく》以外《いがい》は全くダメで、大学《だいがく》も試験《しけん》のないとこを探して、やっと入ったけど、どこかヘン!!とみんなに、いわれていた。

のちの大天才が、子どものときLDだった、ということが、最近《さいきん》の研究でわかったこと、私も、『トットちゃん』を書いたことで、LDとわかった、というのが、学者《がくしゃ》のかたの発表だったのだ。たしかに、なんであれ、大天才と共通のことがあったら、これは、よろこぶべきことに違いない。

LD関係のいろんな本を読んでいたら、ハリウッドの大《だい》スターのトム・クルーズは、はっきり自分で、LDだった、と告白《こくはく》している。「それでも、自分に合《あ》った仕《し》事《ごと》を探したら、やっていけるのだ」とLDの子ども達をはげましている。

そして、本を読めば読むほど、私は自分でも、自分がLDであったらしい、と思え、沢山《たくさん》の本に、昔LDで、いま活躍《かつやく》している人、という中に私が入っていることも、今《こん》回《かい》、発見した。

それにしても、次の文章《ぶんしょう》で、きっと勇気《ゆうき》づけられる人も多いと思う。『多動な子どもたちQ&A《キユーアンドエー》』という本の最初《さいしょ》に、「たとえば、野球監督《やきゅうかんとく》の一人に、子どものころから多動だったにちがいないと思わせる人がいます。監督は陽気《ようき》で正直《しょうじき》、多くの人から愛されています」。

もう、どなたかは、おわかりですね。ミラクルは起《おこ》るのですね。みんなで、LDの子を理解して才能をのばすお手伝《てつだ》いを、しましょう。年齢《ねんれい》と共《とも》に成長するのですから、個性を生《い》かして、活躍できるように。

トモエ学園に初めて行った日、校長先生は私に、「なんでも、好きなことを話してごらん、全部」と、おっしゃって、私は、六歳の子どもの話せる、それまでの全人生《ぜんじんせい》を話した。

あとで母に聞いたら、たっぷり四時間《じかん》。そのかわり、トモエに入った次の日から、私は、全く窓の所に立たなくなって、一番前《いちばんまえ》の席に座るようになった。そして、いま私は、「徹子の部屋」で、ちゃんと座ってゲストの話を聞いている。

長《なが》くなったけど、これが、私のLDについて書きたかったこと。

お父《とう》さんから、お母《かあ》さんを引《ひ》く???

これはなんだ？　とお思《おも》いのかたも多《おお》い、と思うけど、この内容《ないよう》がテレビの画面《がめん》に出《で》たとき、ばかみたいな話《はなし》だけど視聴率《しちょうりつ》がグーンと上《あ》がった、という。「徹子《てつこ》の部屋《へや》」でのことだった。私《わたし》が算数《さんすう》というか、足《た》し算《ざん》、引き算ができないことは、いつも「徹子の部屋」などをみてくださっているかたなら、良《よ》くご存《ぞん》じだと思うけど、とにかくこれまではなんとか切《き》り抜《ぬ》けてきた。

トークの中《なか》でどんなときに足し算や引き算が必要《ひつよう》か、というと、例《たと》えばあるゲストが、

「まぁ、私は二十六歳《さい》から四十三歳くらいまで、ほとんど通行人《つうこうにん》くらいの仕事《しごと》しかなかったですね」

とおっしゃったとする。そのまま続《つづ》けてもいいけれど、私はそういうとき、具体的《ぐたいてき》

に「何年間《なんねんかん》、通行人をやっていたのだろう?」ということを知《し》りたいと思う性格《せいかく》だ。だから、計算《けいさん》しようと大胆《だいたん》にも試《こころ》みる。これが私のヘンなところで、計算ができないのなら、心《こころ》の中で「まぁ、世《よ》の中のかたは、わかってくださるだろうから、このままで」と思っていればいいのに、断固《だんこ》そこで何年間かを知りたいと思う。一《ひと》つには、トークとして「そんなに長《なが》いこと通行人をしていても辞《や》めないで、今《いま》の主役《しゅやく》の仕事を手《て》に入《い》れた凄《すご》さ」を伝《つた》えたい、と思う気持《きも》ちがある。でも、そういうものは素早《すばや》く計算のできる人《ひと》の考《かんが》えることで、私などはひそかに黙《だま》っているべきなのに、とにかく私は計算に取《と》りかかる。

もちろん、ゲストと担当《たんとう》のディレクターとのあいだで、前《まえ》もってこういう話が出ていれば、当然《とうぜん》のようにディレクターは打合《うちあ》わせのとき計算して、私に伝えてくれる。でも、往々《おうおう》にしてこういう数字《すうじ》は、突然《とつぜん》出ることが多い。私は、一桁《ひとけた》の計算なら、なんとか、すぐできるけど、二桁になると複雑《ふくざつ》だ。「えーと、四十三から二十六を引くんだな。これが二十を引くんなら、やさしいんだけど……」。私にとって、引くほうの末尾《まつび》が引かれるほうの末尾より大《おお》きいと大事《おおごと》だ。計算をし始《はじ》めると、私の目《め》が少《すこ》しのあいだ虚《うつ》ろになる。そして、私の数字用《よう》の脳《のう》がノロノロと動《うご》き、あっちこっちにぶ

つかった揚句《あげく》、「だめみたい」と私の感覚《かんかく》の脳に伝える。で、結局《けっきょく》私は、

「まぁ、ずいぶん長いあいだご苦労《くろう》なさったんですね」

と引き算ができなかったことで落胆《らくたん》しているのを隠《かく》しながら言《い》う。

でも最近《さいきん》は、プロデューサーやディレクターにもこのことがわかってもらえて、私が「えーと」と計算しようと思うが早《はや》いか、私の目線《めせん》の先《さき》のところに立《た》っているAD《エーディー》（いわゆるアシスタント・ディレクター）が大きい紙《かみ》にマジックで、この場合《ばあい》なら「17」と書《か》いて見《み》せてくれるようになった。今いるADは物理《ぶつり》を大学《だいがく》で勉強《べんきょう》しているくらいだから計算が早い。そうすると私は、自信《じしん》を持《も》ってゲストのかたに、

「まぁ、十七年間も!!　よく情熱《じょうねつ》が続きましたねぇ」

なんて苦労話《ばなし》にも勢《いきお》いがつく。とまぁ、こういう具合《ぐあい》で、足し算引き算は「徹子の部屋」にも案外《あんがい》と必要なのだ、とわかっていただけると思う。

で、話を「お父さんから、お母さんを引く???」に戻《もど》すと、このあいだのゲストが草笛光子《くさぶえみつこ》さんのときのことだった。ご存じのように草笛さんはSKD《エスケーディー》のスターだったかたで、歌《うた》って踊《おど》れる素敵《すてき》な女優《じょゆう》さん。私は「ラ・マンチャの男《おとこ》」の草笛さんが好《す》きだった。で、問題《もんだい》が発生《はっせい》したのは、草笛さんが話の中で、

「私の父《ちち》は、今九十一歳。母《はは》は八十三。二人《ふたり》ともとても元気《げんき》なの」とおっしゃったときだった。私は羨《うらや》ましかった。私の父も生《い》きていれば、ちょうどそのくらい。

「あら、良《い》いわねー。お長いのね、結婚《けっこん》!!」

草笛さんは嬉《うれ》しそうに言った。

「母は女学校《じょがっこう》を出た十六に結婚して、次《つぎ》の年《とし》、十七歳で私を産《う》んだの」

私は歓声《かんせい》に近《ちか》い声《こえ》で言った。

「お幸《しあわ》せねえー。だって、お母様《かあさま》、初恋《はっこい》のかたと結婚なさったんですものねぇ」と言ってから、「じゃあ、もう金婚式《きんこんしき》どころじゃないわ。九十一と十六ですから。すごいわねえ、そういうの。金婚式どころかダイヤモンド婚《こん》じゃない？　すごいわねぇ、あなたのお家《うち》!!」。草笛さんは「あらぁ、本当《ほんとう》、凄いわねぇ」と言った。

私は「待《ま》ってください、今計算しますから。えーと、九十一から十六を引いたらいくつ？」これが放送《ほうそう》になったとき見ていたら、このとき字《じ》が下《した》のほうに出た。「父の現在《げんざい》の年齢《ねんれい》から母が結婚したときの年を引く？？？」。そんなこと本番中《ほんばんちゅう》の私はわからないから、急《いそ》いでADのほうを見た。彼《かれ》は素早く「75」と書いた紙を出してくれて

いた。私は草笛さんに、

「あ、凄い。今ちょっと、あっちから数字が出たんですけど、七十五ですって。え？七十五年《ねん》といったらダイヤモンド婚よ。あなた、今年《ことし》、ダイヤモンド婚ですよ。お祝《いわ》いしなくちゃ！」

と我《わ》がことのように嬉しく言った。草笛さんは、いつもの穏《おだ》やかな感《かん》じで、

「あー、そうですか。まぁ、お祝いは何度《なんど》かしてますけど」

と言った。

「ねぇ、七十五年よ。珍《めずら》しいと思うわ。ダイヤモンド婚だもの!!」と私は良いことを発見《はっけん》した喜《よろこ》びに溢《あふ》れながら、「ちょっとコマーシャルです」と言った。ちなみに「徹子の部屋」は、生《なま》放送と全《まった》く同《おな》じように編集《へんしゅう》しないで二十五年やってきた。だからコマーシャル・タイムが、一分《ぷん》とか二分《ふん》とかある。「コマーシャルです」と私が言ったと同時《どうじ》に、上《うえ》の副調整室《ふくちょうせいしつ》にいたプロデューサーが走《はし》って降《お》りてきて、手に持ったノートを私に見せ、急いだ口調《くちょう》で言った。

「結婚七十五年が、ダイヤモンド婚、これは間違《まちが》ってません」

そのときＡＤが叫《さけ》んだ。

「二十五秒《びょう》前です」

プロデューサーはノートを閉《と》じると大急《おお》ぎで、

「ただ、お父さんからお母さんを引いちゃだめなんです」

と言うと私のそばから消《き》えた。

画面は私と草笛さんに戻った。

「えっ、お父さんからお母さんを引いちゃだめ？」

いきなりのことで私は訳《わけ》がわからなかったけど、とにかく、これは、ちゃんと説明《せつめい》しないといけないことなんだろう、と思ったから、草笛さんに、

「ねぇ、お父さんからお母さんを引いちゃだめなんですって」

と言った。そうしたら草笛さんは、驚《おどろ》いた風《ふう》でもなく、

「そうなの？」

と言った。この返事《へんじ》で、どうも草笛さんは私と同じくらい算数がだめらしい、とわかったので、ここは自分《じぶん》でやらなくちゃ、と思い、私はちょっと床《ゆか》に座《すわ》って、机《つくえ》の上のメモに書いてから言った。

「わかりました。私、大きな間違いをしていました。失礼《しつれい》しました、皆様《みなさま》。お父様の

年齢からお母様の結婚した年齢を引いちゃだめなんです。九十一から十六を引いたのがお二人の結婚の年月《ねんげつ》だと思っていましたけど、これは違《ちが》います。これはお母様が今、八十三で、ご結婚なさったとき、お父様は十六じゃないですから。ねぇ、お父様は結婚したときおいくつでしたか？」

と草笛さんに聞《き》いた。突然の質問《しつもん》だったので、草笛さんは狼狽《ろうばい》して、

「えーとねぇ」

と言った。私は自分が正《ただ》しいことを質問していると決《き》め込《こ》んでいるから、

「いゃあねぇ、貴女《あなた》。全然《ぜんぜん》わかっていないでしょう。お父様とお母様って十歳くらい違うの？」

とせかすように聞いた。やっと草笛さんは、

「父は結婚したの二十五ぐらいだと思うわ。八歳違いだから」

と言った。私は、今思うと変《へん》だけど、そのときはちっともそう思わないで、

「お父様とお母様の年齢差《さ》がわかれば、これは、もっとはっきりすることなのよね」

と言った。そのときＡＤが紙を出した。見ると「お母さんからお母さんを引いてください」と書いてあった。「そうか」私は理解《りかい》した。だから草笛さんに言った。

「わかりました。これは八十三から十六を引かないといけないのよ。わかります？もうお父様はいいです。私はそうは思わないけど、みんながヘンだって言うから考えてるんですけど、八十三から十六を引くんです。あなた、わかります？」

そうすると草笛さんは首《くび》を横《よこ》に振《ふ》った。目を上げるとADが「67」と出している。そのとき私は、なんだか良くわからないけど、これが正しいのだ、と思ったので、草笛さんに、

「六十七年です。だからダイヤモンド婚じゃないから、お祝いしなくていいです」

と言った。言ってから、我《われ》ながらおかしいと思った。勝手《かって》に、ダイヤモンド婚だからお祝いしなくちゃ、と大騒《おおさわ》ぎしておいて、急《きゅう》にしなくていいですなんて。

私はキャメラに向《む》かって言った。

「あの、これは私たちが歳《とし》とって呆《ぼ》けてるってわけじゃないんです。小学生《しょうがくせい》のときからだったんですから」

草笛さんがすぐ言った。

「だから私、数字の話はいっさい人前でしないことにしてるの」

「そうねえ、そのほうが利口《りこう》に見えるものね」

私がそう言うと、草笛さんは綺麗《きれい》な顔《かお》ですまして、

「そう」

と言った。でも、これではまだ、この話は完結《かんけつ》していない。

最後《さいご》に私は、

「六十七年でも凄いけど、ダイヤモンド婚まであと何年かしら。これは七十五から六十七を引けばわかります」

と言った。草笛さんはもう聞こえないふりをしていた。目の先にADから「8」と出ていた。

「わあ、あと八年でダイヤモンド婚よ」

「あら、そうなの」

やっとここで、草笛家《け》のおめでたい話にけりがついた。この私たちの会話《かいわ》を「バカじゃないか」と怒《おこ》らないで、ずいぶん多くのかたがたが笑《わら》って見てくださったということが、テレビ局《きょく》にかかってきた電話《でんわ》でもわかって、なんとか草笛さんにも失礼にならなくて良かったと思った。おもしろかったのは、「黒柳《くろやなぎ》さんのいうとおり、七十五年で正しいんじゃないですか」と言い張《は》って聞かない中年《ちゅうねん》の女《おんな》の人からの電話があっ

たということだった。

何日《なんにち》かして、この話を親友《しんゆう》の野際陽子《のぎわようこ》さんにしたら、野際さんは、私と違って計算ができるから、話《はな》しはじめるや否《いな》や、すぐ、

「あら、お父さんからお母さん引いちゃだめじゃないの」

と言って、私が、

「そうなの。七十五年でダイヤモンド婚だと思ったら違って残念《ざんねん》なの」

と言うと、即座《そくざ》に、

「だって貴女、草笛さん七十五歳じゃないじゃない」

と言った。

「えーっ!? そうか、結婚した次の年に産まれたって言ったんだから、七十五年となると、草笛さんはそういう年になっちゃうのか」

そのときやっと草笛さんが強《つよ》くは否定《ひてい》しなかったけれど、なんとなく（違うと思う）というような素振《そぶ》りをしたのは、そういうことだったのか、と訳がわかった。

でも、いずれにしても草笛さんのご両親《りょうしん》がダイヤモンド婚を元気にお迎《むか》えになることを祈《いの》っているし、必《かなら》ずそうなると信《しん》じている。そうなれば、私は自信を持って言え

る。「お父さんからお母さんを引いたっていいんです。いずれにしてもダイヤモンド婚なんですから」って。

あなたは低能《ていのう》!!

このごろ、あまり低能という言葉《ことば》を聞《き》かない。でも昔《むかし》はよく使《つか》われていた。私《わたし》は小《しょう》学校《がっこう》の三年生《さんねんせい》くらいのとき、はっきりと先生《せんせい》からそういわれたから、私にとっては忘《わす》れられない言葉のひとつになっている。トットちゃんの学校《がっこう》、小林校長《こばやしこうちょう》先生が作《つく》ったトモエ学園《がくえん》では、生徒《せいと》にそんなことをいう先生はひとりもいなかった。でも、戦争《せんそう》が始《はじ》まって、なんとなく、自由《じゆう》な気風《きふう》の小《ちい》さな小学校にも戦争の足音《あしおと》は近《ちか》づいてきて、ある日《ひ》、文部省《もんぶしょう》から派遣《はけん》されたという女《おんな》の先生が、私のクラスの担当《たんとう》ということで電《でん》車《しゃ》の教室《きょうしつ》に来た。あまり笑顔《えがお》のない先生で、こわいというより、私には銅像《どうぞう》のように見《み》えた。でも、その先生もトモエの授業方針《じゅぎょうほうしん》には反対《はんたい》することなく、いつものように朝行《あさい》くと、一日《いちにち》やる時間割《じかんわ》りの全部《ぜんぶ》の科目《かもく》の問題《もんだい》を先生が黒板《こくばん》に書《か》いて、好《す》きなのかからやっていいのは同《おな》じだった。

ところがある日、算数《さんすう》の問題で、私が答《こた》えを書いて先生のところに帳面《ちょうめん》を持《も》っていったとき、先生は、じーっと私のノートを見て、それから私を見てこういったのだった。

「あなたは低能!!　こういうのを低能っていうんです!!」

私は自分《じぶん》でも（そうだろうな）と思《おも》った。それはどういう問題だったかというと、

「ここに大《おお》きな歯車《はぐるま》があって歯が20あります。もうひとつの、小さな歯車は歯が５つです。いったいこの小さな歯車は何回《なんかい》大きな歯車の周《まわ》りを回《まわ》ったら一周《いっしゅう》するのでしょう」というようなのだった。たぶん、割《わ》り算《ざん》の勉強《べんきょう》をさせようという魂胆《こんたん》だったのだろうけど、私はなんだかよくわからなかったから、適当《てきとう》に「７」と書いて出《だ》した。そしたら先生は、「低能!!」といったのだった。先生は私に20と5の関係《かんけい》を説明《せつめい》して、

「もうひとつ違《ちが》う数《かず》のを出します。こういうのを例題《れいだい》というのです」といってから、

「25の歯車と５つの歯車があります。５つの歯車は何回大きい歯車の周りを回るのでしょう」

と、ゆっくりいった。私は自分の席《せき》に帰《かえ》って考《かんが》えたけど、よくわからなかった。ずっと席に座《すわ》っていたら、先生が回ってきて、私が「９」とか書いてあるノートを見て、

溜息《ためいき》をついた。私はその溜息も「低能!!」と同じに聞こえた。

これ以来《いらい》、私は算数が、ますますできなくなった。少《すこ》しは考えてみるけど、「どうせ低能だもんな」と思ってしまうのだった。でも、子《こ》どもが可哀《かわい》そうだと思うのは、なんでも家《うち》に帰って母《はは》に報告《ほうこく》する私でも、先生から「低能」といわれたことはいわなかった。これはこのごろ、学校で先生や友達《ともだち》からひどい目《め》にあっても、子どもが家でそのことをいわないと報道《ほうどう》されているけど、私にもよくわかる。それは、親《おや》に心配《しんぱい》かけたくないこと、親にまで、みじめな思いをさせたくないこと。その他《ほか》、いろいろと、きっと大人《おとな》よりたぶん子どもは考えているのだと思うから可哀そう。私なんかは、ある程度事実《ていどじじつ》だから、まあ、いいとしても、世《よ》の中《なか》には、そうでない理不尽《りふじん》なこともあるのに、といつも思う。

でも、私は単《たん》なる「低能!!」といわれて、そのままでいる子どもでもなかった。家に帰って、ボール紙《がみ》で、まず20の歯車を作ってみた。そして、5つの歯車のも作ってみた。そして、小さい歯車を大きいほうの周りに回らせてみようとした。実際《じっさい》やってみると、これは私にいわせてもらえば変《へん》な問題で、小さい歯車は5つしか歯がないから、どうしても歯と歯のあいだの間隔《かんかく》が大きくなり、大きい歯車の周りをちゃんと回るなんてことはできなかった。きっと何《なに》かの法則《ほうそく》があるんだろうけど、少《すく》なくとも私が考えてやってみた限《かぎ》り、歯車を嚙《か》み合《あ》わせるには、嘘《うそ》の回りかたでなければできなかった。でも私は、ちゃんと指《ゆび》で押《お》さえ込《こ》み、小さいほうのを回してみた。そして、20の歯車の周りを5つの歯車が回ると4回《かい》だ、ということがわかった。

低能といわれるだけあって、私は更《さら》に、例題の25と5つのも作ってやってみた。あとで考えたら、小さい5つのは、前《まえ》のを使ってもよかったのだけれど。不器用《ぶきよう》な私が、ボール紙を歯の形《かたち》どおり切《き》って作るのは並大抵《なみたいてい》のことではなかった。例題のは5回だった。私は4個《こ》の大小《だいしょう》の歯車を並《なら》べてみて、どう考えても算数というのは不気味《ぶきみ》なものだと判断《はんだん》した。でも一応《いちおう》、実際に作ってみたことで、割り算というか九九《くく》の関係が少し飲《の》みこめた。

でも、この「こういうのを低能っていうんです」以来、算数というか数字《すうじ》が大嫌《だいきら》いになった。その証拠《しょうこ》に、その後《あと》、女学校《じょがっこう》にあがったころ、私の数字嫌《ぎら》いはひどくなり、代数《だいすう》はいつも0点《れいてん》だった。その代《か》わり、幾何《きか》はたいてい百点《ひゃく》、という不思議《ふしぎ》なことになってきた。ボール紙で切って歯車を作ってやってみたことで、目で見ることができることには関心《かんしん》があったのだと思う。でも、なんでも見えるものでやるとなると、なかなか面倒《めんどう》なことで、今《いま》でも計算《けいさん》できないのだけれど、ものでやるとなんとかできる。例《たと》えば$3\frac{1}{2}+2\frac{3}{4}=$という問題があったとすると、私はまずリンゴを持ってくる。そして、三個と半分《はんぶん》に切ったリンゴを置《お》く。次《つぎ》に、二個と四つに割ったリンゴの三つ分《ぶん》を置く。そして全部を数《かぞ》えていくと（切ったものも切り口《くち》を合わせていくと）、六個と四分の一、つまり$6\frac{1}{4}$という具合《ぐあい》。この計算が合っているかどうかはわからないけど、実際のものだとこうなる。恐《おそ》らく、数学《すうがく》の好きなかたは、それをいちいちリンゴを持ってこないで、同じことなんだから、計算を頭《あたま》でやればいいとお考えになるだろうし、リンゴだって無尽蔵《むじんぞう》にあるわけじゃないから、土台《どだい》こういうことでやるのは無理《むり》な話《はなし》ということになってしまうのだけれど、世の中には私みたいな人間《にんげん》もいると、わかってほしい。

そんな訳《わけ》で、幾何というのは、やはり数は必要《ひつよう》だけど、形があるから、見ているうちに自分流《りゅう》の答えの出しかたがわかってくるから私は好きだ。「図《ず》のように、ＡＣ《エーシー》を直径《ちょっけい》とする円Ｏ《えんオー》が内接《ないせつ》する三角形《さんかくけい》ＡＢ《ビー》Ｃがある。ＢＣの長《なが》さを求《もと》めよ」などというとき、私は決《き》まっている数式《すうしき》で出すのじゃないから、人《ひと》に説明することはできないけれど、答えを出すことはできる。たいてい百点だったけど、先生はどう解《と》いたと思ったことだろう。問題の下《した》に、答えだけ書いて、いつも出していた。たぶん、計算法《ほう》（？）を書かないといけないんだろうけど、先生は興味《きょうみ》もなかったらしく、私にお聞きにならなかった。このことを、このあいだ人に話《はな》したら、もし、その解きかたに興味を持って、人とは全《まった》く違う私流のやりかたに関心を持つ先生だったら、私はアインシュタインのようになっていたかもしれない、といわれて笑《わら》ってしまった。

　でも、その女学校の男《おとこ》の先生は、私が代数がいつも0点なのと、一度《いちど》、試験《しけん》のとき、答案用紙《とうあんようし》に私が、「先生の嘘つき。生徒に嘘をつくのはよくないことです」と書いたので、私にマイナス10点をくれた。−10。以来、私と関《かか》わりを持ちたくなかったに違いない。新《あたら》しい教科書《きょうかしょ》をくださることについて、先生が明《あき》らかに嘘をついたので、私はそう答案用紙に書いたのだった。

　数日後《すうじつご》、廊下《ろうか》で会《あ》った先生は、私を呼《よ》び止《と》めて、

「このあいだのマイナス10点は、教師《きょうし》としてあるまじき態度《たいど》だったと思うので取《と》り消《け》します」

　といった。

「じゃ、どうなるんですか」

と私が聞いたら、

「0点です」

といったので、

「いいです。取り消していただかなくて」

と私は小さい声《こえ》でこたえた。そもそも、この先生が前に「何か質問《しつもん》は」とおっしゃったとき、私が、

「なんでこんな代数とかやるんですか、なんのために必要なんですか」

と聞いたことがあった。先生は、

「明日《あした》までに考えてきます」

とおっしゃって、次の日、こう説明なさった。

「幾何は、例えば木《き》に登《のぼ》ったりしなくても高《たか》さを知《し》ることができます。橋《はし》も渡《わた》らなくても何メートルとか計算を出すことができます」

(なるほど、これは必要なことだな)と私は思った。でも、次に先生はこういった。

「ただ、代数は、なんのためかは、わかりません」

私は残念《ざんねん》だった。何かに必要なら、勉強する気《き》にもなったんだろうけど。そんな風《ふう》

で、どんなに幾何が百点取れても代数がゼロだから、数学は平均《へいきん》して50点。できの悪《わる》い生徒で、いつまでも低能のまま大人になってしまった。電話番号《でんわばんごう》も、一《ひと》つか二《ふた》つくらいしか憶《おぼ》えられない。

じゃ、数字が全くだめかというと、自分の興味のあることは、我《われ》ながら感心《かんしん》!! と思うくらい憶えられる。ユニセフの仕事《しごと》で、いろんな国《くに》に行ったとき、どんな数でも、一切《いっさい》ノートもしないで憶えられるのは、私。親善大使《しんぜんたいし》の視察《しさつ》の旅《たび》というのは、なかなか大変《たいへん》で、テレビ朝日《あさひ》のスタッフと、写真家《しゃしんか》の田沼武能《たぬまたけよし》さんと、新聞社《しんぶんしゃ》の記者《きしゃ》何人かとユニセフのスタッフで、一週間《しゅうかん》くらいのあいだに、延《の》べ百時間くらいは活動《かつどう》する。車《くるま》や小型飛行機《こがたひこうき》で移動《いどう》しながら、病院《びょういん》や学校や、いろいろな施設《しせつ》などを訪問《ほうもん》し、子どもたちに会い、時《とき》には大統領《だいとうりょう》にもお会いし、また、難民《なんみん》キャンプ、砂漠《さばく》、地雷《じらい》があるところ、破壊《はかい》された家、とにかく、ほとんど走《はし》るようにして見てまわる。そして、夜《よる》遅《おそ》く、数合わせといって、「その難民キャンプにいた人たちは何人か」など、あらゆることをテレビ局《きょく》、田沼さん、記者の人たち、ユニセフとで照合《しょうごう》しあう。それぞれが発表《はっぴょう》するとき、違っていると大変だからだ。そういうとき、私だけがノートを持っていない。子どもたちにあったりするとき、手《て》に何か持っていては、抱《だ》くこともできないし、握手《あくしゅ》もできないから。でも、なぜかこのときの数字は、すべて、みんなもびっくりするほど、きちんと憶えている。

内戦中《ないせんちゅう》のアンゴラでは、五歳《さい》までに死《し》ぬ子どもが、千人中三百七十五人。ルワンダの紛争《ふんそう》では、五十万《まん》人以上が殺《ころ》され、二百万人以上が難民となって国外《こくがい》に逃《のが》れ、ブカブ（旧《きゅう》ザイール）周辺《しゅうへん》の三十五のキャンプで暮《くら》すルワンダ難民は三十八万四千八百人。そして、百五十万人が国内避難民《こくないひなんみん》になった。湾岸戦争後《わんがんせんそうご》のイラクでは、十七万人の子どもが、重度《じゅうど》の栄養不良《えいようふりょう》で危険《きけん》にさらされている。コソボに埋《う》められた地雷は百万個。旧ユーゴスラビア全体《ぜんたい》で一千万個。世界中《せかいじゅう》で一年間《ねんかん》に五歳未満《みまん》で死ぬ子どもの数は、千百十四万人。地球上の八七％の子どもは、発展途上国と呼ばれているところで暮している。日本《にほん》の子どもは、残《のこ》りの一三％にいる恵《めぐ》まれた環境《かんきょう》にいる子ども。ハイチの十二歳の少女《しょうじょ》は、家族《かぞく》を養《やしな》うために、たった四十二円（六グールド）で売春《ばいしゅん》している。ハイチの仕事のない大人は人口《じんこう》の八〇％、教育《きょういく》の機会《きかい》がちゃんと与《あた》えられていないから、識字率《しきじりつ》は一五％。ウガンダのエイズ孤児《こじ》は百万人。

こんな数は簡単《かんたん》じゃないか、とお思いかもしれないけれど、今まで十六年間に訪問《ほうもん》した二十以上の国のいろんな数字は、膨大《ぼうだい》なものだと思うけど、私はほとんど憶えている。前回、私は小学生《しょうがくせい》のときLD《エルディー》（学習障害《がくしゅうしょうがい》）とよばれる子どもだった、と書いたし、今回も、計算や数字に関《かん》してだめだ、と書いた。でも、私にとって、いま最《もっと》も大《たい》切《せつ》な数字、世界の子どもに関することは、頭の中でキチンと整理《せいり》されている。

低能といわれた子どもでも、どこかに、その子だけが知っている、特別《とくべつ》な脳《のう》があるのかも知れない。

リベリア報告《ほうこく》

ついこの間《あいだ》、アフリカの「リベリア」という国《くに》に行《い》った。PUFFY《パフィー》の歌《うた》う井上陽水《いのうえようすい》さんの『アジアの純真《じゅんしん》』の中《なか》の、へ北京《ペキン》、ベルリン、ダブリン、リベリア……

くらいでしか聞《き》いたことのない国。または、たまに「リベリア船籍《せんせき》」とかって、どっかで聞いたことがあるかなぁ、というくらいの国。リベリアに行くといったら、何人《なんにん》もの人《ひと》から、「リビアですか、大変《たいへん》ですね」ともいわれたし、「ほう、リビエラですか？」ともいわれた。いま問題《もんだい》になっている「ブリヂストン」が持《も》っている「ファイアストン」のタイヤのゴム、あのゴムが、このリベリアにある世界最大《せかいさいだい》といわれるプランテーションで作《つく》られた、といえば、少《すこ》しはイメージがわくかもしれない。どこにあるのか？　これがまた、アフリカの中で一番《いちばん》わかりにくい、ゴチャゴチャと国が並《なら》んでいる西海岸《にしかいがん》のほうだ。

　だいたい、サンコンさんによると、「アフリカから来《き》ました」というと、多《おお》くの日《に》本人《ほんじん》が「アフリカの首都《しゅと》は、どこですか？」と聞くので答《こた》えに困《こま》る、と話《はな》してくれたことがある。

「アフリカの首都というのはないんです。アフリカには国が五十三あって、私《わたし》はギニアという国から来ました」

　というと、また多くの人は、

「えーっ、アフリカって五十三も国があるんですか？　わあーびっくりした……」

と驚《おどろ》いて、ギニアがどこにあるのか、聞くのも忘《わす》れるらしい、といった。

　本当《ほんとう》にわからないことも多く、アフリカに住《す》んでるからといって、アフリカの動物《どうぶつ》を、みんなが知《し》ってる訳《わけ》じゃない。サンコンさんは、日本に来て動物園《えん》に行って、はじめて縞馬《しまうま》やキリンを見《み》た、といっていた。そして、「かわった動物で、ビックリした」ともいっていた。日本のように、動物園があって、誰《だれ》でも象《ぞう》やキリンを知っている国は、そうはない。

　で、リベリアの位置《いち》の話《はなし》に戻《もど》ると、西アフリカのこの辺《あた》りは、ゴチャゴチャしているといっては失礼《しつれい》だけど、確《たし》かにゴチャゴチャしている。リベリアの東《ひがし》、地図《ちず》にむかってリベリアの右《みぎ》にはコートジボワールという国。上《うえ》というか北隣《きたどなり》がサンコンさんの故郷《こきょう》ギニア。左《ひだり》隣がシエラレオネ。南《みなみ》は大西洋《たいせいよう》。とにかくアフリカの中で、地図を描《か》け、といわれると、最《もっと》も難《むずか》しい地域《ちいき》ではないか、と思《おも》う。じゃ、なんで、この国に行ったのか、というと、この国は、一九八九年から内戦《ないせん》が七年半《ねんはん》も続《つづ》いた。その間《あいだ》、二百五十万人《まんにん》の人口《じんこう》のうち、子《こ》どもを含《ふく》む二十五万人が死《し》に、国内避《こくないひ》難民《なんみん》が百二十万人から百五十万人、国外《こくがい》に出《で》た難民が七十四万人、つまり国民《こくみん》の九割《わり》が死ぬか難民になるか、という壊滅的《かいめつてき》な被害《ひがい》にあったこと。そして、ぜひ視察《しさつ》してほしい、といわれた訳は、チャイルド・ソルジャーといわれる少年兵《しょうねんへい》がいるということ。とくに内戦の間は、六歳《さい》から十二歳くらいの子どもがたくさん兵隊《へいたい》にさせられていた、ということが私の行く大《おお》きな理由《りゆう》だった。内戦が終《お》わって三年たつのに、ちっとも回復《かいふく》しないで、ますます悪《わる》くなっているといわれている国「リベリア」。日本から、乗《の》り継《つ》ぎ乗り継ぎ、二日《ふつか》半かかって、リベリアの首都、モンロビアについた。

　ざっと見廻《みまわ》したところ、街《まち》の建物《たてもの》は、朽《く》ちはて、すすけるのにまかせたスラム状態《じょうたい》。歩《ある》いてる子ども達《たち》は、難民キャンプの子と区別《くべつ》がつかないくらい貧《まず》しく汚《よご》れていた。

これが百八十年前《まえ》、世界が拍手《はくしゅ》を送《おく》った国？　自由《じゆう》の国として、アフリカでは、最初《さいしょ》に黒人《こくじん》の国として独立《どくりつ》した国？

私のユニセフ親善大使《しんぜんたいし》としての十七年目《め》の旅《たび》は、こうして始《はじ》まった。

友好《ゆうこう》の木《き》

リベリアは、一八二二年、アメリカ合衆国《がっしゅうこく》が奴隷《どれい》として使《つか》っていた黒人を、「解放《かいほう》奴隷」として、アフリカにもどしたことから生《う》まれた国、として知っている人は知っている。私は、『アンクル・トムの小屋《こや》』を子どものとき読《よ》んで、勝手《かって》にアメリカに連《つ》れて来て、お金《かね》で売買《ばいばい》する奴隷制度《せいど》は、よくない、と思っていた。気《き》の毒《どく》だと思った、そう思った子どもは多いと思う。だから自由にされた奴隷の喜《よろこ》びが、どんなに大きかったか、わかる気がする。とにかく、ふるさとのアフリカに帰《かえ》って、自由に自分《じぶん》たちの国を作りなさい、ということで、自由《リバティー》という言葉《ことば》から、「リベリア」という名《な》前《まえ》がつけられた。約《やく》三万人の奴隷が返《かえ》された。途中《とちゅう》、マラリア、コレラ、その他《ほか》の病《びょう》気《き》で半分《はんぶん》くらい死んだけど、とにかく、帰って来た。

その一番最初に船《ふね》のついた所《ところ》が、モンロビアの街の中に残《のこ》っていた。そこは、プロビデンス・アイランドという小《ちい》さな小さな島《しま》で、橋《はし》で結《むす》んであるので、車《くるま》で走《はし》っていると島だとは気がつかないけど、入江《いりえ》があり、大西洋から入《はい》って来《こ》られるように、なっている。最初、たどりついた解放奴隷たちは、自由になった喜びを感謝《かんしゃ》し、胸《むね》をふくらませ、おだやかな光景《こうけい》に涙《なみだ》したに違《ちが》いない。いま、その島は公園《こうえん》になっている。内戦の前は、子どもたちの劇場《げきじょう》やピクニック用《よう》の小さいあずまやや、レストランがあった。日曜日《にちようび》は子どもたちの笑《わら》い声《ごえ》で溢《あふ》れていた。でも、いまは、全《すべ》てが破壊《はかい》され、建物の残骸《ざんがい》が見られるだけの場所《ばしょ》になっていた。

でも、一《ひと》つだけ、当時《とうじ》のものが残っていた。でも、それも、そこの責任者《せきにんしゃ》の中年《ちゅうねん》のおじさんが説明《せつめい》して下《くだ》さらなければ、段々《だんだん》わからなくなるに違いないものだった。それは、公園の少しはじのほうにある大きい木。六人くらいが手《て》を拡《ひろ》げて、やっと、かかえられるくらいの、太《ふと》い、背《せ》の高《たか》い巨木《きょぼく》だった。コットン・トゥリーだと、おじさんは教《おし》えてくれた。いくつにも別《わか》れた大きな根《ね》は、しっかりと、力強《ちからづよ》く、土《つち》の中でねむり、沢山《たくさん》の葉《は》をつけた大きな枝《えだ》は、暑《あつ》い陽《ひ》ざしからやさしく守《まも》ってくれるように見えた。この木は、「友好の木」と呼《よ》ばれているという。それは、はじめて、この島についた解放奴隷と、もともと、この国に住んでいた原住民《げんじゅうみん》の人たちが「一緒《いっしょ》にやっていきましょう、いい国を作りましょう」と、この木の下で固《かた》い握手《あくしゅ》をかわしたことから、名前がつけられた。なんて、ステキなことだったのだろう。恐《おそ》らく、解放されて、上陸《じょうりく》してきた解放奴隷たちは、心《こころ》からそう思い、握手をしたに違いなかった。

ところが、そのうち、段々と、アメリカの文明《ぶんめい》の中で暮《くら》して来た奴隷と、もともと、その土地《とち》にいた原住民との間に、色々《いろいろ》な確執《かくしつ》が生まれて来た。解放奴隷の中には白《はく》人《じん》との混血《こんけつ》もいた。「白《しろ》いほうがいい」という考《かんが》えが、彼等《かれら》の中にあった。自分たちが奴隷だったように、自分たちも奴隷を使うようになっていった。少数《しょうすう》の解放奴隷が支配階級《しはいかいきゅう》になっていった。黒人による黒人植民地《しょくみんち》支配が始まった、という風《ふう》に、世界は、この国のことを伝《つた》えてもいる。百年以上《いじょう》にわたる解放奴隷による支配の後《あと》、クーデターがくり返され、裏切《うらぎ》り、虐殺《ぎゃくさつ》、無差《むさ》別殺人《べつさつじん》、こういうことが何回《なんかい》もくり返され、とうとう今回《こんかい》の七年半におよぶ内戦に突入《とつにゅう》したのだった。

皮《ひ》肉《にく》にも一八四七年に独立して、百五十年目に内戦が終わった訳なので、百五十年間のひずみが一挙《いっきょ》に出たのが、この内戦だといわれている。はじめは、おだやかな陽がサンサンと輝《かがや》き木も草《くさ》も青《あお》い、この美《うつく》しい島での握手から、はじまった国だったのに。でも、よく見ると、巨木の幹《みき》に、バラのトゲの五倍《ばい》くらい大きく固いトゲが、あっちこっちから出ていた。気づかずに、よっかかったりしたら大変だった。このトゲが、私には、何《なに》か、この国を象徴《しょうちょう》しているように思えてならなかった。

水力発電所《すいりょくはつでんしょ》の水門《すいもん》

この国の子どもたちは、ほとんど、ちゃんとした水《みず》を飲《の》んでいない。それは、内戦で、一つには給水施設《きゅうすいしせつ》が破壊されたこと、もう一つは、火力《かりょく》発電所が、やはり破壊されて、ほとんど使えなくなり、電気《でんき》がなければ、川《かわ》の水などを浄化《じょうか》したりも出来《でき》ず、また、その水を運《はこ》ぶ電力《でんりょく》もないので、とにかく飲料水《いんりょうすい》もないというのが現実《げんじつ》だった。最初に行った街の中の発電所は、一九六二年に最初の機械《きかい》が設置《せっち》され、その後《ご》、日本も援助《えんじょ》して、発電機《はつでんき》も増《ふ》え、日本赤十字《せきじゅうじ》が修理《しゅうり》の支援《しえん》などもしていた。でも、結局《けっきょく》、内戦でこわされ、また戦後《せんご》の日本と同《おな》じように、鉄《てつ》、アルミ、銅《どう》などの金属《きんぞく》が盗《ぬす》まれたということで、いまは、台湾《たいわん》が五台《だい》の発電機を援助したけど、ほとんど機能《きのう》していないという有様《ありさま》だった。

技術者《ぎじゅつしゃ》の人は、「何ともならないのです」と悲《かな》しそうに私にいった。水力発電所のほうは、更《さら》に悲惨《ひさん》だった。モンロビアから四十キロくらいの所にある、大きい水力発電所は、全《まった》く、建物の外側《そとがわ》だけで、中は何もなかった。いまこの発電所は、大きなセントポール川《がわ》の中にポッンとあった。かつては、モンロビアの人たちが、たっぷり使える電気を作っていた。ところが、一九九〇年、戦闘《せんとう》が激《はげ》しくなり、とうとうダム関《かん》係者《けいしゃ》は、避難しないわけにはいかなくなった。そのとき、よほど、あわてていたに違いない。四つの大きな水門を閉《し》めたまま、逃《に》げてしまった。すると、恐ろしいことに川の水は、忽《たちま》ちダムから溢れ出て、発電所の施設は濁流《だくりゅう》の中にのまれ、タービンをはじめとする、いろんな機械がこわれてしまった。

そして、そのあとは、ゲリラによって破壊されたうえ、金属泥棒《どろぼう》の手にかかり、結局、この水力発電所は、全く使えない建物の外側だけになってしまったというわけだった。この発電所がこわれたため、川岸《かわぎし》の浄水所《じょうすいじょ》で作られ、街に運ばれていた飲料水は、作られなくなってしまった。飲み水は、現在《げんざい》、仕方《しかた》なく、一部《いちぶ》の地域で井戸《いど》などの水を、トラックで運んで、街の貯水所《ちょすいじょ》に貯《た》めているけど、ちゃんとした水を飲める子どもの人数《にんずう》は限《かぎ》られている。下水処理《げすいしょり》施設も破壊され、いまは汚水《おすい》が溢れているので、伝染病《でんせんびょう》を防《ふせ》ぐためにも、ちゃんとした浄水施設が必要《ひつよう》だと、つくづく思った。街は、ほとんど真暗《まっくら》で、自家《じか》発電を使って作られた電気が、細々《ほそぼそ》とついている。

ちなみに、私は、国連《こくれん》で働《はたら》く人たちの寝泊《ねと》まりしている敷地内《しきちない》にある、ユニセフのリベリア代表《だいひょう》の女性《じょせい》の家《うち》に泊まらせてもらっていたけど、夜は停電《ていでん》しょっちゅう。エアコンは部屋《へや》についているけど、電圧《でんあつ》が低《ひく》いので使えない。顔《かお》を洗《あら》おうと思っても、夜《よる》は、水も、お湯《ゆ》も出なかった。でも、時々《ときどき》、凄《すご》い大雨《おおあめ》が降《ふ》る。子どもたちのために、どっかに貯められたらいいのに!! と思うけど、そういう雨は沼《ぬま》などにたまり、マラリアが多いこの国の蚊《か》の住みかとなる。

私は、リベリアにいた間はもちろんだけど、帰ってきたいまでも、これから一ヶ月《かげつ》はマラリアの薬《くすり》をのみ続けなくてはならない。マラリアとは、そのくらい恐ろしい。子どもたちの病気でも、最も多いのは、病院《びょういん》でもマラリアだった。日本は、本当に天国《てんごく》のように思えた。

チャールズ・テーラーは嫌《きら》い! でいい!!

大統領《だいとうりょう》が、私に会《あ》いたい、とおっしゃっている、というので、お会いすることになった。その前には、外務大臣《がいむだいじん》にもお会いした。十年前の一九九〇年、大統領は、クーデターで前《ぜん》大統領をたおし、一九九七年の選挙《せんきょ》によって、大統領《せんきょ》になった。大統領の名前は、チャールズ・テーラー。アメリカで教育《きょういく》を受けた。七年半の内戦は、この人がはじめたといわれている。とにかく、この国の政治《せいじ》は、すごく、ややっこしいので省略《しょうりゃく》するけれど、そして、私は常《つね》に人道的立場《じんどうてきたちば》でいなくてはならないので、悪口《わるくち》もいわないでおくけれど、この大統領は国際的《こくさいてき》に評判《ひょうばん》が悪い。

なんとリベリアではダイヤモンドが採《と》れる。隣の、内戦が続いているシエラレオネもダイヤモンドが採れる。大統領は、シエラレオネの反《はん》政府武装勢力《ぶそうせいりょく》のダイヤと武器《ぶき》の秘密取引《ひみつとりひき》を助《たす》けて、内戦をあおっていると国際的に非難《ひなん》されている。そのために経《けい》済制裁《ざいせいさい》をうけ、当分《とうぶん》、国際的な経済援助は見込《みこ》めそうもないから、この国が、ますますひどくなっている。つまり、大統領が悪い、というのが、これまでの、いきさつ。大統領は私と、しばらく話してから、私と同行《どうこう》のテレビ朝日《あさひ》のスタッフ、写真家《しゃしんか》の田《た》沼武能《ぬまたけよし》さん、朝日・毎日《まいにち》・共同通信《きょうどうつうしん》の記者《きしゃ》たちマスコミみんなも、自分に質問《しつもん》して構《かま》わない、と大統領室に招《まね》きいれた。ダイヤのこと、武器のこと、かなりみんな、つっこんだ質問をしたけれど、大統領は怒《おこ》ることもなく、一つ一つ、「事実《じじつ》ではない」とか、丁寧《ていねい》に答えた。それは外務大臣も同じだった。大統領が私におっしゃったこと、それは、「チャールズ・テーラーは嫌いだ！　という人もいるけど、私はかまいません。それは、おいといて、といっても私は選挙で国民の八〇％の支持《しじ》を受けて選《えら》ばれた大統領であるけれど、とにかく嫌われてもいい。でも、国民、とくに子どもには何の罪《つみ》もないのです。シエラレオネの内戦についていえば、武装解除《かいじょ》が進《すす》んで、近《ちか》く終わると思います。あの国の大統領とも、週《しゅう》に二回は電話《でんわ》で話して仲《なか》がいいので、ご心《しん》配《ぱい》なく。私は、この国の子どもに援助をお願《ねが》いしたい。現在は、内戦中《ちゅう》より状態が悪く、飢《う》えている子どもも多く、国は壊滅的な状態にある。子どもたちに教育も受けさせたい（この国の識字《しきじ》率《りつ》は二〇％）。国の存亡《そんぼう》は子どもにかかっています。テーラー個人《こじん》への好《す》き嫌いで、子どもへの援助が断《た》ち切《き》られることのないように、お願いしたい」。これほど大統領が率直《そっちょく》におっしゃったことは珍《めずら》しい、とユニセフの代表《だいひょう》がいった。

最後《さいご》に私が、

「大統領、あなたは、この国の子どもを愛《あい》していらっしゃいますか」

と伺《うかが》ったら、はっきりと、

「心から愛しています」

とお答えになった。本当に子どものことを心配していらっしゃるというのは確かなようだった。

チャイルド・ソルジャー

「はじめて銃《じゅう》を持ったときは、うれしかったです」

十歳から十三歳までの三年間、少年兵だったという小柄《こがら》な男《おとこ》の子は、うつむきかげんで私にそういった。

「命令《めいれい》で兵隊になったの？　それとも志願《しがん》したの？」

私の質問に、彼は顔をあげて、きっぱりといった。

「自分からです」

「どうして？」

「友《とも》だちも、みんな、なるといってたし、闘《たたか》いたかったから」

「人を撃《う》ったの？」

「撃ちました。何度《なんど》も銃撃戦《じゅうげきせん》に参加《さんか》しましたから」

「撃ったとき、どんな気がした？」

「うれしかったです」

「人が死んで血《ち》なんか流《なが》れたのを見て、どう思ったの?」

「やった! と思って、うれしかったです」

「お金を払《はら》ってくれると大人《おとな》は約束《やくそく》しましたか?」

「くれるといいましたけど、くれませんでした。でも、お金より闘いたかったんです」

「あなたは、自分が正《ただ》しいことをしている、と思っていたんでしょうね」

「そうです」

「もし、いま銃をあなたに渡《わた》したら、あなたは、また人を撃ちますか?」

私は、自分でも、こんな風に少年を問《と》いつめるみたいなのはイヤだと思った。この子は、たった十歳だったんだから。でも、少年兵が、どんな考えで、そして、どんな状況《じょうきょう》で、内戦に参加していたかは、ちゃんと知らなければならない。少年の黒《くろ》い顔から、汗《あせ》がふき出して流れた。少年は、小さい声で答えた。

「もう、撃ちません」

この会話《かいわ》を聞いたら、みなさんは、なんて凶暴《きょうぼう》な子どもだろう、とお思いかも知れない。でも、この子は、大人たちにあおられて、兵隊になった。戦争《せんそう》が終わったいま、

殺《ころ》された側《がわ》の人たちから人殺しと呼ばれ、離《はな》れた村《むら》に住む両親《りょうしん》も、この少年兵の親《おや》と
いうことで、まわりの人たちから嫌われているという。
生活《せいかつ》は、すべて戦争で台無《だいな》しになった。この子は、行くところがなくて、アメリカ人の宣教師《せんきょうし》が一九九二年に作った、子どもの、「いやしの家《いえ》」にいた。戦争の犠牲《ぎせい》になった子どもや、兵隊だった子どもたちを藪《やぶ》の中から探《さが》し出し、ここに連れてきて、社会復帰《しゃかいふっき》できるようにする。心のケアもしてくれるという。小柄だけど、いま十七歳になったという、その少年を私は見た。（自分のしたことが、なぜ、いけなかったんだろう。正しいことだと思ってやったのに。一体《いったい》、あれは何だったんだろう）。私は、きっと、その子がそう思っているのだろうと思った。だけどいま、誰も彼に対して責任をとってはくれない。私は、涙をこらえるのに必死《ひっし》だった。その子とダブって、私には、日本の軍国《ぐんこく》少年や、特攻隊《とっこうたい》の若者《わかもの》や、我先《われさき》にと死んでいった志願兵のことが浮《う》かんだからだった。特攻隊の生き残りで、一生涯《いっしょうがい》、屈折《くっせつ》したまま死んだ俳優《はいゆう》の顔も浮かんだ。戦死《せんし》した戦友《せんゆう》たちに済《す》まない、という思いが、生きている間中《あいだじゅう》、彼を悩《なや》ましていたことも知っていた。彼の心の傷《きず》の責任も、誰もとってはくれなかった。
「いま、あなたに対《たい》して、石《いし》を投《な》げたり、悪口をいったりする人のことを、あなたは、

どう思います？」

少年兵だったリベリアの少年は悲しそうに答えた。

「仕方がないです。戦争だから」

十一歳の女《おんな》の子は、つい最近《さいきん》レイプされ、たった一人《ひとり》で悩んでいたので、ここに連れてこられていた。チャイルド・ソルジャーの中には、少女《しょうじょ》もいた、と聞いていた。でも、あまりにも小さい女の子で、オドオドしていたので、可哀《かわい》そうで、私は、何も聞くことが出来《でき》なかった。

次に部屋に入ってきたのは、十六歳のやせた少年だった。その子は、ひじの上のところから下《した》の両腕《りょううで》がなかった。その子は、敵《てき》が村に攻《せ》めてきたとき、民兵《みんぺい》としてかり出された。十三歳だった。武器は、どっちも斧《おの》だった。

「斧で、腕をやられました」

「あなたは、いまでも、あなたの腕を切った人たちを憎《にく》んでいますか？」

私の質問に、両腕のない少年は、おだやかな顔でいった。

「憎んでいません。ここに来て、許《ゆる》すということをならいました。それに、戦争ですから」

その子の両親は生《い》きているけど、両腕のなくなった彼に「家に帰って来《く》るんじゃない」といったという。この子も帰るところがない。少年はいった。

「でも、いい義手《ぎしゅ》を手に入れられたら、家に帰れます。学校《がっこう》にも行けます。どんな仕《し》事《ごと》でも出来ます」

この施設は、首都のモンロビアから、ガタガタ道《みち》を車で二時間半か三時間行った、人里《ひとざと》はなれた静《しず》かなところにあった。傷を持った子どもの心のケアは、なるべく、そういう所がいい。ここには現在、男の子が五十四人、女の子が十四人、収容《しゅうよう》されている。少年兵だけで逃げまどっているとき、食《た》べるものがなくて、人肉《じんにく》を食べた子も中にはいるという。少年兵たちのリーダーは大人で、多くの人がマリファナとか、いろんな向精神薬《こうせいしんやく》を飲んでいた、と話してくれた子もいた。想像《そうぞう》するだけでも胸が痛《いた》かった。町《まち》の中をうろついていたストリート・チルドレンの中にも元《もと》少年兵はいた。

戦争中、十二歳だった、もとNHK《エヌエイチケー》のアナウンサーの山川静夫《やまかわしずお》さんは、静岡《しずおか》の大空《だいくう》襲《しゅう》のとき「戦闘員《せんとういん》は防空壕《ぼうくうごう》から出ろ！」とメガホンでいわれて、「日本を守るのは自分たちだ！」と火叩《ひたた》きで焼夷弾《しょういだん》が落《お》ちてくるのを防ごうとした。あたり一面《いちめん》、火の海《うみ》の中で、戦闘員といわれた十二歳の少年は火と闘っていた。頭《あたま》の上を大きなB《ビー》29が白いお腹《なか》を見せて帰って行った。ハイテクの大きな飛行機《ひこうき》と、自分は火叩き。それでも山川さんは、「負《ま》けるものか！」と思っていた。リベリアに行く前、八月十五日《にち》の「徹子《てつこ》の部屋」のゲストに来て頂《いただ》いて聞いた話だった。山川さんのこの話も、リベリアの少年たちと重《かさ》なった。

前にもちょっと書いたけど、私は戦争中、駅《えき》で兵隊さんを見送ったことが忘れられない。自由が丘《おか》の駅で、出征《しゅっせい》する兵隊さんを見送りにいくと、スルメの焼《や》いた細いのを一本《いっぽん》もらえた。もう、その頃《ころ》は、たべるものが全くなかったし、それまでたべたことのないスルメの味《あじ》は魅力《みりょく》だった。私は、せっせと、日《ひ》の丸《まる》の小旗《こばた》を振《ふ》っては、「万《ばん》歳《ざい》！　万歳！」と大人にまじって声を出した。そして、スルメを一本もらった。その見送った兵隊さんたちの、何人が生きて帰って来られたのだろうか。たったスルメ一本のために、子どもだったとはいえ、何も考えずに旗を振って見送った私を、私は許せないでいる。今でも、あの自由が丘の駅の光景をはっきりと憶《おぼ》えている。六十年近く経《た》っても、たったこれだけのことでも、これは私の心の傷になっている。

（どんなことがあっても、子どもを戦争にまきこんではいけない）。サウナのように、むし暑い部屋。もと少年兵だった子どもたちと、膝《ひざ》がくっつくくらいの狭《せま》い部屋で、むかいあいながら、私は、そう思っていた。私が悲しそうな顔をしていたからだろうか、私を慰《なぐさ》めるように、両手のない男の子がいってくれた。

「でも、ここには御馳走《ごちそう》がありますから」

帰りがけに、チラリと見たたべものは、ユニセフが必死で手に入れた、子どもたちのランチだったけど、私には、とても御馳走とは見えなかった。でも、国中の子どもが満足《まんぞく》にたべていないことを思えば、御馳走かも知れない。両手がなくて、どうやって御馳走をたべるのだろう。義手があれば、親が迎えてくれると、その子は信じている。でも親は、全くその気がない、とソーシャルワーカーの人はいっていた。

モンロビアに帰る車の中で、私は、ただ涙を流すだけだった。どんな時でも、泣かないで来たつもりだったけど、やはり、これはひどすぎると思った。「戦争ですから」といいながら、文句《もんく》もいわないでいる子どもたちの心の中を思うと、あまりにも可哀そうで、慰めの言葉もなかった。

三年前に内戦が終わったといっても、リベリアの北《きた》のほうでは、まだ内戦は続いている。少年兵の存在《そんざい》を国は否定《ひてい》して、十八歳以上《いじょう》という条件《じょうけん》を守っている、といっているけど、私には信じられない。闘っている少年兵を見た人は沢山いる。もし、大統領が本当に、この国の子どもを愛しているのなら、絶対《ぜったい》に子どもを戦闘に巻《ま》き込《こ》まないでほしい。

栄養失調《えいようしっちょう》の子ども。汚水の中で暮す子ども。少女の売春《ばいしゅん》。一家離散《いっかりさん》。数《かぞ》え切れない孤児《こじ》たち。凄《すご》い匂《にお》いのゴム工場《こうじょう》で働く労働者《ろうどうしゃ》たちには、マスクも手袋《てぶくろ》もなかった。マラリア、下痢《げり》、貧血《ひんけつ》など病気になっても、初診料《しょしんりょう》の二リベリア・ドル（約百円《えん》）が払えなくて、病院に来られない母と子ども。病院では、検査《けんさ》用の器具《きぐ》や薬品《やくひん》も足《た》りないけど、とりあえず試験管《しけんかん》がほしい。別《べつ》の病院では、ＩＣＵ《アイシーユー》（集中治療室《しゅうちゅうちりょうしつ》）にドアが欲《ほ》しい、といった。障害《しょうがい》を持った子どもたち。難民キャンプでも、食べものを欲しがっていた。大統領夫人《ふじん》は、女性の権利《けんり》を守る活動《かつどう》に力を入れていらっしゃるが、「食料《しょくりょう》を配給《はいきゅう》する配給センターがないので、なんとか欲しい」と私に訴《うった》えた。目の前で、人が殺されるのを日常的《にちじょうてき》に見た子どもたち。そして、少年兵たちの心の傷。今回、私が会った人たちは、このような人たちだった。

でも、市場《いちば》を取り仕切《しき》っている元気《げんき》な小母《おば》さんにも会った。売《う》り物《もの》の、金物《かなもの》の七輪《しちりん》を帽子《ぼうし》みたいに頭にかぶって、とびはねてる少年にも会った。自動車《じどうしゃ》用のバッテリーなどを使って、一日、十八時間もラジオの放送《ほうそう》をして、大人の役《やく》に立っている、子どもだけのラジオ局《きょく》でインタビューを受けた。ラジオを聴《き》く人たちは、手製《てせい》の昔《むかし》の鉱石《こうせき》ラジオ。そして、最後に、あのサッカーの花形《はながた》選手ジョージ・ウェアは、この国のスラムの出身《しゅっしん》。自由ほど素晴《すば》らしいものはないとプライドを持って世界で活躍《かつやく》している。五十五年前の終戦のとき、私も何もなく裸足《はだし》だった。でも、平和《へいわ》がきたことで、しあわせだった。リベリアの子どもたちが、少しずつでも、しあわせになれるように。大統領！　お約束ですよ！

リベリアのシシャモ

この前《まえ》の章に、西《にし》アフリカのリベリアに行《い》ったことを書《か》いた。子《こ》どもたちが、あまりにも悲惨《ひさん》きわまりない、胸《むね》がしめつけられるような状況《じょうきょう》にあることを知《し》って、日本《にほん》に帰《かえ》ってきても、しばらく私《わたし》は、もとにもどれないような状態《じょうたい》でいた。でも、そんなリベリアでの視察《しさつ》の中《なか》で、ちょっとした私の欠落《けつらく》があり、続《つづ》きとして、書いておくことにする。

アメリカからの解放奴隷《かいほうどれい》の乗《の》った船《ふね》が一八二一年《ねん》リベリアに到着《とうちゃく》し、自由《じゆう》になった奴隷たちが、よろこびにあふれて上陸《じょうりく》したプロビデンス島《とう》は、今《いま》でも記念《きねん》の場所《ばしょ》として残《のこ》っていることは前にも書いた。自由になったことから、リバティー・自由、ということで、リベリアという国名《こくめい》になり、そのプロビデンス島に上陸した解放奴隷と、もともと、そこに住《す》んでいた先住民族《せんじゅうみんぞく》とは固《かた》い握手《あくしゅ》をかわした。その握手をしたところに大《おお》きな木《き》があり、それは「友好《ゆうこう》の木」として今も大きく茂《しげ》っている。でも、一九八九年から七年半も続いた内戦《ないせん》で、楽《たの》しい場所は目茶苦茶《めちゃくちゃ》に壊《こわ》され、みんなの大切《たいせつ》な、おたのしみの公園《こうえん》は、今は何《なに》もなくなってしまった。昔《むかし》は、子どもたちの笑《わら》い声《ごえ》や、はしゃぐ声《こえ》でいっぱいだったに違《ちが》いない劇場跡《げきじょうあと》も、今は、見《み》る影《かげ》もない有様《ありさま》になっていた。首都《しゅと》モンロビアの中にあるこの島《しま》は、船がついたというだけあり、大西洋《たいせいよう》につづく入江《いりえ》にかこまれている。いまは、生活《せいかつ》のために、貝《かい》がないかとウロウロ探《さが》している子どもがいた。かつて、輝《かがや》くような希《き》望《ぼう》と夢《ゆめ》が実現《じつげん》するはずだった場所が……と私は鼻《はな》をつまらせて歩《ある》いていた。

突然《とつぜん》、足元《あしもと》の草《くさ》むらの中から、カサカサと音《おと》をさせて、シシャモが何匹《なんびき》も姿《すがた》を見せ、私の歩いているコンクリートの小路《こみち》を横切《よこぎ》ると、草むらの中にもぐって行った。私は、びっくりした。シシャモが歩くとは思《おも》っていなかった。私は近《ちか》くにいたテレビのキャメラさんに、

「ねえねえ、シシャモ見ました？」

と聞《き》いた。キャメラマンは、

「え？　シシャモですか？」

といって、キャメラをかついで走《はし》って来《き》た。私はパタパタと、その辺《へん》を走ってみた。すると、またシシャモが出《で》てきて、ゾロゾロと小路を全員《ぜんいん》で横切り、反対側《はんたいがわ》の草むらに逃《に》げこんだ。

「ねえ、見た、シシャモ」

私がいうと、

「でも、いまのは足があったし、しっぽもありましたよ」

といった。

「だけどシシャモでしょ？」

というと、

「シシャモって、水《みず》の中にいるんじゃありませんか？」

と、キャメラマンはレンズをのぞきこみながらいった。

「でも、色《いろ》も顔《かお》もカサカサした肌《はだ》もシシャモでしょう」

なおも私がいうと、

「ええ、確《たし》かにシシャモみたいですが、足はどうします？　シシャモに足はないんですから」

と笑いながらいった。

私は、どう見ても、干《ほ》したシシャモと同《おな》じ顔で、同じ体型《たいけい》、同じ色なんだから、と思っていた。事実《じじつ》、キャメラに写《うつ》ったのを日本に帰ってきて見たけど、シシャモとしか見えなかった。目《め》の大きさも、シシャモそっくりだった。

「足は、短《みじか》いんだから干物《ひもの》にしたとき、ちぢこまって見えなくなるんじゃないの？しっぽは、干したとき切《き》ってるんじゃないかしら」

とかいってみたけど、みんなは賛成《さんせい》してくれなかった。ほかのスタッフも集《あつ》まって来て、みんなが「カメレオン系《けい》だろう」「いや、イグアナ系かな」などと検証《けんしょう》した結果《けっか》、どうやら干したシシャモによく似《に》たトカゲ系のものらしい、ということになった。

昔、六本木《ろっぽんぎ》を男《おとこ》の人《ひと》と歩いていたとき、ポリバケツの中に頭《あたま》をつっこんでいるペンギンを見つけた。

「あっ！　ペンギン！」

といったら、そのいきものは、びっくりして顔をあげて逃げて行った。それは、黒《くろ》白《しろ》の色わけがペンギンとそっくりの猫《ねこ》だった。その男の人は私に、

「確かにペンギンに見えますが、こんな六本木の交差点《こうさてん》の近くに、ペンギンがポリバ

ケツに頭をつっこんでいるなんてことはあり得《え》ません。驚《おどろ》くときは、よく見てから驚くように。人さわがせになるからね」

といった。でも、私には、どう見てもペンギンとしか見えなかった。だから、口惜《くや》しくてこういった。

「じゃ、こういえばよかったの、『あら、あそこのポリバケツに頭をつっこんでいるものは、まるでペンギンのように見えますが、この辺《あた》りにはペンギンがいるはずがないんですから、よく見てみましょう。見たら、ペンギンと同じの、黒と白の色わけですが、あらこれは猫ですね。わあ！ 驚いた！』とこういえばいいんですか？」

といって、その人とは、それっきりになったけれど、そのときのことを思い出《だ》して、おかしくなった。

「あーら、リベリアのシシャモは歩くんですね、と思ったけど、よーく見たら、これはシシャモと同じ色、同じ体《からだ》つき、同じ目つきの、しかも、すでに干物になりかけみたいな、なんでしょうこれは、あぁ、ある種《しゅ》のトカゲですか、わあーびっくりした！」

こういえば、あの時《とき》の男の人は満足《まんぞく》するのかしら？ でも、癌《がん》で死《し》んだ、友人《ゆうじん》だったジャーナリストの男性《だんせい》が、死ぬ前に、私のこのペンギンのことを書いた本《ほん》を読《よ》んで、手紙《てがみ》をくれた。「この病気《びょうき》がなおったら、今度《こんど》こそ、あなたのようにペンギンが見えるように生《い》きようと思います」

受《う》け取《と》ったときは、あまり意味《いみ》がわからなかった。でも、亡《な》くなった、と聞いたとき、なにか、わかるような気《き》がした。人がなんといおうと、やっぱり私は、リベリアにシシャモがいると思うことにしよう。

サンタクロースさん

私《わたし》が小《ちい》さい頃《ころ》、私の家《うち》は、お正月《しょうがつ》より、クリスマスという風《ふう》だった。一応《いちおう》、クリスチャンの家族《かぞく》ではあったけれど、戦前《せんぜん》では、まだクリスマスを祝《いわ》う家は少《すく》なかった。といっても、七面鳥《しちめんちょう》をたべるというような盛大《せいだい》なものではなく、クリスマストゥリーに、なにか母《はは》の作《つく》った御馳走《ごちそう》と、ケーキというくらいのものだった。それでも、うれしかったのは、母が、クリスマスの前《まえ》に「サンタクロースさんには、何《なに》をお願《ねが》いするの？」と聞《き》いてくれる事《こと》だった。ぬいぐるみの好《す》きだった私は、何回《なんかい》か「ぬいぐるみをおねがいしてほしい」と母に頼《たの》んだ。そして、クリスマス・イヴの夜《よる》、靴下《くつした》をベッドの所《ところ》につるしておくと、朝《あさ》、目《め》が覚《さ》めたとき、枕元《まくらもと》に、ぬいぐるみと、サンタさんからのお手紙《てがみ》がおいてあるのだった。

私は、なんとかサンタさんを見《み》たいと思《おも》ったけど、どんなに見ようとしても、つい眠《ねむ》ってしまって、目が覚めると、いつの間《ま》にかプレゼントがある、という、うれしいのと口惜《くや》しいのとが、まざったような朝だった。ところが、小学校《しょうがっこう》の二年生《ねんせい》くらいまでサンタクロースがいる、と信《しん》じていた私が、（サンタクロースって、いないんじゃないの？）と思ったのが、三年生くらいの時《とき》だった。

母が、いつものように、「サンタさんに、なにをお願いしたいの？」と聞いたので、私は、「大《おお》きいリボンが欲《ほ》しい」といった。髪《かみ》の毛《け》を横《よこ》に結《むす》んで、大きいリボンをつけた女《おんな》の子《こ》の奇麗《きれい》な絵《え》を見たので、そういうのが欲しいと思ったのだった。「お花《はな》とかの模様《もよう》のある、巾《はば》の広《ひろ》いヤツ」、私がそういうと、母は、「そうねえ、頼んでみるけど、サンタさん、そういうリボン、知《し》ってるかしらねえ」といった。

その頃、戦争《せんそう》は始《はじ》まっていて、町《まち》から美《うつく》しいものは姿《すがた》を消《け》し、たべものも、お菓子《かし》などは勿論《もちろん》なく、おもちゃの類《るい》も、限《かぎ》られていた。でも、私は、そういう戦争と、サンタクロースさんは関係《かんけい》がなく、なんでも頼んだものは持《も》って来《き》てくれるだろう、と考《かんが》えていた。そして、それまでは、私がお願いしたものは、持って来てくれていた。ぬいぐるみにしても、リリアンを編《あ》む小さい機械《きかい》にしても、千代紙《ちよがみ》のセットにしても、必《かなら》ず届《とど》いていた。だから、リボンも来《く》るだろうと楽《たの》しみにして、私はベッドにもぐりこんだ（戦前でもベッドはあった）。

次《つぎ》の朝、目が覚めると私は、手《て》さぐりで枕元のプレゼントを探《さが》した。ゴツン！　と手が固《かた》いものに当《あ》たった。リボンにしては、少《すこ》し違《ちが》う！　私は、はね起《お》きて、プレゼントを見た。それまでのプレゼント用《よう》の可愛《かわい》い包《つつ》み紙《がみ》ではなく、なんかの古《ふる》い包み紙を代用品《だいようひん》にしてある事は、すぐわかった。少し長《なが》くて四角《しかく》い感《かん》じのものを手に持って、それでもドキドキしながら、その包みを開《あ》けた。中《なか》から出《で》て来たのは、羽子板《はごいた》だった。私のお願いしたリボンは入《はい》っていなかった。女の子の絵が板《いた》に描《か》いてある羽子板だった。しかも、その羽子板は、リンゴの箱《はこ》か何かの木《き》で作ったもののようで、木の目もザラザラしていて、節《ふし》の所は、穴《あな》があいていた。色《いろ》もどぎつく、濃《こ》い水色《みずいろ》の背景《はいけい》に、おかっぱの女の子の顔《かお》が描いてあった。

私は、粗悪《そあく》な羽子板を手に持って考えた。サンタクロースさんも、物《もの》がないいなんて！　そのとき、私は（サンタクロースって、いないんじゃないの？）と、ふと思った。もし、サンタクロースがいるのなら、こんな頼んでいないものをくれるはずがない。もし、羽子板をくれるなら、当時《とうじ》、女の子の中で流行《りゅうこう》していた、クルクルクルミちゃんの絵がついた羽子板をくれるはずだもの。しかも、私は、花模様のリボンを頼んだんだから。サンタクロースがいない事より、私は、サンタクロースも物資不足《ぶっしぶそく》だという事が、ショックだった。どこにいっても「ブッシブソク」という言葉《ことば》を聞かされる時代《じだい》だった。世《よ》の中は、そうだったけど、サンタクロースさんは、もっと違う所から、見たこともないものを運《はこ》んでくれると信じていたのに。でも、私は、そのことを母には、いわなかった。羽子板の中の女の子は、髪の毛にピンクの大きいリボンを結んでいた。母が、きっと、走《はし》りまわって探してくれたんだろうことが、おぼろ気《げ》に想像《そうぞう》できたからだった。

クリスマスプレゼントという言葉を聞くと、今《いま》でも私は、あのリボンをつけた目の大きい、どぎつい女の子の絵と、穴のあいた薄《うす》っぺたい羽子板の感触《かんしょく》を思い出す。そして、「そうねえ、サンタさん、そういうリボン、知ってるかしらねえ」といったときの、母の、少し困《こま》ったような顔も思い出す。

祖父《そふ》のこと

母方《ははかた》の祖父には一度《いちど》、会《あ》ったことがある。父方《ちちかた》の祖父は、私《わたし》が生《う》まれたときは、もう亡《な》くなっていたので、写真《しゃしん》しか見《み》たことがない。ちなみに、女性《じょせい》が長生《ながい》きというのは事実《じじつ》で、どっちの妻《つま》も、つまり私の両方《りょうほう》の祖母《そぼ》は、夫《おっと》より、ずっと長く生きた。母方の祖父は、私の印象《いんしょう》では口数《くちかず》の少《すく》ない人《ひと》だった。背《せ》が、とても高《たか》く、昔《むかし》でいうと六尺二寸《ろくしゃくにすん》だかあって、いまでいうと一メートル八十以上《いじょう》の、すっきりとした人だった。

そもそも、この祖父は医者《いしゃ》になるべく仙台《せんだい》の医学専門学校《いがくせんもんがっこう》(いまの東北大学医学《とうほくだいがくいがく》部《ぶ》)に入《はい》った。あの魯迅《ろじん》と同級生《どうきゅうせい》だったということを聞《き》いたのは大人《おとな》になってからで、もし知《し》っていたら、色々《いろいろ》聞いておくのだったと、残念《ざんねん》に思《おも》った。でも私が祖父に会ったのは、小学校《しょうがっこう》の低学年《ていがくねん》のときだから、いずれにしても、仕方《しかた》のないことだった。

祖父は当時《とうじ》、そういう若者《わかもの》たちの風潮《ふうちょう》があったのか、無医村《むいそん》の医者になろうと決《き》めた。そして、開拓《かいたく》する人が多《おお》く渡《わた》っていた北海道《ほっかいどう》なら、無医村の医者になれるだろうと、若《わか》い情熱《じょうねつ》を北海道にむけた。それと、もう一《ひと》つ、この祖父の父、つまり私のひいおじいさんという人が、やはり医者で、考古《こうこ》学者《がくしゃ》でもあったので、北海道行《い》きをすすめた。というのも、北海道に行けば、色々と考古学的《てき》に面白《おもしろ》いものを見つけられるだろうから、見つけたら報告《ほうこく》してほしい、ということだったようだ。

昔の人は、なんか、のんびりしていると、つくづく思う。この頃《ごろ》のように、医者の子《こ》どもは何《なん》としても親《おや》の病院《びょういん》をつぐために医者にならなければという時代《じだい》と、随分《ずいぶん》ちがう。

たしかに考古学的に、北海道は興味《きょうみ》のある所《ところ》で、私の母も、小《ちい》さいころ随分、父親に連《つ》れられて、地面《じめん》から、色んなものをひろった、といっていた。

「どんなもの？」

と私が聞いたら、

「矢《や》じりみたいのとか、石《いし》の包丁《ほうちょう》みたいのの、かけらとか、なんか石で作《つく》ったものの部分《ぶぶん》とか、いろんなもの、そこらじゅうにあったわよ」

といった。矢じりかどうか、そのあたり、私の母の話《はなし》は、あんまり、あてにならない。

なにしろ母は、

「私のひいひいおばあさんが、〝伊達《だて》政宗《まさむね》さまに、とても親切《しんせつ》にして頂《いただ》いた。あのかたは、いいかただ〟といってたわ」

というから、

「ママ、伊達政宗って、家康《いえやす》や秀吉《ひでよし》の時代の人だから、ママのひいひいおばあさんてことないんじゃないの？」

といったら、

「だって、そういってたわよ、長崎《ながさき》のほうから隠《かく》れキリシタンで仙台のほうに逃《のが》れて来《き》たのも、伊達政宗さまなら、かくまって下《くだ》さる、っていうんで、来たんですって。とても、ご親切だって、そういってたもの」

と、当然《とうぜん》のようにいう。いくら私が、ＮＨＫ《エヌエイチケー》の大河《たいが》ドラマのことを思い出《だ》して、「今《いま》から四百年《ねん》も前《まえ》の人だから、ママのひいひいおばあさんにしても、計算《けいさん》があわないんじゃない？」

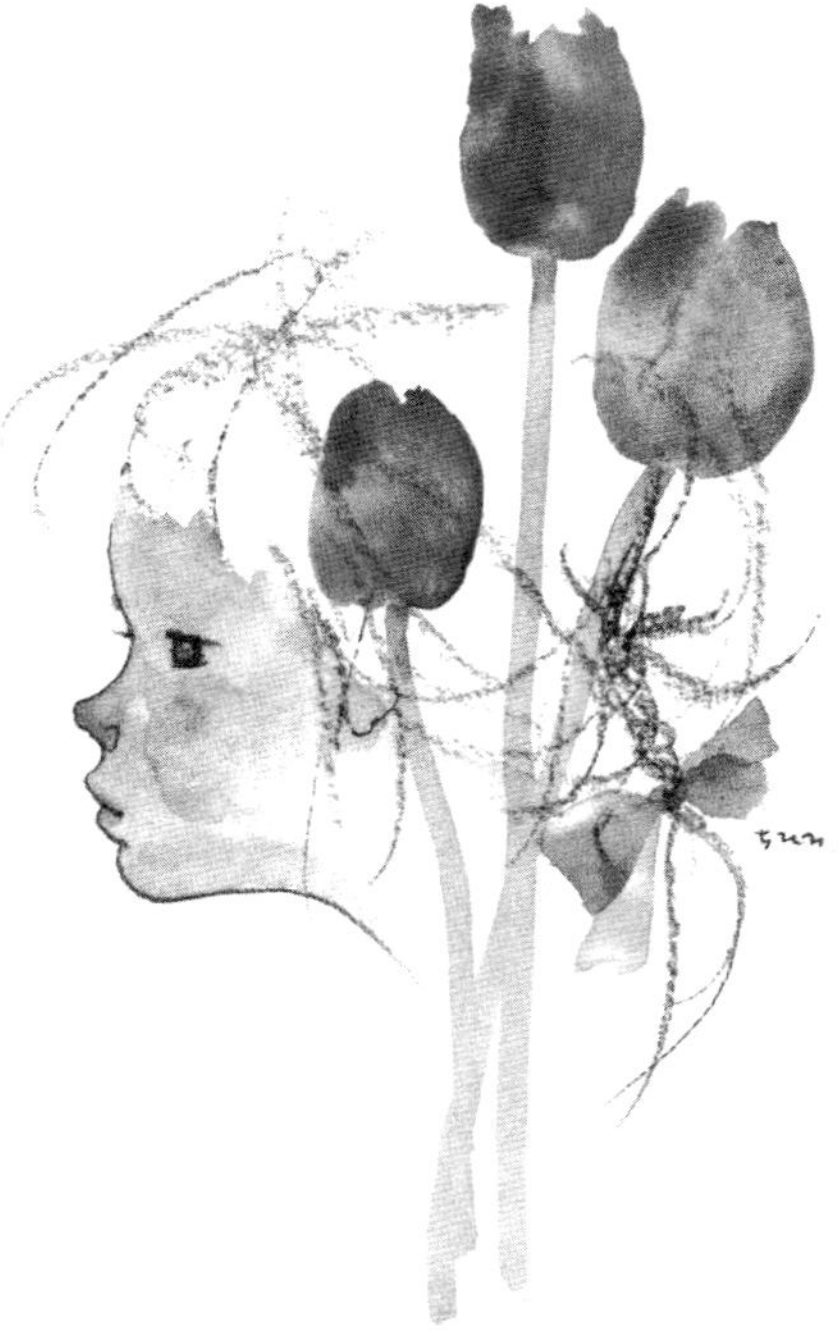
ちひろ

といっても、

「あら、そうでもないんじゃないの」

といって、おかしいくらい歴史《れきし》を無視《むし》する。もっとも、母が、このひいひいおばあさんという人から話を聞いたのが、六歳《さい》くらいの時《とき》だというから、ひいひいおばあさんの、「先祖《せんぞ》が」という所を聞きのがしたとしても、それは仕方がないことかも知れない。今でもよく、母と、

「伊達政宗さまはご親切でございました」

といっては、大笑《おおわら》いをする。

で、祖父の話にもどすと、父親《ちちおや》のすすめもあり、学校を卒業《そつぎょう》すると、すぐ北海道にわたり、札幌《さっぽろ》から遠《とお》くない滝川《たきかわ》という町《まち》に小さな病院を建《た》てた。祖父は一見《いっけん》、無口《むくち》で、ちょっとこわい印象だけど、貧《まず》しい人がお金《かね》がありませんというと、「いいからいいから」といって、診察《しんさつ》したり薬《くすり》をあげたりするので、そういう人達《たち》がお礼《れい》にと持《も》って来た野菜《やさい》や何《なに》かで玄関《げんかん》は、いつもいっぱいだった、と母がいっていた。

ある夏休《なつやす》み、戦争《せんそう》が激《はげ》しくなる少《すこ》し前、私は母に連れられて、この祖父の家《うち》に行った。そこには、私の家にはないものが沢山《たくさん》あった。祖父は、鳥《とり》を沢山飼《か》っていた。鳥《とり》

籠《かご》がいくつもあり、祖父は、一羽《いちわ》ずつにえさをやっていた。庭《にわ》には大きなダリアが沢山咲《さ》いていた。赤《あか》やピンクや黄色《きいろ》の、見たこともない程《ほど》、大きな花《はな》だった。これも祖父が丹精《たんせい》して咲かせているのだという事《こと》だった。

そして、かわっているのは待合室《まちあいしつ》にビリヤードの台《だい》が置《お》いてあったことだった。このことは、すっかり忘《わす》れていたけど、つい先頃《さきごろ》、ビリヤードの女性チャンピオンという人がテレビに出《で》ていて、もしかすると来年《らいねん》あたりオリンピックの正式競技《せいしききょうぎ》になるかも知れない、といっていた。「いいなあ、ビリヤード。やってみたいなあ、でも、やる所、知らないしなあー」と思っていて、急《きゅう》に(あれ、どこかで、ビリヤード、見たっけ……)と考《かんが》えていて突然《とつぜん》、この祖父の家にあったのだ、と思い出したのだった。家族《かぞく》から離《はな》れ、無医村の医者になった祖父にとって、きっと、このビリヤードは、慰《なぐさ》めになったのかも知れない。勿論《もちろん》、当時の私には、ビリヤードが何かは、わからなかった。緑色《みどりいろ》の布地《ぬのじ》みたいのが貼《は》ってある大きいテーブルに、色んな色の玉《たま》がのっている……、と思って、眺《なが》めていた程度《ていど》だった。祖父がやっている所を見たおぼえがないけれど、かなり腕《うで》は、よかったという。

こういう、東京《とうきょう》の家とは全《まった》く違《ちが》う祖父の病院で、私は毎日《まいにち》、探検《たんけん》の日々《ひび》を過《す》ごしていた。祖父とは、ほとんど口をきかなかった。祖父も色々と忙《いそが》しそうにしていた。そんな中《なか》で美《うつく》しい祖母は、いつも聖書《せいしょ》を脇《わき》にかかえて、物静《ものしず》かに暮《く》らしていた。祖父が背が高いのにくらべて、祖母は、とても小柄《こがら》だった。あの時代には珍《めずら》しく洋服《ようふく》を着《き》ていた。お祈《いの》りもよくしていたけど、一番《いちばん》の好物《こうぶつ》は、ふかした、さつまいもだった。祖父は、バナナとかを東京から取《と》りよせるような、ハイカラな所があったけど、祖母はなんといってもさつまいもで、後年《こうねん》はイモ羊羹《ようかん》が何よりだった。なんか聖書や賛美歌《さんびか》と、イモ羊羹が似合《にあ》わないようで、私にはおかしかった。

そんなある朝《あさ》、祖父が私に、「一緒《いっしょ》に来《く》るか？」と、唐突《とうとつ》にいった。わからないけど面白そうだと直感《ちょっかん》した私は「行きます」といって、少し、よそゆきの洋服を着て、靴《くつ》を履《は》いた。祖父は、ゴムが両わきについた、しゃれた足首《あしくび》くらいまでの黒《くろ》いブーツを履くと、カバンを持った看護婦《かんごふ》さんを連れて、家を出た。どんな風《ふう》にしていったのかは、憶《おぼ》えてないけど、汽車《きしゃ》に少し乗《の》って降《お》りた所に、馬車《ばしゃ》が迎《むか》えに来ていたのは鮮《せん》明《めい》に憶えている。二頭《にとう》だての馬車だった。それは、まるでシンデレラの馬車に乗ったようで、私は有頂天《うちょうてん》だった。たとえ、足の短《みじか》い馬《うま》だろうと、それはステキだった。どこかに鈴《すず》がついているらしく、シャンシャンと、賑《にぎ》やかな音《おと》がした。

馬車は、牧場《ぼくじょう》が見える道《みち》をゴトゴトと走《はし》った。ほとんど初《はじ》めて見る景色《けしき》だった。なだらかな緑色の牧場には、牛《うし》や羊《ひつじ》がいた。子どもの羊もいた。夏の空《そら》は青《あお》く空気《くうき》は乾《かわ》いていて気持《きも》ちがよかった。あちこちに花が咲いていた。でも、どこにいくのか、と聞きたがり屋《や》の私にしても、聞けない感《かん》じが祖父にはあった。別《べつ》に、こわい訳《わけ》じゃないけど、「ねえ、ねえ」と話《はな》しかけては失礼《しつれい》かもしれない、と子どもながらに思っていた。

ずいぶん、長いこと馬車は走った。短い距離《きょり》なら残念だけど、沢山乗れるので私はうれしかった。その間《あいだ》も祖父は、何もしゃべらなかった。そうかといって、つまらなそうでもなかった。要《よう》するに、私がそれまで知っている大人の男《おとこ》の人……父や、叔父《おじ》や、小学校の校長先生《こうちょうせんせい》や、本屋《ほんや》の小父《おじ》さんや、小児科《しょうにか》の先生や、父の友人《ゆうじん》の音楽家《おんがくか》たちや、大工《だいく》さんの小父さんたちと違っていたのだった。考えてみると、その祖父との馬車旅行《りょこう》は、私にとっては、それまでの人生《じんせい》で、最《もっと》もしゃべらない沈黙《ちんもく》していた時間《じかん》だったかも知れない。

牧場が切《き》れて、荒地《あれち》みたいのが続《つづ》いたところで、馬をあやつる小父さんが、馬を止《と》まらせた。馬はシャンシャンの余韻《よいん》を残《のこ》しておとなしく止まった。そこには木《き》で作った小さな家《いえ》みたいなものがポツンと建っていた。そして気《き》がつくと、そこに大勢《おおぜい》の人が順番《じゅんばん》を待《ま》つように一列《いちれつ》に並《なら》んでいた。男の人もいれば女《おんな》の人も、子どももいた。中には包帯《ほうたい》で手《て》をつっているような人もいた。晴《は》れ晴《ば》れとした空気の中で、そこだけが暗《くら》く、人が大勢いるのに静かで、シーンとしていた。これも、私が生まれて初めて見る光景《こうけい》だった。

祖父が馬車から降りた。看護婦さんも降りた。私は、馬車の中に立《た》って見ていた。祖父がみんなに近《ちか》よると、急に、今まで暗かった人々《ひとびと》の群《む》れがパッ！　と明《あか》るくなったように見えた。うなだれていたような人達が口々《くちぐち》に何かいって、祖父を見て、おじぎをした。その時、私は、何かわからないけど心《こころ》を打《う》たれ、祖父のことを、いい人らしい、と思った。大人になってわかった事だけど、無医村の医者になりたかった祖父は、こんな風に、みんなを診察して歩《ある》いていたのだった。木の家は、祖父の建てた診《しん》療所《りょうじょ》だった。医者のいない所に住《す》んでいる人達にとって、医者が来てくれるほど安心《あんしん》なものはない。

馬車に一緒に乗っているのに、何の説明《せつめい》もしてくれなかった祖父だったけど、いま頃になって、私は、祖父のやろうとした事を尊敬《そんけい》する気持ちでいっぱいだ。生涯《しょうがい》、祖父は、そういう無医村の医者であることを守《まも》り通《とお》した。帰《かえ》りの馬車に乗っているとき、祖父が、ひとこと、牧場を見ながらいった。

「冬《ふゆ》は、このあたり、雪《ゆき》だから。真白《まつしろ》で、きれいになるんだよ」

「へーえ」

そのときは、スキーとかソリとか出来《でき》ていいなあ、と思っただけだった。

でも、その深《ふか》い雪の中を、祖父は患者《かんじや》さんを診《み》に、吹雪《ふぶき》と戦《たたか》いながら通《かよ》ったのだろう。でも祖父の声音《こわね》には(大変《たいへん》なんだ!)という響《ひび》きは全くなかった。私は道端《みちばた》の紫色《むらさきいろ》の小さな花を、押《お》し花《ばな》にするために、大切《たいせつ》にポケットに入れた。なんか、祖父との思い出を作りたかったのかも知れない。

私は、ユニセフの仕事《しごと》をするようになって、よく、アフリカにいく。お医者さまの全くいないような砂漠《さばく》を歩いているとき、ふと、この祖父のことを思い出す。もし、祖父が、もう少しあとで生まれていたら、きっと「国境《こつきよう》なき医師団《いしだん》」にでも入って、こういう所に来ているだろうな、と考える。

「おじいちゃん!」

あまり何回《なんかい》も口にしたことのない言葉《ことば》だけど、砂漠に行くと、私は、おじいちゃん！　と呼《よ》びかけだくなる。きっと、アフリカでも、あの祖父は、だまって、お医者さんを待っている人達の所に、いそぎ足で歩いていくのだろう。

この祖父は戦争中《ちゅう》に死《し》んだ。祖父の死んだ日、籠の中の鳥たちも、一斉《いっせい》に死んだと聞いた。餌《えさ》をやらなかった訳じゃないのに、鳥たちは死んだ。私には、わからなかったけど、きっと、病気《びょうき》の人や鳥は、祖父の、本当《ほんとう》の愛情《あいじょう》を知っていたのかも知れない。

グリーティング・カード

お正月《しょうがつ》、シカゴに行《い》った。四十一年《ねん》ぶりのシカゴ。零下《れいか》十五度《ど》くらいですからお気《き》をつけておいで下《くだ》さい、というシカゴ日本商工会議所《にほんしょうこうかいぎしょ》の方《かた》からの言葉《ことば》どおり、南極探検《なんきょくたんけん》のような格好《かっこう》で行ったら、私《わたし》の着《つ》いた日《ひ》から春《はる》のような陽気《ようき》になった。勿論《もちろん》、屋根《やね》の上《うえ》や道路《どうろ》のわきには雪《ゆき》が積《つ》もっている。でも、寒《さむ》くなければ有《あ》り難《がた》い。寒がりの私は嬉《うれ》しかった。

一九五九年、カナダに、セントローレンス・シーウェイ（水路《すいろ》）というのが出来《でき》て、シカゴのミシガン湖《こ》に万《まん》トン級《きゅう》の船《ふね》が入《はい》れるようになった。大西洋《たいせいよう》と、ミシガン湖など五大湖《ごだいこ》が、これでつながった。最初《さいしょ》に入るのはどこの船？　と世界中《せかいじゅう》で注目《ちゅうもく》していたら、日本の飯野《いいの》海運《かいうん》の船とわかった。そこで、飯野海運はそれを記念《きねん》して、ミシガン湖に入った船の上で、東京都知事《とうきょうとちじ》のメッセージをシカゴの市長《しちょう》に渡《わた》す事《こと》にした。そ日本の役目《やくめ》には、振袖《ふりそで》などを着《き》たお嬢《じよう》さんがいいという事になり、当時《とうじ》、テレビという日本で最《もつと》も新《あたら》しいものでデビューした、まだお嬢さんだった私が選《えら》ばれて行ったというのが、四十一年前《まえ》シカゴに行ったいきさつ。まだ日本人《じん》が海外《かいがい》に行くのは難《むずか》しい時代《じだい》だった。しかも今《いま》のように直行便《ちよつこうびん》はないから、ハワイで止《と》まり、給油《きゆうゆ》などに半日《はんにち》かかり、次《つぎ》にサンフランシスコ。そこで、ホテルに一晩《ひとばん》とまって、はじめてシカゴに到着《とうちやく》という、今では考《かんが》えられない悠長《ゆうちよう》な旅《たび》だった。勿論、プロペラ機《き》。

ところで、初《はじ》めてシカゴに行ったとき、もっとも私が感激《かんげき》したのは、グリーティング・カードだった。そのころ日本では、あってもクリスマス・カードくらいで、しかも、あまり種類《しゆるい》はなかった。それなのにシカゴでは、いくつもの棚《たな》にカードが山《やま》のように並《なら》んでいて、用途《ようと》もいろいろだった。クリスマス・カードは勿論、お誕生日《たんじようび》のカードにしても、「愛《あい》する主人《しゆじん》へ」「ワイフへ」「息子《むすこ》へ」「娘《むすめ》へ」「孫《まご》へ」と、信《しん》じられない数《かず》あった。

若《わか》かった私は、カードの前で衝撃《しようげき》を受《う》けた。これこそ初めて出逢《であ》ったカルチャー・ショックだったに違《ちが》いない。そして、どのカードも綺麗《きれい》だった事も、私には驚《おどろ》きだった。また、中《なか》に書《か》いてある文章《ぶんしよう》も、若い私の胸《むね》を打《う》った。

「愛する妻《つま》へ！　お誕生日おめでとう。あなたにめぐり逢えて本当《ほんとう》に幸《しあわ》せだ。そう毎《まい》日思《にちおも》っているが、特《とく》に今日《きょう》は大《おお》きい声《こえ》で伝《つた》えたい。あなたは世界一《せかいいち》の妻だ！」なんだ！　歯《は》が浮《う》く！　とお思いの方《かた》には、さり気《げ》ない妻宛《あて》のだってあった。

「お誕生日おめでとう。子ども達《たち》と共《とも》に、君《きみ》に感謝《かんしゃ》の気持《きも》ちを伝えます」

勿論、中には何《なに》も書いていないカードもある。自分《じぶん》らしい事を書きたい人《ひと》は、そういうのを選べばいい。これが、バレンタインデイ、病気《びょうき》のお見舞《みま》い、また、亡《な》くなった方を悼《いた》むもの、出産《しゅっさん》おめでとう、と限《かぎ》りなくある。

私は、お餞別《せんべつ》のほとんどを、このグリーティング・カードに使《つか》ってしまった。特に、バースデイ・カードの「私の夫《おっと》へ」を何枚《なんまい》も買《か》い、次に「息子へ」「娘へ」を買い、そうなると、もう、なだれのように、「孫たちへ」「孫娘へ」など、手当《てあ》たり次第《しだい》に大《たい》量《りょう》に買った。結局《けっきょく》、このカードは一枚も使う事もなく、箱《はこ》にしまったまま何年も経《た》った。

ある日、見《み》てみたら封筒《ふうとう》の糊《のり》がくっついてしまい、中を見ようとビリビリ破《やぶ》ったりしているうちに、なんとなく消滅《しょうめつ》してしまった。このくわしいいきさつは、前の『トットの欠落帖《けつらくちょう》』にも書いたけど、思えば思うほど残念《ざんねん》だ。「私の息子へ」のカードは、大きな目《め》をしたヒヨコの絵《え》が、何十年も経つのに、買ったときのまま、あどけない滑《こっ》稽《けい》な顔《かお》で、片足《かたあし》を上《あ》げて立《た》っていた。浮き浮きと、それを選んだときの若かった自分の姿《すがた》を思い出《だ》し、胸が痛《いた》かった事を思い出す。

今回《こんかい》は、シカゴ日本商工会議所の三十五周年記念《しゅうねん》に講演《こうえん》をと頼《たの》まれて行ったのだった。ホテルの会場《かいじょう》に日本人《じん》の方が千二百人《にん》、集《あつ》まって下さっていた。四十一年前、私の行ったときにいらした方には、残念ながらお目にかかれなかった。お目にかかった中で一番古《いちばんふる》い方が、シカゴに住《す》んで四十年だった。シカゴというと、すぐアル・カポネと思うけど、いまのシカゴは、美術館《びじゅつかん》は素晴《すば》らしいし、シンフォニー・ホールは上等《じょうとう》。人々《ひとびと》はおだやかで、日本にくらべれば物価《ぶっか》は段違《だんちが》いに安《やす》い。ただ、ウインディ・シティといわれるだけあって風《かぜ》は強《つよ》い。ミシガン湖のほうから吹《ふ》いて来《く》るらしかった。ミシガン湖って、今回よく見たら、海《うみ》のように大きかった。どれほど大きいかといって、琵琶湖《びわこ》の八十六倍《ばい》。九州《きゅうしゅう》と四国《しこく》が、スッポリと入るくらい、というご説明《せつめい》だったから、やっぱり大きい。

で、話《はなし》をグリーティング・カードにもどすと、今回行って、また驚いた。ホテルの隣《となり》の、ふつうのスーパーに、三メートルくらいの長《なが》さの棚が六つ。それにギッチリ、カードが並んでいた。私の驚きが、もしこれで伝わらなかったら、高《たか》さ二メートルくらいにぎっしりカードが並んでいるものが十八メートル続《つづ》いている、しかもこれが普《ふ》通《つう》のスーパーといったら、わかって頂《いただ》けるだろうか。カード専門店《せんもんてん》に行ったら、もっと凄《すご》いに違いない。私は、ゆっくり時間《じかん》をかけて、はしから見ていった。

もう、昔《むかし》のように、すぐ「愛する旦那《だんな》さまへ」や「息子へ」「娘へ」には、手を出さなかった。チラリと中の文章を見る程度《ていど》にしておいた。

「愛する息子へ」のカードの中には、こんな文章のがあった。

「あなたが幸福《しあわせ》である事を祈《いの》らなかった日は、一日《いちにち》もありません。あなたがどこに行こうと、何をしようと、どんなに年《とし》をとろうと、あなたへの私の愛は、かわりません。かわるとしたら、その愛が深《ふか》くなるだけ」

こんなのをもらったら、息子にとっては、うっとうしいかも知《し》れないけど、私は、母親《ははおや》の気持ちを表《あら》わしていると感心《かんしん》した。

昔より、文章も凝《こ》っていた。また、笑《わら》わせるようなものも、かなり辛辣《しんらつ》なものも増《ふ》えていた。でも、それぞれに手のこんだカードで、私は、今回は買うまい！　と思っていたのに、またまたしゃがみ込《こ》んで棚の下《した》まで見て、気がついたら、買物《かいもの》カゴの中は、カードだらけだった。

今回、多《おお》く買ったのは母へのカードだった。よく見ていると、「九十歳《さい》のおめでとうを！」「八十五歳？　まさか！」というように、年齢《ねんれい》の入ったものがあった。これは若いとき、目に入らないものだった。考えたら、私の母も、九十歳。一枚、買った。当然《とうぜん》だけど、「二十五歳おめでとう」なんてのはなくて、七十五歳くらいから。しかも、「九十二歳！　わーい！」なんて中途半端《ちゅうとはんぱ》な年齢のはなかった。切《き》りのいいところが、やはり、もらうほうも気持ちがいいのに違いない。さすがに九十歳の人への中《なか》身《み》は、落《お》ち着《つ》いたものだった。

〝あなたが歩《ある》いた道《みち》、
あなたが見た太陽《たいよう》、
あなたが人生《じんせい》で集めた喜《よろこ》び、
すべて、あなたにとっては意味《いみ》のあること。
あなたと一緒《いっしょ》にお祝《いわ》い出来る幸福をお伝えします。
おめでとう

九十回目のお誕生日!〃

それと、今回、沢山《たくさん》買ったのは、「サンキュー・カード」。実《じつ》にいろんな種類のがあった。サイズもいろいろ。前から、「ありがとうございました」のカードは、便利《べんり》だとは思っていたけれど、それにしても多い。(もしかしたら、シカゴの人はカード好《ず》き?)と思って、日本人の方に伺《うかが》ってみたら、やはりシカゴの人は、物凄《ものすご》くみんなが、カードを使うという事がわかった。一寸《ちょっと》お茶《ちゃ》を一緒にしても、小《ち》さなものをお送《おく》りしても、もう次の日には「サンキュー・カード」が届《とど》くという。多分《たぶん》、どんなにE《イー》メールやFAX《ファックス》が盛《さか》んになっても、シカゴの人は、カードを選んで、何か書いて、切手《きって》を貼《は》って、ポストまで行って、気持ちを伝えるのに違いない。

このお正月、日本も、十五年前に出した葉書《はがき》が着くという「ポストカプセル郵便《ゆうびん》」で、いろんなドラマがあったと聞いた。自宅《じたく》のポストに、ポトリと亡くなったお父《とう》さんからの葉書が届く音《おと》がするのを、子ども達が息《いき》を殺《ころ》して待《ま》ってた家《うち》があったとも聞いた。ポストにラブレターが来《き》たかと見に行くのも、Eメールで「ユー・ゴット・メール」と機械音《きかいおん》がいうのを待つのも同《おな》じかも知れない。でも私は、シカゴの人たちのように、切手を貼った封筒が欲《ほ》しい。
私が生《う》まれて初めて手紙《てがみ》を貰《もら》ったのは、小学校《しょうがっこう》に上がる前、父方《ちちかた》の祖母《そぼ》からの手紙だった。

「このあいだ、あなたが遊《あそ》びに来たときに、ローセキを忘《わす》れていきました。
今度《こんど》、来るときまで、とっておきますから」

自分宛に手紙が来たのが不思議《ふしぎ》で、そして嬉しくて、私は、その手紙を何度《なんど》も出しては読《よ》み返《かえ》した。そんなに子ども好きとも思えなかった祖母が、ローセキひとつの事で、ちゃんと子どもの私に手紙をくれた事で、祖母の性格《せいかく》がわかるような気《き》がする(ローセキをご存《ぞん》じない方のために説明すると、アスファルトの道路《どうろ》に、線《せん》を引《ひ》いたり、絵を描《か》いたりする、白《しろ》い小さな石《いし》の事)。

私が祖母に書いた手紙の文面《ぶんめん》も思い出す事ができる。多分、こんな風《ふう》だった。

「ローセキは、もう一《ひと》つ、家にありますから、こんど遊びに行くときまで、あずかっておいてください。さようなら」

私がカード好きになったのも、小さいときの、この祖母からの手紙のせいかも知れない。手紙に、いろんな魔法《まほう》があるらしいと、私はすでに、このとき発見《はっけん》していたのだった。

チューインガム

昨年《さくねん》、アナン国連事務総長《こくれんじむそうちょう》のよびかけで、会議《かいぎ》のため国連に行《い》ったときのニューヨークで、丁度《ちょうど》、ニューヨーク・ヤンキースとニューヨーク・メッツが試合《しあい》をやっていた。どっちの球場《きゅうじょう》も、地下鉄《ちかてつ》でいけるので、サブウェイ・シリーズとまでいわれ、みんなウキウキしていた。私《わたし》がいったときは終盤戦《しゅうばんせん》に近《ちか》づいていたので、テレビの中継《ちゅうけい》も、息《いき》づまるようなカンジだった。私は野球《やきゅう》はわからないけど、アメリカの野球の中継をテレビで見《み》ているのは、本当《ほんとう》に好《す》きだ。

というのは、一体《いったい》、何台《なんだい》のキャメラで撮《と》っているのかわからないけど、試合がクライマックスに近づいて、野球場全体《やきゅうじょうぜんたい》が固唾《かたず》をのんでいる、というようなとき、キャメラは、見物人《けんぶつにん》のクローズアップを、次《つぎ》から次と入《い》れていく。あどけない少年《しょうねん》の顔《かお》、なにかを叫《さけ》んでるお父《とう》さん、今日《きょう》のために一所懸命《いっしょけんめい》に貯金《ちょきん》して、やっと休《やす》みをとって来《き》たような、おばさんの顔、うっとり見てる若《わか》い女《おんな》の子《こ》たち、どの顔も美《うつく》しく、選手《せんしゅ》の一挙手一投足《いっきょしゅいっとうそく》を、息をつめて見つめている。そしてまた、試合を見てるベンチにいる選手たちのクローズアップも、次々《つぎつぎ》と入《はい》る。一心不乱《いっしんふらん》に見ている顔、顔！　唇《くちびる》を噛《か》んでいる人《ひと》もいる。目《め》を閉《と》じてお祈《いの》りをしているポーズの人もいる。

キャメラは、どんなことも見逃《みのが》さない。自分《じぶん》のチームの選手がバッターボックスに立《た》ったとき、見ている選手は、首《くび》にさげてるネックレスに下《さ》がっているものを片手《かたて》でつかんだ。多分《たぶん》、お守《まも》りにしているものだろうけど、それをつかんだ瞬間《しゅんかん》、キャメラは、そこをクローズアップにした。本当に、ドラマを見ているとしか思《おも》えない撮りかただった。

もちろん、精悍《せいかん》なバッターやピッチャーの顔は、その間《あいだ》にもクローズアップで入る。どんな目をしているのか、目の中《なか》の表情《ひょうじょう》まで見えるようなとらえかたで。見ているお客《きゃく》さんも、いま、グラウンドに立ってる選手も、見守ってるベンチの選手たちも、みんなが一《ひと》つになって、その中で大《おお》きなゲームが進《すす》んでいくのが痛《いた》いほどわかる。だから、テレビを見ている人たちも、グイグイと胸《むね》をつかまれているような感動《かんどう》を受《う》けて、ひきこまれていく。

これは、もうスポーツの中継というより、生《ナマ》の大河《たいが》ドラマを見ている、といったほうがいいかも知《し》れない。多分、日本《にほん》で、こんな中継をやったら、もっと試合だけ見せろ！　と怒《おこ》る人がいるかも知れない。アメリカの中継は、あくまでも人間《にんげん》が中心《ちゅうしん》だと、私は思った。

でも、試合の中継もすごい。例《たと》えば、選手が、ベースにすべりこんで「アウト！」となったときは、瞬間的《てき》に、あらゆる角度からの映像《えいぞう》が、これでもか！　というくらい映《うつ》し出《だ》される。そして、確実《かくじつ》に「アウト」だったのだ、と見ている人たちを納得《なっとく》させる。キャメラマンの腕《うで》も凄《すご》いけど、この数《かぞ》え切《き》れない数《かず》のキャメラが映し出している絵《え》を、一瞬《いっしゅん》にして切り取っていくスイッチャーの指先《ゆびさき》は、一体どうなっているのだろう。そして、そのスイッチャーに「次の絵は、これ！」と、指示《しじ》しているだろう演出家《ディレクター》は、どんな感覚《かんかく》、どんな目をしているのだろう。こんなに引《ひ》きこまれる野球中継は、はじめて見た。

それにしても、選手の人たちがチューインガムを嚙んでいるのには、おどろいた。見ている選手だけじゃなく、これから投《な》げようという人も、打《う》とうという人も、みんな嚙んでる。守ってる人も嚙んでる。もしかすると、それが集中《しゅうちゅう》させるものなのかもしれない。日本では、チューインガムなんか嚙んで何《なに》かやってると「不真面目《ふまじめ》！」といわれそうだけど、アメリカの大《だい》リーグの選手が、あれだけみんな嚙んでるところを見ると、アメリカの人は、選手のことを不真面目とは思っていないらしい。面白《おもしろ》い違《ちが》いだと思う。

チューインガム！　なつかしいチューインガム！　進駐軍《しんちゅうぐん》に貰《もら》ったチューインガム！　戦争《せんそう》が終《お》わってすぐの頃《ころ》、アメリカから日本に進駐して来たアメリカの兵隊《へいたい》さんから、チューインガムやチョコレートを貰った人は、随分《ずいぶん》いると思う。イタリアを代表《だいひょう》する女優《じょゆう》のソフィア・ローレンも、少女時代《しょうじょじだい》、アメリカ兵に「チューインガム！　チューインガム！」と、ジープを追《お》いかけては貰った、とインタビューに答《こた》えていた。

私は、青森《あおもり》の小《ちい》さな村《むら》に疎開《そかい》していて、そういう恩恵《おんけい》には浴《よく》さないはずだったのに、偶然《ぐうぜん》のことから、チューインガムを貰う事《こと》になった。戦争が終わっても、父《ちち》がシベリアの捕虜《ほりょ》になっていたので、私たちは東京《とうきょう》に帰《かえ》れずにいた。

ある日《ひ》、学校《がっこう》が終わって駅《えき》の近くで遊《あそ》んでいると、突然《とつぜん》、駅に汽車《きしゃ》が止《と》まった。私がいたところは、諏訪《すわ》ノ平《たいら》という駅で、東北本線《とうほくほんせん》が通《とお》るのだけれど、人が一杯《いっぱい》のっているのは、たいてい止まらないで通過《つうか》していくような小さな駅だった。ところが、びっくりしたことには、その日、駅に長《なが》い汽車が止まっただけじゃなく、中からぞろぞろ、アメリカの軍服《ぐんぷく》を着《き》た兵隊さんが降《お》りてきて、プラットフォームで煙草《たばこ》を吸《す》ったり、ブラブラ歩《ある》いたりしはじめた。

その頃、東北本線は単線《たんせん》なので、何かの都合《つごう》で、上下線《じょうげせん》がすれ違わなきゃならないときは、駅で待《ま》ち合《あわ》せをするのだった。私は、少《すこ》し、そばに近寄《ちかよ》って、アメリカの兵隊さんを見てみようと思った。友達《ともだち》は、みんな、必死《ひっし》の顔で、私のモンペをひっぱって口々《くちぐち》にいった。

「やめれ！　アメリカの兵隊に食《く》われたらどうすんだ！」

「先生《せんせい》に叱《すか》られる！」

「恐《おそ》ろすぃ……そばさ行ぐんでねぇ！」

「やめれ！　さらわれるよ！」

人一倍《ひといちばい》、好奇心《こうきしん》の強《つよ》かった私は、とにかくアメリカ人《じん》を見てみたかった。それに、小さい時《とき》から、父のオーケストラの指揮者《しきしゃ》のローゼンシュトックさんに抱《だ》かれたり、他《ほか》の外国人《がいこくじん》の音楽家《おんがくか》を見たことがあったから、食《た》べられはしないだろう、と思っていた。それでも友達たちは、離《はな》れた所《ところ》で、声《こえ》をひそめて、「やめれ！」「行ぐんでねぇ」

と叫んでいた。

私は、駅のプラットフォームの柵《さく》の所まで行って、ちょっと怖々《こわごわ》、兵隊さんたちを観察《かんさつ》した。それまで、ヨレヨレの服《ふく》を着た日本人の大人《おとな》しか見てこなかった私には、アイロンのパリッときいた制服《せいふく》で、背《せ》の高《たか》い兵隊さんたちは、別世界《べっせかい》の人に見えた。斜《なな》めにかぶった帽子《ぼうし》の下《した》から金髪《きんぱつ》が見えた。

そのうち、煙草を吸ってた一人《ひとり》が、私を見ると、近づいてきて手《て》まねきをした。私は、びっくりして首を横《よこ》に振《ふ》った。そこの柵から、中に入ることは出来《でき》ないし、向《む》こうが外《そと》に出《で》ることも出来ない。それでも兵隊さんは近寄って来た。私は、すぐ逃《に》げられるような体勢《たいせい》にして、首を振っていた。すると、その兵隊さんは、私に「ここで待っていなさいよ」というジェスチャーをすると、大股《おおまた》で汽車の中に入って行った。

（なんだろう）と思っていると、手に何か持《も》って、すぐ出て来た。そして、兵隊さんは私に近寄ると、手に持っているものを、私に渡《わた》そうとした。それは、綺麗《きれい》な薄《うす》べったい箱《はこ》だった。私は、すごく興味《きょうみ》があったけど（とんでもない）と思ったので、ますます首を横に振った。手も、要《い》りません、と振った。「サンキュー」というのは知っていたけど「ノー・サンキュー」は知らなかったので、サンキューは要りません、というようにジェスチャーでやった。それでも兵隊さんは、ますますその箱を、私に押《お》しつけるようにくれようとした。私は困《こま》って「要りません、要りません」といった。そうしているうちに発車《はっしゃ》のベルが鳴《な》った。兵隊さんは、「ほら、いかなくちゃならないからね」というジェスチャーをすると、「中に入っているものは口に入れるものだよ」と説明《せつめい》するようなしぐさをして、私の手の中に、押しつけるように渡して、汽車に乗《の》りこんでしまった。

私は、そんな知らない人から平気《へいき》で、ものを貰う人間だと思われるのもイヤだったし、(断《ことわ》ったのに)と困惑《こんわく》したまま、箱を胸に抱いて、そこに立っていた。兵隊さんは、動《うご》き始《はじ》めた汽車の窓《まど》のところに顔を近づけると、ニコニコしながら手を振っていた。若い兵隊さんだった。他の兵隊さんも手を振った。なんだかわからないけど、私も手を振った。長い汽車は、沢山《たくさん》のアメリカの兵隊さんを乗せて、青森方面《ほうめん》へ、煙《けむり》をはきながら去《さ》っていった。

私一人が、そこに立っていた。気《き》がつくと、箱から何か、いいにおいがしていた。箱はピカピカの黄色《きいろ》だった。私が立っていると、遠《とお》くのほうから、友達がソロソロと出て来た。みんなは、一部《いちぶ》始終《しじゅう》を見ていたらしく、箱を指さしていった。

「なに、もらったんだ？」

「それ、なんだべ」

私は、みんなにいった、「待っててけろ、いま、中、見てみるから」。

セロファンを破《やぶ》って箱を開《あ》けると、中には、色《いろ》とりどりの細長《ほそなが》いものが、沢山並《なら》んでいた。私は、一人で冒険《ぼうけん》してもらったものだから、これは自分で支配《しはい》していいのだ、と決《き》めた。私は、そのうんと薄べったいものを一枚《まい》出すと、においを嗅《か》いだ。それまで嗅いだことのない、いい香《かお》りがした。みんなも鼻《はな》を前《まえ》に出したので、私は、みんなにも、においを嗅がしてあげた。私が小学校《しょうがっこう》に入った頃から、日本は次々と戦争を始めていたので、お菓子《かし》というのも、キャラメルとチョコレートを知ってるくらいで、それも、すぐ姿《すがた》を消《け》したので、ほとんど、何も知らなかった。だから、それがチューインガムというものだ、ということも知らなかった。でも、口に入れるものだというジェスチャーだったから、食べるものだということはわかっていた。私は、紙《かみ》をむいて、中からペッタンコのものを取り出した。においは、ますます強くなった。

私は、一ミリくらいを千切《ちぎ》ると、口の中に入れてみた。（甘《あま》い！）。こんな甘くて、いいにおいのものがあるなんて。そこで私は、じーっと見ている友達に、一人一ミリ四方《しほう》くらいずつ渡した。あんまり少しで、虫歯《むしば》のある子は、そこに入ってしまうくらいの量《りょう》だった。それでも、みんなは、ニコニコして「甘《あめ》えー」「うめえ」と、心《こころ》の底《そこ》からのような声を出した。

私は、今日は、初《はじ》めての日だから、大盤振舞《おおばんぶるまい》だ！　一枚を、みんなと、ここで食べよう、と決心《けっしん》した。一ミリぐらいずつを、何度《なんど》も、みんなに渡しては、自分も食べて、その度《たび》に、口を揃《そろ》えて「甘えー」「うめえ」と感激《かんげき》した。勿論《もちろん》、嚙むなんてこと知らなかったから、みんな、飲《の》みこんでしまった。

私は、早速《さっそく》、家《うち》に帰った。家にいる、小さい弟《おとうと》と妹《いもうと》にも、食べさせてやろうと思ったからだった。五歳《さい》くらいだった弟は、私が一ミリくらいのを口に入れてやると、私を見て、ニッコリ笑《わら》って「おいしいね」といった。私は、箱を見せて、「秘密《ひみつ》だけど、まだ、いっぱいあるからね」と教《おし》えた。赤《あか》ん坊《ぼう》だった妹にも、食べさせた。妹も、歯《は》が生《は》えてたから、なんか、ベロベロいってるうちに、飲みこんでしまった。でも、誰《だれ》も、お腹《なか》をこわした子は、いなかった。

次の日からが大変《たいへん》だった。私の家族《かぞく》は、駅のそばの長屋《ながや》のような家に住《す》んでいたんだけど、朝《あさ》、玄関《げんかん》の戸《と》を開けると、そこに、子どもがズラリと並んでいた。そして、口々に「甘えーの、けろー（頂戴《ちょうだい》）」と、私にせがんだ。私は仕方《しかた》なく、押《お》し入《い》れの奥《おく》にしまってある箱から一枚出すと、一ミリ四方くらいずつを、一人一人の子どもの口の中に入れてあげた。これが毎日《まいにち》、続《つづ》いた。箱の中の小さい包《つつ》み紙は、黄色もあれば、ピンクのもあった。グリーンのもあった。なんとか、包んである紙も、食べられないかと、なめたりしてみたけど、紙はやはり紙で、食べられなかった。

それにしても、一パックでも、チューインガムが、五枚とか六枚入っていて、それだけでも凄いのに、それが何個《なんこ》も、ずらりと、まるでお店屋《みせや》さんで売《う》るように、一杯つまってる箱を、ポン！　とくれちゃうアメリカという国《くに》は、なんて気前《きまえ》がいいこと！　と、今《いま》でも、そう思う。

それに、色んな点《てん》で、チューインガムは都合がよかったのだと思う。ビスケットだと、かさばるし、ゆすれば割《わ》れる。飴《あめ》も、とけたり、包み紙がくっついたりする。その点、チューインガムは、こぢんまりと、お行儀《ぎょうぎ》よくつまってくれて、割れたり、とけたりする心配《しんぱい》もない。なにより、アメリカの象徴《しょうちょう》といってもいい。

結局《けっきょく》、そのチューインガムは、毎朝の、玄関先《さき》の行列騒動《ぎょうれつそうどう》で、あっという間《ま》になくなってしまった。その後《ご》、私は、暇《ひま》をみては、駅に出かけてみた。万《まん》が一《いち》、汽車が、また臨時に止まるかも知れない、と思ったからだった。でも、それ以来、二度と、汽車が駅に止まることはなかった。

いま、スーパーに行けば、なんでもある。そして、私たちは、お腹いっぱい、好《す》きなものを食べる事も出来る。でも、ふと、たった一ミリくらいのチューインガムを口に入れて「甘えー」と、顔を見合せて笑った私たちは、幸《しあわ》せだったのかも知れないと思う。

今は、みんな忙《いそが》しくて、家族だって、顔を見合せる暇もないくらいの生活《せいかつ》をしている。だから、一生《いっしょう》に何度か、顔を見合せて、心から笑ったことのある人は、幸せを知っているといえるのかも知れない。

芝居《しばい》の旅《たび》

私《わたし》はいま、芝居の旅をしている。昨年《さくねん》、東京《とうきょう》は桜《さくら》が満開《まんかい》というとき、新潟《にいがた》では吹雪《ふぶき》だった。今年《ことし》も三月《がつ》、松江《まつえ》で、あたり一面《いちめん》、雪野原《ゆきのはら》のとき、テレビを撮《と》りに東京に帰《かえ》ったら、家《うち》の近《ちか》くの木蓮《もくれん》が、真《ま》っ白《しろ》い花《はな》を咲《さ》かせていた。

昔《むかし》、小沢昭一《おざわしょういち》さんがいっていた。

「三波春夫《みなみはるお》さんはね、冬《ふゆ》の寒《さむ》いときは九州《きゅうしゅう》の公演《こうえん》だよ。そして夏《なつ》は北海道《ほっかいどう》。その点《てん》、僕《ぼく》たちは、冬の寒いとき北海道！」

いまは、あまり、そんなこと考《かんが》えないけど、乗物《のりもの》も、ホテルも、劇場《げきじょう》も、暖房《だんぼう》や冷《れい》房《ぼう》のない時代《じだい》は、そういう事《こと》もあったのかも知《し》れない。

いま、私が旅といっているのは、日本中《にほんじゅう》にある「演劇鑑賞会《えんげきかんしょうかい》」（演鑑《えんかん》）または「市《し》民《みん》劇場」という、芝居好《ず》きの人達《ひとたち》による組織《そしき》にお招《まね》きをうけていく、というスタイル。

これは、簡単《かんたん》にいうと日本中の各地《かくち》にあり、会員《かいいん》が毎月《まいつき》、約《やく》二千円《せんえん》の会費《かいひ》を払《はら》い、東京などからの芝居を、年《ねん》に七回《かい》くらい見《み》るという、とても歴史《れきし》が古《ふる》く、うまく出来《でき》ているシステム。世界《せかい》にも類《るい》のない、日本だけの素晴《すば》らしいシステムといわれている。会員の数《かず》によって会場《かいじょう》を借《か》りるということなので、行《い》くほうも、招《よ》ぶほうも、切符《きっぷ》が売《う》れてないんじゃないか、という心配《しんぱい》はない。

もし、五千人《にん》の会員がいるところなら、千人の劇場を五日間《いつかかん》おさえる、ということになる。もし、五百人《ひゃくにん》の会員なら五百人くらいの劇場を一日《いちにち》、という風《ふう》に。ただ、千二百人もの大《おお》きな劇場になると、うしろの人が見にくくて不公平《ふこうへい》になるので、千二百人の会員でも二回の公演になる、というケースもある。今年は中国地方《ちゅうごくブロック》を廻《まわ》ったんだけど、どこも数年前《すうねんまえ》から計画《けいかく》をたてて準備《じゅんび》して下《くだ》さっているので手抜《てぬ》かりはない。ホテルも、演劇鑑賞会や、市民劇場で決《き》めているところへ、どの劇団《げきだん》も泊《と》まる。ビジネスホテルだけど、この頃《ごろ》は凄《すご》くよくなった。でも、時々《ときどき》、面白《おもしろ》いことが起《お》きる。

数年前、神戸《こうべ》のホテルに泊まったとき。名付《なづ》けて「オンブおばけ事件《じけん》」。夜《よる》ベッドで寝《ね》てたら、いきなり、ふわーっと私の体《からだ》の上《うえ》に大きなものが、おおいかぶさった。（オンブおばけ？　かぶさり婆《ばば》あ？）。びっくりして目《め》を開《あ》けて、暗闇《くらやみ》で、そーっと見たら、ベッドの横《よこ》の壁《かべ》の壁紙《かべがみ》が全部《ぜんぶ》はがれて、私の上に、おおいかぶさっているのだとわかった。私は、おばけとか、あまり信《しん》じていないから平気《へいき》だったけど、普通《ふつう》なら、おばけが来《き》たかとギョッとすると思《おも》う。綺麗《きれい》な、草《くさ》の模《も》様《よう》の壁紙だったけど、私の上に、おおいかぶさった形《かたち》を、ベッドからぬけ出《で》て、電気《でんき》をつけて見てみると、工事現《こうじげん》場《ば》のようだった。仕《し》方《かた》なく、シーツを頭《あたま》からかぶって、もぐり込《こ》んで、また寝た。その晩《ばん》も泊まるので、出かけるとき、フロントの人に、よく頼《たの》んだ。「申《もう》し訳《わけ》ございません。ちゃんとします」と、男《おとこ》の人がいった。

夜、芝居が終《お》わって帰ってみると、すっかり直《なお》っていた。「やれやれ、よかった！」と思って寝たら、また真《ま》夜《よ》中《なか》に、ふわーっと、かぶさって来た。神戸なので、港《みなと》のほうから、ボーッという船《ふね》の汽《き》笛《てき》が聞《き》こえる。そんなに重《おも》くはなくとも、暗闇で何《なに》かの下《した》敷《じ》きになっているわけだから、気《き》持《も》ちのいいものじゃない。まして、壁紙とわからず、ボーッと聞こえたら、随分《ずいぶん》、こわいと思う。多《た》分《ぶん》、海《うみ》の湿《しっ》気《け》で、はがれやすいのだろうと、好《こう》意《い》的《てき》に解《かい》釈《しゃく》した。一寸《ちょっと》、ホテルの人が両面《りょうめん》テープをつけたくらいでは、壁紙のほうも辛《しん》抱《ぼう》が続《つづ》かなかったのだと思った。

私は、この十七年くらい、ユニセフの親善大使《しんぜんたいし》になって、アフリカの色々《いろいろ》な国《くに》や、湾岸戦争直後《わんがんせんそうちょくご》のイラク、内戦《ないせん》が終わってすぐのボスニア・ヘルツェゴビナや、コソボなどを訪問《ほうもん》し、グチャグチャ状態《じょうたい》のホテルに泊まっているので、大抵《たいてい》のことでは驚《おどろ》かないけど、多分、普通の女優《じょゆう》さんなら怒《おこ》るかも知れない。私たち「新劇《しんげき》」とよばれる劇団での旅は、すべてビジネスホテル。それでも昔にくらべれば、旅は、やりやすくなった。

かなり前、京都《きょうと》で、ばったり文学座《ぶんがくざ》の俳優《はいゆう》さんたちに逢《あ》ったので、「どこに泊まっているの?」と聞いたら「お寺《てら》の本堂《ほんどう》!」といってたから、夏のことで蚊《か》は出るし、雑魚寝《ざこね》だし、お風呂《ふろ》はないし、定《さだ》めし大変《たいへん》だろうと思った。それにくらべれば、いまは、私などは一人部屋《ひとりべや》で、お風呂はあるし、テレビはあるし、冷暖房はあるし、いうことはないと思う。

でも、やはりこれは、十年くらい前、新潟で芝居だったので、何かの都合《つごう》で、東京から一人で新潟へ着《つ》き、ホテルまでタクシーに乗《の》った。名付けて「運転手《うんてんしゅ》さん推薦《すいせん》しないホテル事件」。

泊まる予定《よてい》のホテルの名前《なまえ》をいうと、

「黒柳《くろやなぎ》さんですね。そんなホテルに泊まらないで、もっと新潟には、いいホテルが、

いっぱいありますから」

といった。私は、

「知ってますけど、そこと決められてるんですから、すいません行って下さい」

と頼んだ。運転手さんは、しぶしぶ車《くるま》を走《はし》らせた。走らせながらも、

「やっぱり、こんなホテルに泊まらせたくないなあー。いまからでも変《か》えられませんか？」

と親切《しんせつ》にいってくれた。私は、

「これは演劇鑑賞会で決められてるホテルですから、杉村春子《すぎむらはるこ》さんも、滝沢修《たきざわおさむ》さんもお泊まりになるんです。テレビとかの仕事《しごと》だったら有名《ゆうめい》なホテルに泊まりますけど」

となぐさめた。いよいよホテルの前にタクシーが止《と》まると、運転手さんは、私を振《ふ》りむいて、

「本当《ほんとう》に、ここに泊まるんですか？」

と念《ねん》を押《お》した。そうして、

「やめたほうがいいです」

といった。私は、

「ごめんなさいね、あなたの御親切《ご》は、ありがたいけど、ここで降《お》ります」

というと、運転手さんは、

「じゃ、本当にここかどうか聞いてきます」

といってタクシーから降りた。本当にいい人がいるものだ。

私は戦争中、みんなと疎開《そ》《かい》するとき、はぐれてひとりで疎開列車《れつしや》で行って、随分、大人《おとな》の人たちに世話《せ》《わ》になったことを思い出《だ》した。みんな親切だった。

ホテルにむかって歩《ある》き出した運転手さんに私は、

「じゃ、劇団NLT《エヌエルティー》の賀原夏子《か》《はらなつこ》さんがお泊まりなのはここですか？　と聞いて下さい」

と叫《さけ》んだ。ホテルに消《き》えた運転手さんは、夕暮《ゆうぐ》れの道路《どうろ》に、下《した》を向《む》いて出てきた。

「やっぱり、ここだそうです」

運転手さんの声《こえ》は、残念《ざんねん》！　という気持ちで溢《あふ》れていた。私は慰《なぐさ》めようもない、と思った。

「新潟に、いいホテルが沢山《たくさん》あることは知っています。泊まったこともあります。今度《こん》《ど》、また泊まりますから」

私がそういうと運転手さんは、やっと、わかってくれて、タクシーは走っていった。私にとっては、はじめての新潟の芝居の旅だった。

ところが、運転手さんの心配は当《あ》たっていた。なにしろ、芝居が終わって帰ってくると、フロントにつながった、小《ちい》さいお座《ざ》敷《しき》のようなところでお食事《しょくじ》なんだけど、このお食事が、三日《みっか》前に焼《や》いたような鮭《さけ》。冷《つめ》たいお味噌汁《みそしる》。固《かた》い冷《さ》めたトンカツというような具合《ぐあい》。お皿《さら》の上で、鮭もトンカツも、ツルツルすべっている。コンビニが、まだ少《すく》ない時代で、私たちは、これを食《た》べるしかなかった。

しかも、お給仕《きゅうじ》のお姐《ねえ》さんもいないで、お皿が並《なら》んでるだけだから、「チンおねがい出来ます?」も頼めなかった。しかも、フロントにも誰《だれ》もいなくて、私が一番《いちばん》フロントに近いところにいたせいか、電話《でんわ》がなると、私が走っていってとる、という事になった。

「○○さん、おねがいします」

○○さんが劇団の関係者《かんけいしゃ》じゃないと、他《ほか》の泊まり客《きゃく》だ。フロントの人がいないんだから、私は電話の交換《こうかん》まで出来ないので、

「すいません、今日《きょう》の業務《ぎょうむ》は終わりましたので」

とあやまるしかない。何回《なんかい》も出てるうちに、怒る男の人がいて、

「あんた、一寸、部屋まで行って呼《よ》んで来てよ」

といわれた。でも、何号室《ごうしつ》かわからないから、呼んで来《こ》ようがない。

「すいません、私は通《とお》りがかりの者《もの》です」

と、そのたびにあやまった。

その次《つぎ》の日《ひ》の夜は、凄く寒くて、夜、雪が降《ふ》ってきた。暖房が入《はい》ってないので、手《て》もかじかんで、何をすることも出来ない。フロントに電話をすると、運《うん》よく男の人がいたので、

「すいません。暖房入《い》れてほしいんですけど」

といったら「はい」といってくれたので、よかったと思った。ところが驚いたことに、突然熱風《とつぜんねっぷう》が、どこからともなく出て来て、部屋の中がサウナのように暑《あつ》くなった。他の俳優さんたちの部屋はどうなのかと思ったら、みんなの所《ところ》は、暖房頼んだけど何も入らないという。

「じゃ、しばらく、私の部屋で暖《あたた》まったら？」

といったら、みんながゾロゾロ私の部屋に入って来た。シングルベッドの小さな部

屋に、十数人《じゅうすうにん》の人が入り熱風が吹《ふ》き込んでくるので、あっ！　という間《ま》に酸素不足《さんそぶそく》になった。仕方なく窓《まど》を開けたら、冷たい風《かぜ》が吹きこんで来て、

「わぁー気持ちがいい！」

と、みんなが口々《くちぐち》にいった。暗《くら》い窓の外《そと》は、雪がそれこそシンシンと降っていた。そんな寒い夜に、窓を開けて気持ちがいい、といっているのも、かわった風景《ふうけい》だと思った。

来なかった賀原夏子さんの部屋に電話してみた。

「寒くないの？」

と聞いたら、あのダミ声で、

「寒いよ！」

といった。

さすがに、このホテルは、この前、芝居の旅で行ったら、違うホテルに変わっていた。でも、こういう事件がなければ、はっきりとした思い出もないわけで、そのときは、アレアレと思うけど、何年も経《た》てば、楽《たの》しい思い出になる。

食べものの思い出もある。名付けて「白菜《はくさい》一枚《まいか》貸して下さい事件」。そこはホテル

ではなく、小さな旅館《りょかん》といったような所だった。静岡《しずおか》ブロックの旅のときだった。ホテルの場合《ばあい》は、食事のついてない所が多《おお》く、芝居が終わって、どこか食べる所を探《さが》すわけだけど、旅館のときは、たいてい食事付きなので芝居が終わったら、まっすぐ旅館に帰る。それでも、考えてみれば、他のお客さんより随分おそい夕食《ゆうしょく》だから、旅館の人にとっては迷惑《めいわく》なお客かも知れない。でも、ここも演鑑か、市民劇場の契約《けいやく》している旅館だった。食事の部屋に入ると、ズラリと細長《ほそなが》いテーブルが並んでいて、それぞれの人の前に小さいコンロと、その上に鉄《てつ》のお鍋《なべ》がチョコンと乗っていた。寒い日だったので、そういう心遣《こころづか》いは有難《ありがた》かった。

ところが、そのお鍋には、すでに野菜《やさい》とかが一人前《いちにんまえ》ずつ入っていた。五センチ角《かく》の白菜が三枚、三センチくらいの長さのお葱《ねぎ》が二本《ほん》、鳥肉《とりにく》が一《ひと》かけら、人参《にんじん》の薄《うす》い輪切《わぎ》りが一枚。それだけしか入っていなかった。あとは、お刺身《さしみ》の小さなお皿が一つ。このくらいだった。別《べつ》に御馳走《ごちそう》を食べたいとは思ってないけど、一日中《じゅう》芝居をやって来て、芝居の前は、食べないほうが、よく集中《しゅうちゅう》できていいので、ほとんど食べてないから、お腹《なか》はペコペコ。もう少《すこ》し、おかずがあってもいいのに！　と、みんなで話《はな》しあった。このときも、まだコンビニとかない時代だったので、自前《じまえ》のおかずもなかった。御飯《ごはん》が来る前に、お刺身はなくなった。次に、固形燃料《こけいねんりょう》に火《ひ》をつけて、お鍋に注目《ちゅうもく》した。お水《みず》は沢山入ってるけど、実《み》は下のほうに沈《しず》んでいる。

固形燃料というのは、火力《かりょく》の強《つよ》いのと弱《よわ》いのとがある。隣《となり》の、お兄《にい》ちゃんとみんなに呼ばれている俳優さんのは、グツグツしてきた。私は、

「お兄ちゃん、すいません、白菜一枚、貸して下さい、あとで私のが煮《に》えたらお返《かえ》しします」

といって、白菜を一枚借りた。お葱も借りた。そのうち、私のも煮えて来たので、白菜一枚とお葱一本、返した。あっちでもこっちでも、

「白菜一枚、貸して下さい」

とか、

「はい、お葱、返します」

というような声が聞こえた。でも、そのお鍋の中《なか》は、あっという間に空《から》になった。このおかずでは、そう御飯も食べられない。みんな、なんとなく空腹《くうふく》だった。

そのうち、私は凄くいい事を思いついた。固形燃料は、まだ残《のこ》っているし、一応《いちおう》、鳥肉が入っていたので多少《たしょう》のおだしは出てるスープだから、そこに御飯を入れて、お

じゃを作《つく》ろう、と思ったのだった。戦争中育《ちゅうそだ》った人間《にんげん》は、思いつく事が早《はや》い。みんなも、まねをした。さらに、私は、またいい事を考え出した。明日《あした》の朝《あさ》、きっと御飯のとき、卵《たまご》が出るだろうから、その卵を前借《まえが》りして入れれば、完璧《かんぺき》なお雑炊《ぞうすい》になる。私たちは、お姐さんが来るのを待《ま》ち構《かま》えた。

お姐さんがお茶《ちゃ》を持って入って来た。私は愛想《あいそう》よくしながらいった。

「すいません、ちょっとお雑炊にしたいんで卵が欲《ほ》しいの。いえ、明日の朝の卵を借りたいんです。明日の朝、卵、出ますよね」

お姐さんは、私を見て、

「ええ、朝食《ちょうしょく》、卵、出ますよ」

と無《ぶ》愛想にいった。

「じゃ、その卵、いま貸して頂《いただ》けません？」

お姐さんは、

「聞いてきます」

といって出ていった。お雑炊はグツグツしてきて、卵を入れたら、おいしいだろうな、という風になって来た。

しばらくして、お姐さんが帰って来た。

「悪《わる》いけど、明日の朝の卵、お貸し出来ません」

「なんで？　私、明日の朝、食べないんだから」

随分つよく押してみたけど、どういうわけか、お姐さんは、明日のぶんは今晩《こんばん》貸せない、といいはった。

「じゃ、いま卵がないの？　明日の朝にでも明日のぶんは来るの？」

そこまで聞いてみたけど、お姐さんは、

「いえ、ありますけど出せません」

の一点張《いってんば》りだった。（じゃ、買《か》えます？）と聞きたかったけど、そこまで物欲《ものほ》し気《げ》に見られるのも、と思ってやめた。

仕方なく私たちは、お鍋の中にお醬油《しょうゆ》を入れて、かきまわしてから、食べた。まぁ、物のない時代にくらべれば、これだけでもありがたいかも知れないけど、とにかくお湯《ゆ》の中でグチャグチャになった、お醬油味《あじ》の御飯は、あまりおいしくはなかった。お風呂も一つしかなく、男の人が入ってから入ろうと思っているうちにお湯がなくなってしまった。

こういう、酷《ひど》い目にあったホテルや旅館のことは、何も演鑑や市民劇場に私たちは報告《ほうこく》はしてないけど、いつの間にか、次にそこに行ったときは、他のホテルなどに変わっている。おかしなもので、多分、色んな劇団が少しずつ口に出し始《はじ》めて、きっと、変わる事になるのだと思う。それにしても、どうしてあのとき、卵貸してくれなかったのかなあ、戦争中でもないのに、と今《いま》でも不思議《ふしぎ》に思っている。

岐阜《ぎふ》に行った日のことは、恐《おそ》らく一生《いっしょう》、忘《わす》れられないと思う。名付けて「トロロコンブ事件」。これは、私自身《じしん》の欠落《けつらく》だけど、こんな事が起こるなんて。岐阜の芝居のときだった。これは、中部北陸《ちゅうぶほくりくブロック》方面の旅だった。偶然《ぐうぜん》、色んな都合で、制作《せいさく》スタッフが、ついてなくて、俳優だけが乗っていた。名古屋《なごや》から岐阜までの時間《じかん》は、わかっていた。客席《きゃくせき》はガラガラだったので、みんな思い思いの席にバラバラに座《すわ》った。冬だったので、私はブーツをはいていた。まず、ブーツをぬぎ、コートをぬいだ。それから、旅のときに持って歩く、8ミリビデオも見る事が出来るテレビを取《と》り出した。小さいので、ビデオで勉強《べんきょう》も出来るし、放送《ほうそう》中のテレビを見る事も出来る。普段《ふだん》はイヤホンで音《おと》を聞くけど、まわりに人がいなかったので、普通に聞いていた。「ワイドショウ」をやっている時間なので、それを見ていた。

そして、前の日「徹子《てつこ》の部屋」のスタッフのみんなと浅草《あさくさ》に行ったとき買ったトロロコンブを取り出した。これは、それまで見たこともないもので、仲見世《なかみせ》のガラスの囲《かこ》いの中で、コンブ屋《や》のお兄さんがやっていたものだけど、一メートルくらい長いコンブを、鉋《かんな》でシャーッとけずる。すると、丁度《ちょうど》、上等《じょうとう》の宮大工《みやだいく》さんが作るような、見《み》事《ごと》な薄い鉋屑状《かんなくずじょう》の、美《うつく》しいトロロコンブが出来るのだった。巾《はば》が七センチくらい、厚《あつ》さ〇・一ミリ、長さ一メートル、色はごく薄いグリーンの芸術品《げいじゅつひん》だった。私たちは長いこと、お兄さんのお手並《てな》みを見てから買ったのだった。それを私は取り出した。巻《ま》いてしまってあるので、そーっとほどいて、一メートルくらいにのばして口に入れた。

私たちは、静《しず》かに、そんな風に岐阜に向かっていた。私は新幹線《しんかんせん》のくせがついているので、到着《とうちゃく》の五分《ふん》くらい前になったら「岐阜！」と教《おし》えてくれるものときめこんでいた。この、キメ吉的発想《きちてきはっそう》は危険《きけん》だ。あとで気がついたら、この汽車《きしゃ》（電車《でんしゃ》？）は進《しん》行方向《こうほうこう》の連結《れんけつ》のあたりのドアの上に、電光掲示板《でんこうけいじばん》があり、それに次は「どこ」という風に、駅名《えきめい》がちゃんと出るしかけになっていた。とにかく「岐阜！　岐阜！」とアナウンスがあったので、そろそろ降りるんだ、と外を見たとき、なんとプラットフォームが見え始めていた。

「大変！　岐阜です！」

と私は叫んで、大《おお》いそぎで降りる支度《したく》にとりかかった。でも、そういってるうちに、汽車はプラットフォームに止まっていた。仕方なく私は、リュックを肩《かた》にかけ、右手《みぎて》にブーツを持ち、コートを持った。そして、左手《ひだりて》にテレビを持って、はだしで、プラットフォームに降りた。口からは、長いトロロコンブが、たれていた。それでも、別に、私は恥《は》ずかしくも思わず、仲間《なかま》だけが降りるんだからと、はだしで立《た》っていた。ところが、驚いたことに、そこに岐阜の事務局《じむきょく》の方々《かたがた》が十人くらい、お出迎《でむか》えに来て下さっていた。ずらりと横に並んだみんなは、私を見た。はだしでブーツとコートを持ち、なんとテレビを止める暇《ひま》がなかったので、テレビには、ワイドショウの芸能人《げいのうじん》の離婚《りこん》の記者会見《きしゃかいけん》がガァガァ映《うつ》っていて、「なぜ離婚なさるんですか」などとレポーターの声が飛《と》んでいた。

そして、きわめつけは、私の口からトロロコンブが一メートルも長く出ていて、風が強い日だった事もあり、ヒラヒラ棚《たな》びいていた事だった。そういうとき口を開《ひら》けば、どっかに飛んでいってくれるかも知れないけど、それもまた、お行儀《ぎょうぎ》が悪いみたいで、私はそうやって、ヒラヒラヒラさせながらプラットフォームに立っていた。お出迎えのみなさんは、呆然《ぼうぜん》とした感《かん》じで私を見ていた。

しかも、私がそこでやる芝居は「キュリー夫人《ふじん》」だった。ノーベル賞《しょう》を二《ふた》つも受賞《じゅしょう》した、世界《せかい》で最《もっと》も有名な科学者《かがくしゃ》。(こんなバカな女《おんな》が、本当にキュリー夫人をやれるのか?)。そんな風な事が、お出迎えの方たちの脳裏《のうり》をかすめたのを、私は、はっきり感じた。

以来《いらい》、一応、ブーツとか靴《くつ》は、ぬがないようにしている。母《はは》の胎内《たいない》に「反省《はんせい》」という言葉《ことば》を置《お》いて来た、といわれている私でも、たまにはこんな風に反省することもある。

私の欠落は、まだある。次は「茹卵事件《ゆでたまごじけん》」。いま一緒《いっしょ》に旅をしているのは、劇団NLTで、そこの看板《かんばん》女優の木村有里《きむらゆり》さんとは、昔から親友《しんゆう》だ。いまも一緒に「幸《しあわ》せの背《せい》くらべ」という芝居に出ている。木村さんは、茹卵が大《だい》好きだ。毎日《まいにち》食べても、飽《あ》きないくらいという。何年か前、なんかの都合で、私は木村さんと違うホテルになった。遅《おそ》い朝御飯を食べにいくと茹卵が沢山カゴに入っていた。私は、あまり茹卵が好きなほうじゃないけど、木村さんのために貰《もら》っていこう、と二個ダウン・コートのポケットに入れた。左右《さゆう》一個ずつ。

そのあと、一緒の移動《いどう》の電車に乗ったので、

「茹卵二個、もってる、あげようと思って」

といふと、木村さんは、

「あら、嬉《うれ》しい、今日まだ食べてないの」

というので、私は、嬉しくなって、ポケットに手を入れた。ポケットの中に、あるはずの茹卵は、そこになく、ポケットの中はヌルヌルしていた。ヌルヌルだけじゃなく、底《そこ》のほうは、ドボドボしていた。そのとき、私は気がついた。茹卵だと思って盗《ぬす》んできたのはナマ卵で、タクシーの中か、待合室《まちあいしつ》か、とにかく、私はコートの下についているポケットの、その上にのったに違《ちが》いない。手の先《さき》を両手《りょうて》とも黄色《きいろ》くベタベタにさせて、私は、木村さんに、

「ごめんなさいね」

といった。木村さんは、手早《てばや》くぬれティッシュを出して、私の手を拭《ふ》いてくれながら、

「あなたの親切は、とても嬉しいわ。でも、ナマ卵と茹卵と、手にもったときわからなかった？」

といった。私は、びっくりした。あれは割《わ》ってみないとわからないものだと思っていた。

木村さんの説明《せつめい》によると、「茹卵は、手に持ったとき、ふむ、という硬質《こうしつ》なカンジがするの。ナマ卵は、なんとなくカラが、やわらかいというか軽《かる》いカンジがするの」という事だった。やっぱり、毎日食べてる人は違うものだ。その日は、一日、ポケットの中が、お掃除《そうじ》をしても、しめっていて、なんとなく気持ちが悪かった。

今回《こんかい》の旅は、三月一日から、倉敷《くらしき》、松江《まつえ》、福山《ふくやま》、西大寺《さいだいじ》、鳥取《とっとり》、米子《よなご》、出雲《いずも》、岡山《おかやま》、広島《ひろしま》、呉《くれ》、山口県《やまぐちけん》の柳井《やない》、徳山《とくやま》と一ヶ月《げつ》半近くかけて廻る。私にとって、何よりもありがたかったのは、九日間《ここのかかん》も早い、東京の桜の満開《まんかい》を見られなかったかわりに、広島以降《いこう》、すべての所で、満開の美しい桜を見る事が出来たことだ。遠《とお》い山《やま》の黒々《くろぐろ》と見える木々《きぎ》の間に、ピンク色の靄《もや》がかかっているように見えて、「私たちは、ここにいますよ！」と呼びかけているようなのも見た。自然《しぜん》は凄い。

オペラ歌手《かしゅ》のマリア・カラスはこういっている。

「トラビアータ（椿姫《つばきひめ》）なんてなくたって、お日様《ひさま》は昇《のぼ》っていきます。オペラ歌手なんていなくたって、この世《よ》は廻っていきます。ただ、私たちがいると、この世が、一寸は居心地がよくなるんじゃないか、と思うんです。一寸は豊《ゆた》かに、一寸は賢《かしこ》くなるんじゃないかって。芸術なんて、なんにもないない世界にくらべて。だって、それを信じてなかったら……」

これは、私がやった「マスター・クラス」という芝居の中の、最後《さいご》のマリア・カラスのセリフ。マリア・カラスと自分《じぶん》とをくらべるなんてこと出来ないけど、徳山の町《まち》の桜並木《なみき》の下を劇場まで一人で歩きながら、(私も、そう信じて、やっているのです)と上を見上《みあ》げた。桜と青空《あおぞら》は、とけあっていた。

オバタリアン

「しまった！　やられた！」

さしもの私《わたし》も、オバタリアンにやられてしまった。噂《うわさ》にたがわずオバタリアンは凄《すご》い！

前回《ぜんかい》と同《おな》じ芝居《しばい》の旅《たび》の続《つづ》き。浦和《うらわ》で公演《こうえん》の日《ひ》、私は東京駅《とうきょうえき》から電車《でんしゃ》に乗《の》った。東京近郊《きんこう》で芝居があって、しかもマチネー（昼《ひる》公演）のときは、絶対《ぜったい》に電車に乗る。道《みち》が空《す》いていれば、車《くるま》のほうが面倒《めんどう》じゃなくていい事《こと》もあるけど、突然《とつぜん》の渋滞《じゅうたい》という事もあるから電車で行《い》く。地下鉄《ちかてつ》もこの頃《ごろ》は、すごく便利《べんり》なので、地下鉄で行くこともある。この日、私は東京駅から京浜東北線《けいひんとうほくせん》で浦和に行くので、絶対に座《すわ》ろう！　と読《よ》む本《ほん》も用意《ようい》して、プラットフォームで待《ま》っていた。

もともと私は、電車や汽車《きしゃ》の席《せき》を取《と》るのが上手《じょうず》で、地方《ちほう》でも、たいがい移動《いどう》のとき、みんなのぶんも取ってあげる。勿論《もちろん》、人《ひと》を押《お》しのけたり、ずるしたり、そんな、こすからい事はしない。コツは、まず迷《まよ》わない事。そこと決《き》めたら、もっと他《ほか》のよさそうなところがあっても、気《き》を散《ち》らさないで邁進《まいしん》する。これは、昔《むかし》、バスで小《ちい》さい子《こ》どもを見《み》ていて発見《はっけん》した席取りの方法《ほうほう》。随分前《ずいぶんまえ》だけど、バスに乗るのに並《なら》んでいた。小学校《しょうがっこう》三年生《ねんせい》くらいの男《おとこ》の子がいて、その子は、私の前に並んでいた。私たちは、列《れつ》の前にいたので、順番《じゅんばん》からいえば、当然《とうぜん》、座れるはずだった。しかも、バスは始発《しはつ》だったので、ガラガラに空《あ》いたまま、私たちの前に止《と》まった。私は適当《てきとう》に、まん中《なか》あたりの、ごく普通《ふつう》のところに座った。その男の子は見ていたら、まず、一番《いちばん》うしろの横《よこ》並びのところに座ってみて、次《つぎ》に、一番前のほうに走《はし》っていき、今度《こんど》は、私の座っている向《む》かい側《がわ》に腰《こし》かけてみて、また立《た》ってキョロキョロした。そのうち、どんどんどんどん人が入《はい》ってきて座るので、その子は「あっ!!」「あっ!!」といってるうちに、とうとう席が取れず、バスのまん中に立って、半泣《はんな》きになりながらキョロキョロしていた。最後《さいご》のほうから、その子のお母《かあ》さんが入ってきて、

「あら、あんた、どうしたの？　席取れなかったの？　なんで？　バカね。あんなに前にいて！」

と叱《しか》りつけた。その子は、口惜《くや》しそうに唇《くちびる》をかんで、それでも、まだ、どこかに座るところがないかと見まわしていた。私は、凄く可哀《かわい》そうだったけど、いかにも子どもらしくて、面白《おもしろ》い、と思《おも》った。さっと乗ってきて、すぐ座るのは、やはり子どもらしくない。お母さんと座るのには、（ここがいいかな。いや、もっと前のほうがいい。それとも……）と、アッチコッチ走りまわって決めかねて、結局《けつきよく》、大《おお》きい大人《おとな》に、全部《ぜんぶ》、席を取られて、ベソをかくのが、子どもらしくて可愛《かわい》いと思った。

私は、お母さんが私の前あたりに立ったので、小声《こごえ》で話《はな》しかけた。

「坊《ぼ》っちゃん、随分一所懸命《ずいぶんいつしよけんめい》、いい席と迷ったんだけど、結局、えらびすぎて、取れなかったんです。可愛かったんですよ、一所懸命で！」

お母さんは、チラリと息子《むすこ》を見るといった。

「そうですか？　いつも、ドジなんですよ、この子！」

私は、その子が気《き》の毒《どく》で、涙《なみだ》が出《で》そうになった。あの子は、ドジなんかじゃない、なんとか、お母さんの気に入《い》る、いい席にしようとしてたんだから。こんな風《ふう》に親《おや》に理解《りかい》されない、正直《しようじき》ものの子どもらしい子を、そっと見てあげる大人が必要《ひつよう》だと、つくづく思った。でも、その子どもを見ていて（席は、キョロキョロすると取れない！）と、発見したので、以来《いらい》、「決めたら邁進」方法をとる事にしている。

さて、話《はなし》を浦和方面《ほうめん》に戻《もど》すと、東京駅のプラットフォームに電車がついた。かなりの人が降《お》りたけど、まだ、随分乗っている。窓《まど》の外《そと》から、私はこれぞ！　という席を見つけた。乗り込《こ》むと、いい按配《あんばい》に、ポコッ！　とその席は空いたままだった。私は、やれうれしやと、背中《せなか》のリュックサックを降ろすべく、席のほうに背中をむける形《かたち》に、体《からだ》のむきをかえた。席と私の膝《ひざ》の裏《うら》とが十五センチくらい空いた、と思った瞬間《しゅんかん》、なんと、お尻《しり》から乗り込んできたオバタリアンが、その十五センチの隙間《すきま》に足《あし》を入れて、私の席に座ってしまった。リュックをおろした私は、もう少《すこ》しでオバタリアンの膝の上《うえ》に座るところだった。私の席といっても、私のものじゃないけど、一応《いちおう》、私が確保《かくほ》した席だったんだけど、座ったのは、オバタリアンのほうが先《さき》だった。オバタリアンの膝に座りかけた私は、オバタリアンの、あまりの早業《はやわざ》に驚《おどろ》いた。確《たし》かに、私の目《め》のはしに、お尻から乗り込んできたのは見えたけど、私が座ろうとしている席に、お尻から入り込むとは思わなかった。私は振《ふ》りむいて、私の席に座っているオバタリアンに、「あらあ！　ここ、私が座ろうと……」と、声《こえ》にはならないけど、そんな目でオバタリアンを見た私の目《め》線《せん》より早《はや》く、オバタリアンの目から強烈《きょうれつ》な「なにさ!!」光線《こうせん》が出て、私はひき下《さ》がるしかなかった。

　そこを離《はな》れて、電車のまん中あたりに歩《ある》いていくと、そこに立っていた私の付《つ》きびとは、私を見ると、

「あら、席どうしたんですか？」

と、驚き声でいった。彼女《かのじょ》は、私が席を取れたのを見て、すっかり座ったものだと思って、安心《あんしん》して、そこにいたのだといった。私は、

「オバタリアンに席を取られた！」

と報告《ほうこく》した。報告しながら、(私も年齢《ねんれい》からいうと、オバタリアンどころか、もっと上かも知《し》れないのに、おかしいの！)と思っていた。陽《ひ》を背中に、満足《まんぞく》して座っているオバタリアンを乗せて、電車は忠実《ちゅうじつ》に走っていた。

お説教《せっきょう》

私《わたし》は、お説教は上手《じょうず》だと、我《われ》ながら思《おも》っている。ただし、これは、小《ちい》さい動物《どうぶつ》や子《こ》どもに限《かぎ》っていて、大人《おとな》にむかってお説教なんてした事《こと》はない。そんな、だいそれた事は、しようとも思わない。イラストレーターの和田誠《わだまこと》さんの家《うち》の猫《ねこ》にお説教をして、その猫が、実《じつ》にお行儀《ぎょうぎ》のいい猫になったのが、最初《さいしょ》の経験《けいけん》だった。その猫は、赤塚不二夫《あかつかふじお》さんの家の、あの万歳《ばんざい》をするので有名《ゆうめい》な菊千代《きくちよ》という猫と親戚《しんせき》の「桃代《ももよ》」という猫だった。

この猫は、なにしろきかない猫で、和田さんの家にお邪魔《じゃま》して、奥《おく》さんのレミちゃんたちと話《はなし》をしていても、空中《くうちゅう》を飛《と》びまわる、私の洋服《ようふく》をひっぱる、部屋中《へやじゅう》をかけまわる、と一秒《びょう》でも、じっとしていない。レミちゃんの、お得意《とくい》のお料理《りょうり》を食《た》べようとしても、とにかく、のべつ、そのへんで飛びはねて動《うご》きまわっているので、落《お》ちつかない。そこで、私は、少《すこ》し大人しくしているように、お説教をしてみようと思いついた。

私は、桃代をつかまえて、膝《ひざ》の上《うえ》に押《お》さえこみ、桃代の両手《りょうて》を私の両手で持《も》って、じっと顔《かお》を見《み》て、お説教をした。お説教の内容《ないよう》を、私は忘《わす》れちゃったけど、そのとき、遊《あそ》びに来《き》ていた、ラジオのパーソナリティの白石冬美《しらいしふゆみ》さんがご自分《じぶん》の本《ほん》に書《か》いて下《くだ》さっているので、その『妖精志願《ようせいしがん》』という本の中《なか》から引用《いんよう》し、短《みじか》くさせていただくと、こういう事だったらしい。

その日《ひ》の夕方《ゆうがた》、私はお酉《とり》さまに行《い》って、ピンクやグリーンに染《そ》められた二十日鼠《はつかねずみ》を見たらしく、まず、お説教は、そこから始《はじ》めたようだ。「ピンクのねずみとね、グリーンのねずみとがいてね、売《う》られてるの、お酉さまで。いゃん、じゃありません聞《き》きなさい。ほら、こっちむいて」。要《よう》するに私は、その染められたねずみにくらべたら、お前《まえ》さんは幸《しあわ》せなんだ、といいたかったらしい。途中《とちゅう》で、そこに来ていた渥美清《あつみきよし》さんが、私に「猫がバカになるからよしなさい」といって、みんなが笑《わら》いころげている中で、それでも私は、話《はな》しかけていた。（こんな事、すっかり忘れていたのに、白石さん書いていてくれてありがとう）

「そのうちとうとう桃代は、あきらめたのか、じっと静《しず》かになり、黒柳《くろやなぎ》さんに、わきの下《した》を持たれて、人間《にんげん》の赤《あか》ん坊《ぼう》みたいに、うしろ足《あし》を投《な》げだして座《すわ》らせられ、猫としては、まことに不自然《ふしぜん》な格好《かっこう》のまま、たしかにグウグウ眠《ねむ》っていたんです」

猫好《ず》きの白石さんならではの描写《びょうしゃ》です。

さて、このあと桃代がどうなったかというと、次《つぎ》から、私が「御免下《ごめん》さい」と玄関《げんかん》のドアのところでいうが早《はや》いか、椅子《いす》の下か、何《なに》かの下にもぐりこみ、私が帰《かえ》るまで、鳴《な》き声《ごえ》も出《だ》さなきゃ姿《すがた》も見せないという、信《しん》じられないほどお行儀のいい猫になった。元気《げんき》な子どもの猫なのだからと、一寸《ちょっと》、可哀《かわい》そうな気《き》もしたけれど、やはり、お客《きゃく》さまがいらしているのに、わがもの顔《がお》にさわぎまわるのは、よくないので、このお説教はよかったと思っている。

このあと、上野動物園《うえのどうぶつえん》の狼《おおかみ》とか、家に居候《いそうろう》にきたミニパンダ兎《うさぎ》とか、アメリカのアリゾナの馬《うま》とか、随分《ずいぶん》、色《いろ》んな動物にお説教をした。ちなみに、動物に写真《しゃしん》を撮《と》らせてもらうときは、お説教ではなく、「おねがい」。

この数々《かずかず》の経験から、私は芝居《しばい》の旅《たび》の間《あいだ》に、赤ちゃんと子どもにお説教をした。最初は東北新幹線《とうほくしんかんせん》に乗《の》ったとき。グリーン車《しゃ》に乗ったら、私の前の席《せき》に、赤ん坊を連《つ》れた比較的若《ひかくてきわか》いお母《かあ》さんが乗ってきた。そこは一番《いちばん》前の席だった。窓《まど》ぎわには、赤ちゃんからすると、おばあちゃんというような人《ひと》が座《すわ》り、お母さんと赤ちゃんは私の前、という事になった。

この赤ちゃんが凄《すご》く泣《な》く。泣く、というより、悲《かな》しげに泣き叫《さけ》んでいる。私は、本を読《よ》もうとしていたけど、あまりの声に、気が散《ち》って、読んでいる訳《わけ》にはいかなくなった。比較的若いお母さんは、赤ちゃんが、なにをして欲《ほ》しいのかを聞く事もせず、ただ抱《だ》いている。声からして、私は、赤ちゃんが何かを母親《ははおや》に訴《うった》えかけているように思えた。かといって、私がお母さんに、そんな事をいえるはずもない。赤ちゃんの泣き声は止《と》まる事なく続《つづ》いている。時間《じかん》のせいか、あまり、混《こ》みあっていなかったので、文句《もんく》をいってくる人もなく、そのまま新幹線は走《はし》っていた。私の母は、「嫌《きら》いな事は？」という質問《しつもん》に、いつも「赤ちゃんの泣き声」と答《こた》えている。私は、その事を思い出した。

そのうち、お母さんが立《た》ち上《あ》がり、赤ちゃんを席に置《お》くと、前のほうに歩《ある》いていき、車両《しゃりょう》を出ていった。トイレに違《ちが》いない、この瞬間《しゅんかん》、私は決心《けっしん》した。その赤ちゃんに話してみよう。私は、前の席にまわりこんで、外《そと》を見ているおばあさんに「すいません、赤ちゃんに話させて頂《いただ》きます」とことわった。おばあさんは、別《べつ》に驚《おどろ》いた風《ふう》もなく、窓の外に、また目《め》をやった。(よかった)。私は中腰《ちゅうごし》になり、赤ちゃんの顔のすぐ近《ちか》くに、私の顔を寄《よ》せて、よく見えるようにした。赤ちゃんは、五ヶ月《かげつ》くらいだろうと私は思った。

「ねえ、すいません」

私がそういうと、顔を真《ま》っ赤《か》にして泣いていた赤ちゃんは、私を見た。そして、驚いた目が、はっきりと私の顔で止まり、急《きゅう》に泣きやんだ。私は静かにいった。

「ねぇ、あなた泣いてるの。凄い声で。私、困《こま》ってるのよ、本だって読めないし。あなたもね、まだ、おはなしは出来《でき》ない事は、わかるけど、おむつをとりかえて欲しいとか、お腹《なか》すいたとか、何《なん》とかお母さんにわかってもらえるようにしなきゃダメ。ただ泣いてるだけじゃダメよ」

こんな事、赤ん坊にいったってムダとか、赤ちゃんなのに可哀そうとお思いのかたもいるかも知《し》れない。でも、私は、ユニセフの親善大使《しんぜんたいし》として、二十年《ねん》近く、言葉《ことば》の全《まっ》く違う、アフリカや東南《とうなん》アジアや中近東《ちゅうきんとう》や中南米《ちゅうなんべい》の、赤ちゃんや小さい子どもたちに話しかけてきた。日本語《にほんご》で。死《し》にかけている子どもにも話した。

そして、わかった事は、たべものや医薬品《いやくひん》に飢《う》えてる子どもは、愛《あい》にも飢えてる、って事だった。

私が抱くと、栄養失調《えいようしっちょう》で泣く力《ちから》のない子も、私のブラウスを小さな手《て》で握《にぎ》って、はなそうとしなかった。ひどい下痢《げり》による脱水症状《だっすいしょうじょう》で、老人《ろうじん》のようにしわだらけになりながら、脱水症状を止《と》める飲《の》みもののカップを投げすてていた小さな子がいた。その子は孤児《こじ》だった。私が「飲まなきゃダメよ、死んじゃうんだから」といって飲みものを入《い》れて手渡《てわた》すと、私の顔を見ながら、一所懸命《いっしょけんめい》飲んだ。死んだ母親からの胎内感染《たいないかんせん》で、エイズの末期《まっき》の赤ちゃんは、遠《とお》くのほうを見ていた。でも私が、「ねぇ、可哀そうにね、元気に生《う》まれたかったのにねぇ」と話しかけたら、急に顔を私のほうにまわして、じーっと私を見た。遠くのほうにいってしまってた目が、近い私の顔をしっかりと見た。五分《ふん》くらい話している間、身動《みうご》きもしないで、私の顔を見ていた。真剣《しんけん》な表情《ひょうじょう》だった。もう出発《しゅっぱつ》します、という声で、私が「じゃ、私、行かなきゃならないから、ごめんなさいね」と顔を離《はな》すと、瞬間的《てき》にあきらめたように、また遠いところを見る目になった。「あなたは、何のために生まれてきたのかしらね」と、私は声にもならなかった。

こんな風に、二十年近く、沢山《たくさん》の子どもや、赤ちゃんと会《あ》って、私は話すのが無駄《むだ》だとは思ってなかったし、わかってくれると信じてきた。

でも、日本の赤ちゃんは、栄養はいいし、お母さんはちゃんといるし、どうかな、と思ったけど、やはり、私は赤ちゃんを信じているから、無駄だとは思わず、話しつづけた。新幹線の赤ちゃんは、すっかり泣きやむと、涙《なみだ》と鼻《はな》をズルさせながら、私の顔をじーっと見ていた。私はティッシュで赤ちゃんの涙と鼻をふいた。健康《けんこう》そうで、元気な赤ちゃんだった。（お母さんじゃなく、知らない人が、自分に対《たい》して何かいってるので、大人しく聞かなきゃいけないんだな）と赤ちゃんが思っているらしい、と私は感《かん》じた。こんなに小さな赤ちゃんでも、他人《たにん》から文句をいわれてるらしい、とわかるのがおかしかったけど、私は、やさしく話しかけた。もう全く、その子は泣いていなかった。

そのうち、お母さんが帰ってきた。私は、お説教をしてました、とはいえないので、

「可愛《かわい》い赤ちゃんですね」

といった。比較的若いお母さんは、笑顔《えがお》で、

「ええ」

といって、赤ちゃんを膝の上にのせた。私は、自分の席にもどった。

その途端《とたん》、いま、あんなに大人しくしていた赤ちゃんが、倍《ばい》くらい大きい声で泣き出した。でも、そのうちわけがわかった。それは、やはり、おむつを取《と》りかえてもらいたかったのだった。お母さんが、おむつを取りかえると、泣き声の音量《おんりょう》が半分《はんぶん》くらいになった。でも、やっぱり悲しそうに泣いていた。お母さんが「はいはい」といって、赤ちゃんを抱きあげた。

そうしたら、赤ちゃんの顔が、お母さんの肩《かた》ごしに、こっちに見えて、私と目が合《あ》った。そうしたら、驚いた事に「ヒィ!!」って声を出して、赤ちゃんは泣きやんだ。あきらかに、私と目が合って、「大変《たいへん》! こわい人だ」とわかって、泣くのを止《や》めたのだった。

お母さんが、「あら、どうしたの?」といったので、私は、(ひきつけたりしてたのなら、どうしよう)と思った。お母さんが、立たせるようにしたので、また赤ちゃんと目が合った。ひきつけてはいなかった。(よかった)

そして、あきらかに赤ちゃんは、私の存在《そんざい》を気にして、しゃくりあげながらも泣かなかった。いじらしいくらい我慢《がまん》していた。そして、上目《うわめ》づかいに私を見ていた。

そのうち、いい具合《ぐあい》にお母さんが、「お腹空《す》いてんじゃないの？」といって、オッパイを飲ませはじめた。赤ちゃんは、とたんに大人しくなって、飲みはじめたようだった。

それ以後《いご》、もう赤ちゃんの泣き声は聞こえてこなかった。そのかわり、よほどお腹が空いていたらしく、長《なが》いことオッパイを飲んでいる気配《けはい》だった。聞きわけのいい赤ちゃん。おしめとオッパイ、それが欲《ほ》しかっただけなのに、私からお説教されちゃって。

降《お》りるとき見たら、お母さんも赤ちゃんも寝《ね》ていた。おばあちゃんも寝ていた。満《まん》足《ぞく》したらしく、寝ている赤ちゃんの顔は天使《てんし》のようだった。

次にお説教をしたのは、地方《ちほう》での汽車《きしゃ》の中だった。その子は男《おとこ》の子で、小学校《しょうがっこう》の三年生《ねんせい》くらい。私と通路《つうろ》をへだてた反対側《はんたいがわ》の窓ぎわに座っていた。一緒《いっしょ》にいたのはお父《とう》さんで、私と通路をへだてて座っていた。

この男の子は凄くわがままらしく、傍若無人《ぼうじゃくぶじん》という大声《おおごえ》で、父親《ちちおや》に話しかけていた。私は、子どもらしく、色んな質問を次々とするのを聞くのは好きなほうだ。私だって子どものとき「ねぇ、どうして？　どうして？」と聞きまわって、「聞きたがりのトットちゃん」といわれたくらいだから、それは（いいじゃない？）と、一応《いちおう》、思ってる。

でも、この子は、遠慮《えんりょ》という事がなく、乗りものの中に他《ほか》の人がいるというのに、すべてを無視《むし》した声で、「お茶《ちゃ》！ お茶はないの？」といったかと思うと、「暑《あつ》いなあ」と文句をいい、「ねぇ、どうしてあの車《くるま》は、これより遅《おそ》いの？」と窓の外の道《みち》を走ってる車の事を聞いてる。はじめて汽車に乗って興奮《こうふん》しているのなら、それもわかるけど、そうでもなさそうだった。なげやりで大きい声で。なんだか子どもらしい面《おも》白《しろ》い質問は、全く、その子の口《くち》から出《で》なかった。

面白い質問を期《き》待《たい》していた私は、凄くガッカリした。どんなに大声でも、（やっぱり子どもって発想《はっそう》が違う！）という質問をして欲しかった。それにしても、ずーっと、しゃべりづめだった。お父さんのいう事もロクに聞いていなかった。またもや私は、本を読む事も、寝る事も出来ず、（お説教するしかないかな？）と、ひそかに考《かんが》えていた。

そのうち、とうとうチャンスが来た。お父さんが「トイレに行ってくるから」といって立ち上がったのだった。私は、お父さんの姿が見えなくなるのを見はからって、

お父さんの席に、そっと座って、

「ねぇ、すいません、一寸、お話したいんだけど」

と、その子にいった。つまらなそうに、足をブラブラさせていた男の子は、私をチラリと見た。

「あのね、私、寝ようと思ってるんだけど、あなたの声で寝られないの。他にも、そういう大人の人がいるの。ここは、あなたのお家じゃないから、もう少し小さい声でお話して下さる？」

思ったより、生意気《なまいき》な顔じゃなかったけど、横目《よこめ》で私の事を見ている表情は、あまり可愛くはなかった。

「わかる？」

と念《ねん》を押して聞いたら、いかにも不承不承《ふしょうぶしょう》という気のない声で、

「うん」

といったんで、これは、あまり、しつこくしないで引《ひ》きさがろうと考え、

「じゃ、おねがいね」

と、やさしい声で席にもどった。

トイレは近くにあったらしく、私が席にもどると同時《どうじ》くらいに、車両のドアが開《あ》いて、お父さんが帰ってきた。私は、本を読むふりして、そーっと見ていた。だまって外を見ている男の子の、それまでと違った感じを、お父さんは察《さっ》したらしく、「おい、どうしたんだ」と聞いてる。

(やだ!!「あの、おばさんから怒《おこ》られた」とか、お父さんに言《い》いつけられたらどうしよう)。そこまで考えてなかった私は、緊張《きんちょう》した。赤ちゃんなら言いつけないけど、三年生くらいならいうかも知れない。

ところが、これが子どもの面白いところで、外を見ながら「べっつに!」といって、言いつける気はなさそうだった。やっぱり、心の中で、自分が悪《わる》かった、ってわかったに違いない。だから、言いつけないんだ。私は、ほっとした。

でも、いい子になったらなったで、一寸、その子に気《き》の毒《どく》な気がして、私はリュックから飴《あめ》を出した。考えたら、その子は「お茶は?」とかいったわりには、売《う》りにも来《こ》なかったせいもあるけど、何もたべてなかったし、たべものの事、いってなかったな、と思った。私は、きれいな紙《かみ》に包《つつ》んである飴を五、六個取《と》り出して、お父さんに、「よかったら、どうぞ」といって、すすめた。お父さんは、「ああ、ありがとうございます」と、うれしそうにいって、「じゃ、頂きます」といってから、男の子に、「おい、飴、頂いたから、はい」といって渡そうとした。

そのときだった。男の子は、私のほうをチラリと見てから、お父さんの手を押して、はっきり「いらない！」といった。お父さんは、すっかり狼狽《ろうばい》して、「すいません」と私にいって、「なんでだよ、頂きなさい、折角《せっかく》くださったんだから」と渡そうとした。子どもは、外を見ながら、もう一度《いちど》、はっきり「いらない！」といった。その子の、精《せい》いっぱいの私に対しての不満《ふまん》だと私は思って、おかしかった。気の毒なのはお父さんで、「すいません」と私にいって、「じゃ、頂きます」と飴を口に入れた。当然《とうぜん》だけど、お父さんにしてみると、なんで息子《むすこ》が、こんなにはっきりと「いらない」といったのか、合点《がてん》がいかない風だった。

それからは、男の子は、もう大声を出す事もなく、大人しくしていたので、汽車の中は静かになった。

しばらくして、その子たちの降りる駅《えき》がきた。お父さんは、いい人らしく、「ありがとうございました」といって席をたった。その子は、お父さんの前をすり抜《ぬ》けて、出口《でぐち》のほうに行った。私をさけてるのかと思ったけど、それは違っていた。見ていると、プラットフォームには、その子のお母さんらしい人や、おばあさんや、何人《なんにん》もの人が迎《むか》えにきていた。その子が降りると、その子を中心《ちゅうしん》に、女《おんな》の人の輪《わ》が出来た。あきらかに、チヤホヤされ、甘《あま》やかされているのだ、とわかった。

意地悪《いじわる》ばあさんみたいだな、と思いながら、私は、その光景《こうけい》を見ていた。きっと、あの男の子は、お説教なんてされた事がないに違いない。でも、あの子は、これから汽車や電車《でんしゃ》に乗ったとき、大声でしゃべろうとして、(また、誰《だれ》かに何かいわれるかも知れない)と思い出して、小さい声でしゃべるようになるかもしれない、だから、まあ、いいか、とプラットフォームの家族《かぞく》を眺《なが》めながら、私は考えていた。

私にとって、プラットフォームの思い出は、たった一《ひと》つ。戦争《せんそう》が終《お》わって、随分たってから、父がシベリアから復員《ふくいん》して、品川《しながわ》駅に帰ってきたとき。小学生のとき別《わか》れた父。私は、もう女学生《じょがくせい》になっていた。父は、カーキ色のシベリアの捕虜《ほりょ》だったときの洋服を着《き》て、リュックを背負《せお》い、カーキ色の、工場《こうじょう》の人たちがかぶるような帽子《ぼうし》をかぶっていた。手には、ヴァイオリンを持っていた。シベリアで捕虜になっている日本兵《へい》を慰問《いもん》するように、とソビエト政府《せいふ》から渡されたヴァイオリンだった。ほとんどの捕虜収容所《しゅうようじょ》をまわって帰ってきたので、父の復員は遅かった。最後《さいご》の引上《ひきあ》げ船《せん》で帰って来た。誰かが撮ってくれた、その時《とき》の父の写真が一枚《まい》あるので、その光景を思い出す事が出来るので、本当《ほんとう》をいうと、私は、あの日の事を、はっきり憶《おぼ》えていない。父と母が、どんな顔で向《む》かい合ったかとか、父が、どんな事を言ったかとか。

ただ、憶えているのは、父が私を見て「トット助《すけ》！　大《おお》きくなったね」といった事と、誰かと握手《あくしゅ》をした父の手が、相変《あいか》わらず大きかった事ぐらい。あとは長いプラットフォーム。あまり嬉《うれ》しいと、細《こま》かい事は、呆然《ぼうぜん》として忘れちゃうのかも知れない。いずれにしても、本当に忘れちゃうくらい、遠い昔《むかし》の事だもの。五十年も前の事。

男の子に断《こと》わられた飴は、青《あお》リンゴの味《あじ》だった。

ほんとうの幸《しあわ》せとは？

小《ちい》さい時《とき》、私《わたし》が密《ひそか》に（うれしいなあ）と思《おも》う瞬間《しゅんかん》があった。それは、夕方《ゆうがた》、雨《あめ》がザアザア降《ふ》っている。でも、父《ちち》は仕事《しごと》から帰《かえ》って来《き》ている。家族《かぞく》は、みんな家《うち》の中《なか》にいる。犬《いぬ》も家の中に入《い》れてもらっている。電気《でんき》が明《あか》るくついている。私と弟《おとうと》はテーブルについて、母《はは》の御飯《ごはん》の支度《したく》が出来《でき》るのを待《ま》っている。私は安心《あんしん》だった。（みんないる。一緒《いっしょ》に家の中にいる）。父が母に話《はな》しかけ、母が父と顔《かお》を見合《みあわ》せて笑《わら》う。私たちも笑う。私は、心《こころ》からうれしかった。

それから半世紀《はんせいき》以上《いじょう》が経《た》った。この二十年近《ねんちか》く、私はユニセフの親善大使《しんぜんたいし》という仕事を与《あた》えられ、助《たす》けを必要《ひつよう》としている色《いろ》んな国《くに》の子《こ》ども達《たち》に会《あ》って来た。

昨年《さくねん》、西《にし》アフリカのリベリアで、内戦中《ないせんちゅう》、少年兵《しょうねんへい》にさせられた子ども達に会った話《はなし》は書《か》いた。十歳《さい》で銃《じゅう》を持《も》たされ、銃撃戦《じゅうげきせん》に参加《さんか》し、大人《おとな》も子どもも撃《う》った少年たち。

家族は離散《りさん》、孤児《こじ》になった子も多《おお》い。

栄養失調《えいようしっちょう》の子どもにも沢山《たくさん》、会った。

一九九一年、湾岸戦争《わんがんせんそう》が終《お》わった五ヶ月後《かげつご》、私はイラクに行《い》った。多国籍軍《たこくせきぐん》のピンポイント爆撃《ばくげき》で、イラク全土《ぜんど》の発電所《はつでんしょ》が破壊《はかい》されていた。電気がなければ川《かわ》の水《みず》を浄化《じょうか》できないので、水道《すいどう》の水は、まったく出《で》ない。バグダッドの人々《ひとびと》は、チグリス川まで水を汲《く》みに行き、その水を直接《ちょくせつ》、飲《の》んでいた。でも、その水は下水処理《げすいしょり》が出来ないためトイレの汚物《おぶつ》も流《なが》れこんだ水だった。腸《ちょう》チブスなどの伝染病《でんせんびょう》、下痢《げり》にかかる子ども達で溢《あふ》れていた。総合病院《そうごうびょういん》も、何《なに》も出来ないでいた。ミルク、薬《くすり》、手術《しゅじゅつ》するための麻《ま》酔薬《すいやく》、予防《よぼう》ワクチンすべてが底《そこ》をついていた。電気が止《と》まり、腎臓透析《じんぞうとうせき》も何も出来なかった。朝《あさ》、病院の前《まえ》には病気《びょうき》の子どもを抱《だ》いたお母《かあ》さんの列《れつ》が出来ていた。気温《きおん》は五十度《ど》にもなっていた。そんな中で、私は栄養失調で老人《ろうじん》のような顔になった赤《あか》ちゃんを見《み》た。ふつうなら、プクプクしてるはずの頬《ほ》っぺたや唇《くちびる》のまわりは、皺《しわ》だらけだった。三ヶ月という赤ちゃんだったけど脚《あし》は、わりばしのようで、つけ根《ね》から、皺がたるんでいた。その子は、突然《とつぜん》、私の目《め》を、しっかりと見た。まだ三ヶ月だというのに。その時、私は、その子の目の中の水分《すいぶん》もなくなって乾《かわ》いているので、老人の目のように見えるのだ、とわかった。赤ちゃんとは見えない切羽《せっぱ》つまった、その子の目は、「どうして、私は、こんなことになったのでしょう」と訴《うった》えているように見えた。そして、この子だけじゃなく、早《はや》く死《し》んでいく赤ちゃんは、一瞬《いっしゅん》でも沢山のものを見ていこう、「短《みじか》い人生《じんせい》だもの、よーく見ておこう」、そんな風《ふう》に目を開《あ》けて、しっかり見ているので、大人びた老人のような目になっているのだ、ということにも又《また》私は気《き》がついた。

アフリカのルワンダで、一九九四年、フツ族《ぞく》とツチ族の対立《たいりつ》から、百万人《ひゃくまんにん》ものツチ族の人が殺《ころ》される、という恐《おそ》ろしい事《こと》が起《おこ》った。私は、その四ヶ月後にルワンダに行った。まだ虐殺《ぎゃくさつ》された遺体《いたい》が、あちこち、そのままに放置《ほうち》されている、そんな時だった。虐殺が行《おこな》われているとき、小さな子ども達は、悲鳴《ひめい》や絶叫《ぜっきょう》など、断末魔《だんまつま》の声《こえ》の間《あいだ》をすり抜《ぬ》けて逃《に》げた。自分《じぶん》の両親《りょうしん》や姉《あね》や兄《あに》が、見ている前で殺された。子ども達は、わけもわからず、大人にまじって逃げた。そして、小さな子ども達は、みんな小さな胸《むね》を痛《いた》めていた。それは、家族が殺された理由《りゆう》を、自分のせいだと思っていたからだった。

「僕《ぼく》は、お母さんに、やっちゃいけない、といわれた事をやったから、お母さんは殺されたんだ」「お父《とう》さんに、やりなさい、といわれた事を、ちゃんとやらなかったから、お父さんは殺されたんだ」。フツ族とツチ族のことを、小さな子どもは、わからないから、みんな自分を責《せ》めていた。逃げまどう人《ひと》達の難民《なんみん》キャンプで、コレラがはやり、毎日《まいにち》、何千人《なんぜんにん》という大人や子どもが死んでいった。コレラで死んだ母親《ははおや》のそばで、小さな女《おんな》の子が、だまってすわっていた。その子は、こう思っていた、「お母さんが死んだのは、私のせい。私を助《たす》けようとしてお母さんは死んだの」。小さな子どもは、こんな風に、自分を責めていた。純粋《じゅんすい》なものは、自分がやったのじゃないことでも、自分のせいだと思うものだと、私はこのとき初《はじ》めて知《し》った。そして、コレラで死んだ遺体は、伝染を防《ふせ》ぐために、パワーシャベルのようなもので、深《ふか》い穴《あな》に投《な》げこまれた。私が、ニュースで見たとき、大きなシャベルの中に、大人に混《まじ》って、小さな子どもが見えた。悲《かな》しそうな顔で死んでいた。(一体《いったい》、この子は、なんのために生《う》まれて来たんだろう)。でも、私は知っている。こういう子ども達は、文句《もんく》ひとつ言《い》わずに、大人を信頼《しんらい》しながら、死んでいったのだと。

美《うつく》しいカリブ海《かい》に面《めん》しているハイチでは、長《なが》い間、独裁政治《どくさいせいじ》が続《つづ》いたせいで、国民《こくみん》の八〇％が失業中《しつぎょうちゅう》。親は子どもを育《そだ》てていけないので、子どもは家を出てストリート・チルドレンになる。大人が八〇%も仕事がないのだから、子どもに仕事のあるはずもなく、仕方《しかた》なく女の子は売春《ばいしゅん》をする。ハイチの売春してる人の七二%はHIV《エイチアイブイ》(エイズウィルス)に感染《かんせん》している、という報告《ほうこく》がある。これも貧《まず》しさからだ。墓地《ぼち》で売春していた小柄《こがら》な十二歳の女の子は、私に同行《どうこう》のテレビのキャメラマンに、

「私を買《か》ってよ」

といった。

「いくら?」

と聞《き》くと、

「六グールドでいいわ」

といった。日本円《にほんえん》に直《なお》すと四十二円。

「エイズ、こわくないの?」

と聞いたら、

「エイズになっても何年《なんねん》かは、生《い》きていられるでしょう? 私の家族は、明日《あした》たべるものがないの」

といった。この子は、四十二円で家族を養《やしな》っている。私は言葉《ことば》が出なかった。

家が貧しいために小学校《しょうがっこう》に行かれない子、
地雷《じらい》の恐怖《きょうふ》におびえて暮《くら》している子、
栄養失調で蛋白質《たんぱくしつ》が不足《ふそく》し脳《のう》に障害《しょうがい》を起して、立《た》つことも歩《ある》くことも、しゃべることも出来ずに地面《じめん》を這《は》いずっている子、
ゲリラにさらわれ、十五歳でゲリラの子どもを産《う》まされ、その子を背負《せお》って、銃で自分の村《むら》に発砲《はっぽう》させられている女の子、
干《かん》ばつの被害《ひがい》にあっている子、
飲み水を汲みに五キロも歩いていく子……。
この地球上《ちきゅうじょう》の八七％の子どもは、発展途上国《はってんとじょうこく》で暮し、その多くがこんな風に、家族や自分の命《いのち》を心配《しんぱい》しながら必死《ひっし》に生きている。残《のこ》りの一三％が先進国《せんしんこく》の子ども。この、ほんの一握《ひとにぎ》りの子どもが、ちゃんとしたお水を飲んで、ご飯もたべて、予防注射《ちゅうしゃ》もして、教育《きょういく》も受《う》けさせてもらっている。ありがたいことに、日本は、その一三％の中に入《はい》っている。
「ほんとうの幸せとは？」。地球上の子どもすべてが、安心して希望《きぼう》を持って生きていかれる時が来たら、それが本当《ほんとう》の幸せ、といえると思う。そうやって考《かんが》えてみると、

私が小さい時、雨の降る夜《よる》、家の中にいて（うれしい）と思ったのが、本当の幸せではないか、と思えてもくる。少《すく》なくとも、世界《せかい》の発展途上国の子ども達は、そう考えるのじゃないか、と思える。

ひきこもり、登校拒否《とうこうきょひ》、家庭内暴力《かていないぼうりょく》、子どもの自殺《じさつ》、家庭崩壊《ほうかい》、わが子殺し、動物《どうぶつ》虐待《ぎゃくたい》……、いま日本で問題《もんだい》になっているすべてのことが、なかった家庭。

「家族が一緒にいて、顔を見合せて笑える家庭」。これが、新《あた》らしくはないけれど、私にとっては、「ほんとうの幸せ」のように思える。

私《わたし》の母《かあ》さん　私の兄《にい》ちゃん　沢村貞子《さわむらさだこ》さんと渥美清《あつみきよし》さんのこと

父《とう》さんと母さんの真白《まっしろ》な骨《ほね》は、細《こま》かい貝《かい》のかけらのように、真暗《まっくら》な海《うみ》の中《なか》にキラキラ光《ひか》って消《き》えていった。どれが父さんの骨か、どれが母さんのか、そんなことは分《わか》りようもなく、沢山《たくさん》の白《しろ》い粒《つぶ》は、重《かさ》なり、追《お》いかけ、並《なら》んで、いつの間《ま》にか静《しず》かに見《み》えなくなる。突然《とつぜん》、アフリカの砂漠《さばく》で見た夜空《よぞら》を思《おも》い出《だ》した。暗い空《そら》いっぱいに、まるで撒《ま》いたみたいに数《かぞ》え切《き》れない星《ほし》が、またたいているのを見た事《こと》がある。父さんと母さんは、瞬間《しゅんかん》、そんな風《ふう》だった。

そして、終《お》った。母さんの長年《ながねん》のマネージャーだった山崎洋子《やまざきようこ》さんと私は、だまって船《ふな》べりに両腕《りょううで》をつき、海をのぞきこんでいた。

(母さん、父さんが死《し》んでから二年間《ねんかん》、まるで口《くち》ぐせのように言《い》ってたこと。〃私が死んだら、父さんの骨と一緒《いっしょ》にして、細かく砕《くだ》いて、あの相模灘《さがみなだ》に撒いてもらうの〃。

母さん、これだったの？）

私たちは、色《いろ》とりどりの花《はな》の花びらも沢山、海にまいた。花びらは水面《すいめん》に鮮《あざ》やかに浮《う》いている。大《おお》きな花びらも、小《ちい》さい花びらのかけらみたいのでも、花は浮いている。それなのに、骨は、あんな小さな粒なのに、すべて海の中に沈《しず》んでいく。私は骨の重《おも》さに驚《おどろ》いた。

山崎さんがポツリといった。

「あっけないものですね」

本当《ほんとう》に、あっけなかった。父さんと正式《せいしき》に一緒になるために、ほとんど一生《いっしょう》をかけた母さんが、また死んでから一緒になるために、最後《さいご》の熱《あつ》い想《おも》いをかけた事が、本当に、あっという間に終ってしまった。私の手《て》のひらに、くっついて、少《すこ》し残《のこ》った父さんと母さん。私は最後のお別《わか》れをいった。

（さよなら、父さん、母さん、私はお二人《ふたり》が好《す》きでした。可愛《かわい》がって下《くだ》さってありがとうございました）

少しの風《かぜ》に吹《ふ》かれて、父さんと母さんは、私から離《はな》れていった。

みんな、それぞれ終って、海をのぞきこんでいた。津川雅彦《つがわまさひこ》ちゃんが大きな声《こえ》でいった。

「よかった！　貞子姉《ていこねえ》、よろこんでるよ！」

雅彦ちゃんは、叔母《おば》さんである沢村貞子さんを貞子姉、と呼《よ》んでいる。

母さんの弟《おとうと》で随分前《ずいぶんまえ》に亡《な》くなった加東大介《かとうだいすけ》さんの奥《おく》さんの真砂子《まさこ》さんもいた。母さんは加東大介さんを、それは可愛がっていた。真砂子さんは口に出《だ》しては言わなかったけど、御主人《ごしゅじん》が、きっと長《なが》いこと待《ま》っていたお姉さんが来《き》てくれて、よろこんでいるだろう、と思っているに違《ちが》いなかった。雅彦ちゃんの娘《むすめ》の真由子《まゆこ》ちゃんは、ずっと泣《な》いていた。まだ二十歳《はたち》の女《おんな》の子《こ》に身近《みぢか》な死は衝撃《しょうげき》だったに違いない。雅彦ちゃんのマネージャーの土井《どい》さん。彼女《かのじょ》は色々《いろいろ》な事務的《じむてき》な手伝《てつだ》いを精力的《せいりょくてき》にやってくれた。

私は大きな双眼鏡《そうがんきょう》を手に取《と》った。それは私が母さんに逢《あ》った頃《ころ》から、母さんが女優《じょゆう》を引退《いんたい》するまで母さんの運転手《うんてんしゅ》さんだった佐久間弘一《さくまこういち》さんが、船《ふね》に持《も》って来ていたものだった。母さんの双眼鏡。それは父さんが死んでから母さんが買《か》った、たった一《ひと》つのもの、といってもいいものだった。母さんはベランダに面《めん》したリビングの内側《うちがわ》に三《さん》脚《きゃく》を立《た》て、その上《うえ》に双眼鏡をのせて、よく海を見ていた。佐久間さんが、その双眼鏡を持って来たのは、海から母さんのマンションの窓《まど》を探《さが》して、母さんが見ていた辺《あた》りの海を正確《せいかく》に決《き》めるためだった。

止《と》っていても波《なみ》で船が揺《ゆ》れるので、双眼鏡の中の景色《けしき》が揺れる。海から葉山《はやま》の建物《たてもの》を探すのは難《むず》かしかった。葉山に引越《ひっこ》してから、ずっとお手伝いをしてくれている若《わか》い鈴木恵《すずきめぐみ》さんが、確信《かくしん》を持って「あれがそうです」と白い建物を指《さ》した。一年前、母さんがちょっと体調《たいちょう》を崩《くず》して入院《にゅういん》してから、自宅《じたく》で、一人《ひとり》っ切りにならないようにと、夜《よる》、一緒に過《す》ごしてくれた、もう一人のお手伝いさんのフキコさんも、「あの屋根《やね》の形《かたち》、窓、そうです」といった。フキコさんの御主人で、ずっと母さんの計理《けいり》をしてくれていた相沢俊一《あいざわしゅんいち》さんも「間違《まちが》いないです」といった。マンションの母さんの八階《かい》のベランダの窓が、どれか、ということも、はっきり分り、私たちは撒く場所《ばしょ》に船を止《と》めてもらったのだった。船に乗っていたのは、船を動《うご》かす人《ひと》を除《のぞ》くと、これだけだった。

私は双眼鏡で母さんの家の窓を見た。私は母さんが死んでから、なぜか涙《なみだ》が出《で》なかった。焼《や》き場《ば》にも行《い》き、骨も撒いたのに、実感《じっかん》がなかった。それなのに、双眼鏡で窓を見てたら涙が出た。母さんが、もういないのだ、死んだのだ、と、そのとき、はっきりした。

こうして、母さんが、ひたすらに待ち望《のぞ》んだ二年間。父さんの三回忌《さんかいき》から、ちょっきり一ヶ月《かげつ》で、母さんは、父さんと手を取りあうようにして、海に消えた。夕陽《ゆうひ》が落《お》ちる頃の、大きな太陽《たいよう》が見える海が大好《だいす》きだと母さんも父さんもいっていた。私たちは、そういう時間《じかん》を見計《みはか》らって始《はじ》めた。私たちは、みんなだまって、船べりに立っていた。真赤《まつか》な夕陽が、「もう終りましたか？　じゃ、いいんですね、沈んでも」という風に、急《きゆう》にどんどん落ちて行った。母さんが、毎日《まいにち》、必《かなら》ず見ていた赤《あか》い大きな太陽。太陽は、母さんというファンを失《うしな》ってしまった。

沢村貞子さん。女優として大先輩《だいせんぱい》の、ちょっと、こわいかな、と思う人を「母さん」と呼ぶようになって四十年になる。母さんは、どういう訳《わけ》か、母さんと性格《せいかく》の全《まつた》く違う私を可愛がって下さった。人によっては気難《きむず》かしい御主人の大橋恭彦《おおはしやすひこ》さんも、「父さん」と呼ぶ私を、いやがらなかった。お正月《しようがつ》に一緒に御夫婦《ごふうふ》に温泉《おんせん》に連《つ》れてって頂《いただ》いたり、しょっちゅうお家《うち》によばれて、母さんのお料理《りようり》の腕前《うでまえ》に感心《かんしん》したり。

母さんの長い女優生活《せいかつ》の中で、父さんが、あとにも先《さき》にも、母さんの仕事場《しごとば》に一緒に来たのは、二年前に、母さんが「徹子《てつこ》の部屋《へや》」に来て下さった時《とき》だけだった。母さんは、八十歳《さい》で女優は引退したけれど、そのあとも何《なに》かの折《おり》に「徹子の部屋」には来て下さっていた。母さんは、「どういう風の吹きまわしかしらね、父さん、初《はじ》めてよ」と、うれしそうだった。「殿《との》さま」というあだ名《な》の父さんは背《せ》が高《たか》くハンサムだった。父さんはスタジオで、一寸《ちよつと》、照《て》れたように「ちっとも葉山に来てくれないから、逢いに来たよ」と私にいった。まるで、お別れをいいに来て下さったみたいに、これが父さんに逢った最後になってしまった。これから少しして、父さんは、ほとんど患《わずら》わずに亡くなった。

父さんが死んだと聞《き》いて、すぐ母さんの家《うち》に行った。母さんは、一《ひと》まわりも二《ふた》まわりも小さくなって、泣きっぱなしだった。

「私に、さよならもいわずに、いっちゃったのよ」

私は、母さんを強《つよ》い人だと思っていた。弟の大介さんの時は、「優等生《ゆうとうせい》が死んじゃったよ」と泣いてはいたけど、どこか、しゃんとしていた。でも、父さんの時は、まるで、つっかえ棒《ぼう》がなくなってしまったように、私の手をとって、

「父さん、死んじゃった」

と、くり返《かえ》した。父さんというのは、私だけの呼びかたで、母さんは、ふだん、人には「旦那《だんな》」とか「との」とか「大橋」といっていた。

私は、その晩《ばん》、母さんの所《ところ》に泊《とま》った。母さんのベッドの隣《とな》りのベッドに並んで寝《ね》た。それは父さんのベッドだった。横《よこ》になってから色んな話《はなし》をした。

朝《あさ》、目《め》が覚《さ》めたとき、目を開《あ》けると、母さんが、もう起《お》きていて、こっちに背中《せなか》をむけて、小さな鏡《かがみ》の前で身《み》づくろいをしていた。浴衣《ゆかた》の寝巻《ねま》きを着《き》て真白な髪《かみ》の毛《け》を、とかしていた。誰《だれ》も見ていないのに、母さんのしぐさは、女らしく、なまめかしかった。首《くび》を少し曲《ま》げて、どこか女学生《じょがくせい》のような頼《たよ》りなげな恰好《かっこう》にも見えた。私は、だまって、ベッドから母さんを見ていた。父さんも、きっと、こんな風に、五十年間、母さんが、ひっそりと先に起きて身づくろいをするのを見ていたのだろう、と考《かんが》えた。そして、これから先、母さんは、父さんの空《から》になったベッドと暮《くら》すのだと。

でも、朝御飯《あさごはん》の時、母さんは、

「私、なんだか、あなたと話《はな》してたら元気《げんき》が出たわ。父さんとの五十年も書《か》こうと思うわ」

といった。

父さんとの五十年というのは、二人の逢ったのが偶然《ぐうぜん》、終戦《しゅうせん》の年《とし》だった。来年《らいねん》は金《きん》婚式《こんしき》にもなるから、出逢《であ》ってからの二人の生活を、父さんが何枚《なんまい》か書いて、次《つぎ》に母さんが書いて、という風に順番《じゅんばん》に書いてみよう、と、父さんがいい出した。そして一回《かい》目《め》を父さんが書いて、そのまま続《つづ》ける事なく、突然、死んじゃったのだった。ベッドで話してる時、母さんは、とても一人で全部《ぜんぶ》を書く気《き》には、なれないといった。私は、「じゃ、もし父さんに次に逢ったとき、あの一回目の続きは？　と聞かれたら、何ていうの？　無駄《むだ》にしちゃうの？」と書くことを、すすめたのだった。

だって、父さんと母さんのように、よく話し合《あ》う夫婦も少《すく》ないのではないか、と思うほど、何についても二人は、よく話していた。新聞《しんぶん》も六紙《し》とって、二人で隅々《すみずみ》まで読《よ》んで話しあった。その中にはスポーツ紙もあった。テレビを見ても、政治《せいじ》でも、歌《か》謡曲《ようきょく》でも競馬《けいば》でも、なんでも話して来た。

「あの人とは価値観《かちかん》が一緒だったから、うまくいって来たんです」

確《たし》かに、そうだと思わせる夫婦だった。母さんが一歩《いっぽ》さがって、父さんを立てる事はあったし、どんなに母さんが、父さんの「映画芸術《えいがげいじゅつ》」という雑誌《ざっし》のために、働《はたら》いたお金《かね》をつぎこんでも、「ありがとう」ともいわず、いい雑誌を出すのだから、と、父さんは殿様《さま》のようにして来た。

「もし、済《す》まないね、とか、悪《わる》いね、とか、いわれたら、私はやって来《こ》られなかった。

父さんのプライドを傷《きず》つけないようにはして来たけど、父さんが卑屈《ひくつ》にならないで振《ふ》るまってくれたから、うまくいったのよ。私は、自分《じぶん》がしたくて、父さんの仕事を援《えん》助《じょ》して来たんだもの」

母さんは昔《むかし》から、私に、よく、そういっていた。

「書くこと、沢山あるじゃない。父さんと話してるつもりなら」

とにかく母さんは二人の五十年史《し》という目的《もくてき》を持った。そして父さんが亡くなって、ほぼ一年、昨年《さくねん》（一九九五）の十一月に、『老《お》いの道《みち》づれ　二人で歩《ある》いた五十年』が書き上《あが》り、出版《しゅっぱん》された。

今年《ことし》の二月一日、「徹子の部屋」が二十一年目に入《はい》る記念《きねん》の日《ひ》に、ゲストとして母さんに出て頂くことになった。母さんは一段《いちだん》と美《うつく》しかった。雪《ゆき》のように真白な髪に、グレーに見えるような白地《しろじ》に黒《くろ》の小さな模様《もよう》の着物《きもの》に、黒い羽織《はおり》。ふちなしの眼鏡《めがね》をかけていた。母さんが苦《くる》しみながら、この本を書こうとしたおかげで、思いがけないプレゼントを死んだ父さんから、もらう事になったのだった。

ある日、母さんは原稿用紙《げんこうようし》がなくなったので、父さんの原稿用紙が残っているはずだと、父さんの新《あた》らしい原稿用紙を取り出した。なんと、その間《あいだ》から、母さんが知《し》らなかった、父さんの日記風《にっきふう》の原稿が出て来たのだった。もしかしたら、母さんは見ないままでいたかも知れない。でも、どこか照れ屋《や》の父さんらしい、やりかただった。私は、番組《ばんぐみ》でその部分《ぶぶん》を朗読《ろうどく》した。物書《ものか》きだった父さんの、最高《さいこう》の文章《ぶんしょう》だと私は思った。別れの言葉《ことば》、と題《だい》がついていた。

〈わたしに、こんな楽《たの》しい老後《ろうご》があるとは思っていなかった。あなたにめぐり遭《あ》えたということ、そして二人で寄《よ》り添《そ》って生《い》きてきたこと、いろいろな苦労《くろう》があったけれど、わたしは幸《しあわ》せだった。あなたも幸せだった、とおもう。この先、どんなにいたわり合って生きても十年がせいぜいだとおもう。「どちらが先になるかはわからないけれど、先立った者《もの》が待っていて、来世《らいせ》も一緒に暮らしましょ、来世もこうしておしゃべりをして、おいしいものを食《た》べて、楽しく暮らしましょ」

貞子《ていこ》は、最近《さいきん》この言葉をよく口にするようになった。暗記《あんき》しているセリフを正確《せいかく》におもい出すように、ひとことの狂《くる》いもなかった。〉

〈今日《きょう》のこのおだやかなひととき、ひとときの延長線《えんちょうせん》は、彼女の言うように、間もなく断《た》ち切られてしまう。二人のうちの一人が、生きる張《は》り合いを失い、泣きながら「永《なが》い間、お世話《せわ》になりました。ありがとう。さようなら」

を言わなければならない。その日は二人がどうもがいても、叫《さけ》んでも避《さ》けられはしない。
そして、その葬送《そうそう》の日のたった一つの心《こころ》の寄りどころは（来世）という想像《そうぞう》もつかない虚空《こくう》の一点《てん》で、今日と同《おな》じ笑顔《えがお》で、今日と同じやさしい眼《め》で、今日と同じ見なれた着物を着て待っていてくれる人がいることを、信《しん》じるほかはないのだ。〉
〈誰に読んでもらおうという気はない。自分だけが、いい子であろうという気も、もちろんない。生来《せいらい》、愚鈍《ぐどん》な上に学《がく》もない、貧《まず》しくて小心《しょうしん》な落ちこぼれ人間《にんげん》でしかなかった私が、戦後《せんご》、無《む》一文《いちもん》のどん底《ぞこ》から、なんとか生きのびてこられたのは、唯《ただ》ひとり、貞子という心やさしく、聡明《そうめい》な女性《じょせい》にめぐり遭えたからである。
その意味《いみ》で、これは、一人のハンパ人間が、思いもかけぬ幸運《こううん》に恵《めぐ》まれた（ある果《か》報者《ほうもの》の軌跡《きせき》）といえるかも知れない。……ありがとう。〉
父さんが、あとにも先にも、はじめていった「ありがとう」だった。私が朗読している時、母さんは泣いてはいたけど、元気そうに見えた。この半年後《はんとしご》に死ぬなんて気配《けはい》は、全くなかった。でも、死後、わかった事だけど、この本番《ほんばん》が終って、佐久間さんの運転で、母さんが葉山に帰るとき、母さんは、「ああ、これで全部、終ったね」というような事をいった。佐久間さんは心の中で（聞きたくない言葉だったなあ）と思ったと、私に話してくれた。

それから私は、ユニセフの仕事で、ボスニア・ヘルツェゴビナに出かけたり、芝居《しばい》の旅《たび》で、日本国内《にほんこくない》を廻《まわ》るなどして、母さんに逢うのは、ごぶさたしてしまった。勿論《もちろん》、いつものように、行った先々《さきざき》からの絵葉書《えはがき》や、おいしいお菓子《かし》を送《おく》るなどは、していた。

七月十七日、母さんは、ほんの数人《すうにん》の方々《かたがた》と、きちんと、父さんの三回忌を済《す》ませた。私の芝居の旅が終ったのが、二十日《はつか》の夜。私は次の日の朝早《はや》く、母さんの家に行った。思いがけなかったのは、母さんがベッドに寝ていたことだった。母さんは、私の手をとると、

「私、あなたが大好き」

と、いつもの元気な声でいった。「逢えて、うれしいわ。本当にうれしいわ」。そして「あなたには、幸福《こうふく》になってほしいの。でも、あなたの親《した》しい人も、どんどん、いなくなって。誰か、いい人、見つかるかしら。人に何をいわれたって、いいじゃないの。自分がしたいようにするのよ」と力《ちから》をこめていった。

母さんが、私の個人的《こじんてき》な、私の人生《じんせい》に踏《ふ》みこむようなことをいったのは、これが、初めてだった。

「母さん、誰か見つかるわよ、きっと」

「そうだといいけどねえ」

私たちは顔を見合わせて笑《わら》った。私たちは一緒にリビングでお昼《ひる》をたべることにした。私には上等《じょうとう》のお鮨《すし》をとってくれ、母さんはスープみたいなものとか流動食《りゅうどうしょく》をたべた。

「久《ひさ》しぶりよ。折角《せっかく》、来てくれたんだもの。起きてたべましょう」

寝てるときは気がつかなかったけど、母さんの顔は黄色《きいろ》かった。どこが悪いのか、誰にもわからなかった。母さんは病院《びょういん》に行くこともしないし、点滴《てんてき》も血管《けっかん》が細《ほそ》くて針《はり》が入らないし、もう要《い》らない、といっていた。勿論、酸素吸入《さんそきゅうにゅう》なども。山崎さんは、私に、そっと、

「入院しないで、このまま、家《うち》で御主人のところに行くといってるんですけど」

と話してくれた。

この日、母さんは、御飯をたべながら、昔の撮影所《さつえいじょ》の面白《おもしろ》い話とか、インテリ女優

といわれて意地悪《いじわる》されたとかというような大笑《おお》いの話を次から次へとしてくれた。母さんはスプーンで何かをたべていた。私には、前から気がついている事があった。それは『わたしの献立日記《こんだてにっき》』という本《ほん》を書くほど、お料理が好きで上手な母さんが、父さんが死んでからは、全く作《つく》らず、なんでも人の作ってくれるものを、ろくに見もしないで、ただ、口に運《はこ》んでいる、という事だった。（母さんは、父さんのために、お料理を作っていたんだ）。私は、母さんが、どれほど、父さんを愛《あい》し、父さんのいない、この世《よ》を、つまらなく思っているか、このことでも、わかってはいた。

母さんにとっては、これが最後の食事《しょくじ》になった。これから死ぬまでの三週間半《しゅうかんはん》は、お水《みず》と、栄養《えいよう》の入った飲《の》みものだけの生活になった。

私は、この日から、時間の都合《つごう》がつく限《かぎ》り、母さんの家に行った。何をするでなく、母さんのベッドのそばで新聞を読んだり、母さんと話したり、手を握《にぎ》ってあげたりしていた。

「早く父さんの所に行かないとね、待ってるから」

これが、ベッドに横になるようになってからの母さんの口ぐせになった。私は、ある日、

「母さん、〝父さんに待ってもらう会《かい》〟というのを作りましたからね。会長《かいちょう》は私で、副《ふく》会長は雅彦ちゃん」

と報告《ほうこく》した。母さんはニッコリ笑って、

「そうね、父さんに、ちょっと、遅《おく》らせてもらうわ」

といった。

私が新聞を読んでたとき、寝てたと思った母さんがいった。

「撮影所でね、私が新聞よんでたら、スピーカーで、〝沢村貞子さんは、いま、新聞の社説《しゃせつ》を読んでいらっしゃいます〟と、いやがらせでいわれたのよ。だってねえ、社説から読むじゃない？」

私はいった。

「母さん、今でも女優で社説から読む人は少ないと思うわよ」

こういうとき、私が母さんが好きなのは「いまは、いい時代《じだい》だわね、そんなこといわれなくて」といったような、愚痴《ぐち》めいたことを一切《いっさい》いわないことだった。次の日、母さんは、

「あの、父さんの原稿ね、『ありがとう』、の。時々《ときどき》、起きて行って、読むのよ」

といった。「ありがとう」なんて、言ってもらわなくていい、むしろ、いわれると困《こま》る、といっていた母さんが、心の底から、やっぱり、この父さんの「ありがとう」が、うれしかったのだ、と、私もうれしかった。（ありがとう、父さん、書いてくれて）

死後、父さんのお骨《こつ》のあった棚《たな》の引《ひ》き出《だ》しに入っていた、その原稿を見た。字《じ》のうまい父さんにしては、いそいだような、不揃《ふぞろ》いの字の、鉛筆《えんぴつ》で書いてある原稿だった。でも、どんなに薄《うす》い鉛筆の字でも、母さんを、こんなに喜《よろこ》ばせた言葉。（この原稿は、母さんのお棺《かん》の中に入れた）

八月七日、私は朝から母さんの所に行っていた。この日、母さんは、私を見るなり、

「奇麗《きれい》！」

といった。

「お化粧《けしょう》してるからよ」

というと、

「ううん、本当。いつまでも奇麗でね」

といい、私の手をさすった。母さんこそ奇麗で、顔や首もそうだけど、特に手は、

シミ一つ、しわ一つなかった。

「百円《えん》化粧品《ひん》が良《よ》かったからかな」

と私がいうと、

「それが、二百円になったのよ！」

とおかしそうに笑った。おだやかな日だった。

その時、私に電話《でんわ》がかかって来たと恵さんがいった。私の事務所《じむしょ》も出来《でき》る限り、母さんの所にいる私に電話はして来ないようにしていたのに。台所《だいどころ》で電話を取ると、それは山田《やまだ》洋次《ようじ》監督《かんとく》からだった。いつもの、おだやかな声ではない、山田さんの声がいった。

「渥美さんが亡くなりました。本当は亡くなったのは四日です。御家族だけで済ませて、僕《ぼく》も知りませんでした。これからマスコミに発表《はっぴょう》するので、せめて、あなたにだけは、早く知らせたい、と思ったので。あなたたちは、いいお友達《ともだち》でしたね」

私は声が出なかった。

(兄ちゃんが死んだ？)

渥美清さんは、私がテレビ界《かい》に入った時からの兄ちゃんだった。私には兄がいない。

だから一緒に歩いていて、「何か買《か》ってやるよ」と、ふっといって、靴《くつ》でも、きれいな箱《はこ》でも、何でも買ってくれる兄ちゃんは、うれしかった。みんな、お金のない頃、中国料理《ちゅうごくりょうり》を食べに行って、エビのお料理が出ると、「一人三匹《びき》ずつ！」と、昭和《しょうわ》ヒトケタ生まれの悲《かな》しさから、すぐ均等《きんとう》にしたがる私に、「いつか、俺《おれ》が稼《かせ》いで、数えなくてもいいように、くわしてやるよ」といってくれたのも、兄ちゃんだった。あるとき、兄ちゃんと私がマスコミで噂《うわさ》になった。兄ちゃんは、あの目を笑いで、いっぱいにして言った。

「ねえ、お嬢《じょう》さん（渥美さんは、逢ったときから、ずっと、私が何歳になっても、お嬢さんと呼んでくれていた）、二人が結婚《けっこん》して、子供《こども》が生まれたと想像してごらんなさい。ねえ、顔が私似《わたしに》で、声としゃべりかたがお嬢さんじゃ、タレントにするしかないでしょう？」

寅《とら》さんで人気《にんき》が出てから子供が生まれた。男《おとこ》の子と女の子。兄ちゃんが、家族と、自分の仕事を、全く切り離したのは、その頃からだった。子供たちが小学校《しょうがっこう》で「寅の子供！」と呼ばれる事を考えたら、それは、身ぶるいの出るほど恐《おそ》ろしい事だったに違いない。子供たちには、自由《じゆう》に、のびのびと、ふつうの子供のように生活させたい。

このための苦労が、どれほどだったか想像がつく。そんなにしても、兄ちゃんは、時々、子供たちに、「父さんのせいで、イヤな思いをしてないかい？」と聞いてたという。子供が、「イヤな思いなんてしてないよ」というと、奥さんに「子供は、ああやって、子供なりに、親《おや》に、つらい思いをさせないようにしてるんだなあ」と、いい、奥さんが、「本当に、してませんよ」といっても、「そうかなあ」と、気にしてたという。本当に家族おもいの兄ちゃんだった。

寅さんのロケだの大船《おおふな》での撮影だので、家をあけることの多《おお》い兄ちゃんに、子供たちと、どうやってコミュニケーションとってるのか、聞いた事がある。返事《へんじ》は思ってもいないことだった。

「家に帰ったら、必ず玄関《げんかん》で、奥さんを抱《だ》くことにしてる。子供たちは、それを見ると、安心《あんしん》した顔になるからね」

(奥さんを玄関で抱く？　外国人《がいこくじん》みたい！)。随分しばらくたってから聞いた。

「いまでも抱いてる？」

「ああ、抱いてるよ」

「子供たち、どうしてる？」

「照れてるね」

最近、また聞いた。

「抱いてる？」

「うん」

「子供たちは？」

「もう大きいからね、ふん、という顔で、自分の部屋に入って行くね」

暖《あたた》かい家庭が伝《つた》わって来るようだった。

最後の寅さん映画の前の回、つまり四十七作目を撮っているとき、私は兄ちゃんの寅さんの撮影風景《ふうけい》を一度《いちど》も見た事がない、と気がついた。山田洋次監督に御連絡《ごれんらく》した。「ぜひ！」という事で、おだんご屋さんのシーンを撮ってる日に、私は大船に行った。兄ちゃんは、縕袍《どてら》にタオルの鉢巻《はちまき》といった恰好《かっこう》で待っててくれた。兄ちゃんは自分の出番《でばん》がないと、すぐ暗《くら》がりで見ている私の所に来た。私たちは昔みたいにヒソヒソ話しては笑った。楽しい一日だった。

数日後《すうじつご》、山田洋次監督から手紙《てがみ》が来た。

「ありがとうございました。渥美さんも、うれしそうでしたね。若いスタッフは、渥美さんが芝居以外《いがい》で笑ったのを、初めて見て、笑うんですね、と驚いていました」（兄ちゃんの笑ったのを、初めて見た？）。私は、びっくりした。（一体《いったい》、何が起《おこ》っているんだろう）

それでも、私は、兄ちゃんがそれほど、ひどい病気《びょうき》をかかえている、とは、最後まで知らなかった。兄ちゃんが、自分の病気のことを、すべての人に、かくしたのには、いろいろの理由《りゆう》があったろうけど、私は、一つ、兄ちゃんが話してくれたことで、理《り》解《かい》の出来ることがある。

それは、昔、浅草《あさくさ》時代、劇場《げきじょう》がどよめくぐらい、兄ちゃんが笑わせていた頃、ある日、お客《きゃく》さんが全く笑わなくなった。
（同じことやってるのに、なぜ笑わないんだ）。すごく、あせった。そしたら、結核《けっかく》になっている事がわかった。私に、兄ちゃんは、いった。「同じこと、やってるようでも、健康《けんこう》じゃないと、お客さまは敏感《びんかん》にそれが分って、笑わないんだ。これほど、悲惨《ひさん》なことは、ないと思ったねえ」

私は、兄ちゃんが病気のことを秘密《ひみつ》にし、ありったけの力を寅さんに注《そそ》ぎ、ロケ先で、ファンの人たちが「寅ちゃーん!!」と叫んでも、何も反応《はんのう》しないで車に乗りこんでいたのは、あの悲惨なことを、くり返したくなかったのだ、と思っている。ほんの少しのエネルギーでも無駄にしたくなかった。映画の中で、寅が、元気で笑わせればいい。

兄ちゃん、うまくやったね。みんな、だまされた。私だって。最後に兄ちゃんが、私の電話にメッセージ入れてくれたのは最後の入院の前くらい。

「お嬢さん、お元気のようですね。私は、もうダメです。お嬢さんは元気でいて下さい」

私は、少し、かすれた兄ちゃんの、この声が、最後になるなんて思ってもいなかった。冗談《じょうだん》いってる、と思ったくらいだった。

電話の山田さんが最後にこういった。

「一つ希望《きぼう》といえば、渥美さんは、もう一作《さく》、次のも撮る、といって、僕たちはロケ先も決めてあったんですから。渥美さんが希望を持っていたのは確かです」

私は、台所に立っていた。もし、母さんが元気なら、このことを伝えれば、母さんらしい、独特《どくとく》のなぐさめかたを、してくれるだろう。母さんも、よく一緒に仕事した兄ちゃんだから。(兄ちゃん、母さんが、もうじき死にそうなの。どうすればいいの？）

これほど、つらいことも、そうない、と私は思った。私は、だまってベッドにもどった。母さんは、寝てるのか、目をつぶっているのかは、わからない。でも、これから、父さんの所に行くといってる母さんの心の中は、どんなだろう。無宗教《むしゅうきょう》で、これほど科学的《かがくてき》な母さんが。

しばらくして、目が合ったので、母さんに聞いた。

「ねえ、父さん、本当に待ってるの？　父さんに本当に逢えるの？」

母さんは、いつもの確信に満《み》ちた口調《くちょう》でいった。

「そうよ、待っててくれてるの」

突然、涙が止らなくなった。私は、母さんの顔を見ながら、泣いた。母さんは両手《りょうて》を出して、私の涙をぬぐってくれた。私は、いつまでも泣いて、母さんは、ずっと、ぬぐってくれていた。母さんには、多分《たぶん》、なんの涙か、はっきり、わかっていたと思う。私には、はっきりとは、わからなかったけど、母さんには、わかっていた。だから、笑顔で、私の涙をぬぐってくれていたのに違いない。

母さんは日に日に弱《よわ》っていった。私は、こんな風に、人間が何の治療《ちりょう》も受《う》けず、自分で、死ぬのです、と決めて、ちっとも恐れずに、退屈《たいくつ》そうでもなく、どこも痛《いた》いともいわずに静かにしているのを見たのは初めてだった。前に「徹子の部屋」に来て下さり、最後のほうで母さんのいった、「人間ってね、一生懸命《いっしょうけんめい》やると、後悔《こうかい》ないものよ。だって、出来るだけの事、やったもの。だから、未練《みれん》も、後悔も、何もないの。これで、さらりと、おしまい！」。この言葉を、私は母さんの寝顔を見ながら、何回も思い出した。

母さんが「私って本当にしあわせ。みんなが、よくやってくれるの。ありがたいわ」と、くり返しいってたように、母さんをかこむ山崎、佐久間、相沢、恵、フキコの五人衆《ごにんしゅう》と真砂子さんは、本当に力をあわせて、二十四時間態勢《たいせい》で母さんを、少しでも楽《らく》になるようにしてあげていた。

特《とく》に母さんが、断固《だんこ》として、自分で起きてトイレに行くというので、そのたびに、恵さんとフキコさんは勿論、佐久間さんも母さんを支《ささ》えたり、起きるのを手伝ったりした。旦那《だんな》さまの所に行ったとき、「しもの世話だけは、してもらわなかったのよ」、そう奥さまは御報告なさりたいのでしょう、と、みんな、わかってあげていた。母さんは、死ぬ二日か三日前まで、起き上って、ベッドの横に椅子《いす》のように出来ているトイレに行った。見事《みごと》としか、いいようがなかった。「あたしは、江戸《えど》っ子よ。下町女《したまちおんな》ですもの」という母さんのセリフが聞けなかったのは残念《ざんねん》だった。でも、心意気《こころいき》は十《じゅう》分《ぶん》だった。「トイレ」というサインは、母さんが指先《ゆびさき》で、ベッドから下《した》に降《お》りる、という仕草《しぐさ》だった。

段々《だんだん》と母さんは目がパッチリと開けなくなって、薄目《うすめ》で見て、ニッコリしたり、手を握ったりした。言葉はかすかで、「私、がんばってるでしょう」と、たまにいった。そんな夜、私が手を握ってたとき、突然、母さんが痙攣《けいれん》をはじめた。もと看護婦《かんごふ》さんだったお手伝いさんのフキコさんを呼ぼうと、私は中腰《ちゅうごし》になった。母さんが本当にやさしい人なのだ、とつくづく思ったのは、その時だった。私がびっくりしているとわかると、母さんは痙攣しながら、私の顔をなでたり、私の肩《かた》を抱いて、心配《しんぱい》させまい、としてくれた。そのとき来てた雅彦ちゃんが、「貞子姉の本当のやさしさが、こういう時にわかるねえ」といった。一日一回、来て下さるお医者《いしゃ》さまの往診《おうしん》で、熱《ねつ》が出る徴候《ちょうこう》の痙攣だから大丈夫《だいじょうぶ》とわかって、みんな一寸、安心した。

最後に逢った日、母さんは、薄目を開けて私を見ると、左手《ひだりて》を大きくあげて、私を抱いて、静かに私の肩を叩《たた》いた。（もう、いいから。あなたも忙《いそ》がしいし。これで、おわかれ！　元気でね。私は父さんの所に行くから。本当にありがとう)。母さんからの通信《つうしん》は、確かにそんな風だった。やさしい母さんは、最後の瞬間《とき》を、私に見せたくなかったのかも知れない。

そして、母さんは、その四日後に死んだ。あと一時間ちょっとで、父さんと同じ命日《めいにち》の十七日になる所だった。八月十六日。八十七歳。母さんの死顔《しにがお》は、それまでの、いつの時より、端正《たんせい》で、臈《ろう》たけて美しかった。しかも満足気《まんぞくげ》だった。(本当に、父さんに逢ってるんだ)と信じない訳にはいかない、晴《は》れ晴《ば》れとした顔だった。

私は、この四十年間、外国に行った時、必ず、二枚の絵葉書は、出した。どんなに苦労しても、出した。それが、母さんと、兄ちゃんだった。この秋《あき》、仕事でニューヨークに行き、絵葉書屋さんの前で、私は立ち止った。唇《くちびる》をかんだまま、しばらく動けなかった。

アフガニスタン報告《ほうこく》

「ノー・ホープ！（希望《きぼう》がない！）」。私《わたし》にむかって、わめいてたお婆《ばあ》さんが、突然《とつぜん》そういった。アフガニスタン西部《せいぶ》の大都市《だいとし》ヘラートの郊外《こうがい》にある国内避難民《こくないひなんみん》キャンプでの事《こと》だった。そのキャンプには十三万《まん》五千人《せんにん》の人《ひと》たちがいて、ある家族《かぞく》は、泥《どろ》で作《つく》った家《いえ》に住《す》み、ある家族は、土《つち》に横穴《よこあな》を掘《ほ》り、破《やぶ》けたビニールで入《い》り口《ぐち》をふさいだものに住み、ある人たちは、ボロ布《ぬの》で作ったテントに住み、また、ある人たちは、なにもなく乾《かわ》いた土の上《うえ》にうずくまっていた。気温《きおん》は四十五度《ど》。そこは風《かぜ》の強《つよ》い所《ところ》で、砂《すな》を吹《ふ》き飛《と》ばしながら熱風《ねっぷう》が吹き、たまらない光景《こうけい》だった。

私が、そのキャンプに着《つ》いたとき、少《すこ》し前《まえ》に、遠《とお》くから歩《ある》いてきたという女性《じょせい》と子《こ》どもの一団《いちだん》があり、その人たちが私を見《み》つけて寄《よ》って来《き》て、つばを飛ばすような強い口調《くちょう》で、口々《くちぐち》に私に訴《うった》えたのだった。ほとんどの人が、夫《おっと》を内戦《ないせん》で亡《な》くした未亡人《みぼうじん》だった。みんな日《ひ》やけと汚《よご》れとで、真《ま》っ黒《くろ》な顔《かお》をしていた。二十一年間《ねんかん》も続《つづ》いている内戦の上に、いまアフガニスタンは大《だい》かんばつで、飢饉《ききん》に襲《おそ》われている。もう三年間も雨《あめ》が降《ふ》っていない。穀物《こくもつ》など、国民《こくみん》のたべものの七五％が収穫《しゅうかく》できない状態《じょうたい》だという。だから、農民《のうみん》は村《むら》を捨《す》て、子どもの手《て》をひいて、国内避難民キャンプといわれている所に、歩いたり、トラックに乗《の》せてもらって遠くから来《く》るのだった。さまよって来た人も沢山《たくさん》いる。

（キャンプにさえいけば、たべものもある、水《みず》もある、ゆっくり足《あし》をのばして寝《ね》られるだろう）。多分《たぶん》、みんなは、そういう希望を抱《いだ》いて来たに違《ちが》いない。ところが、実《じつ》際《さい》のキャンプは、自分《じぶん》の村と同《おな》じで干《ひ》あがっていた。お婆さんは皺《しわ》だらけの手で、私の洋服《ようふく》をひっぱるようにして、泣《な》き声《ごえ》でいった、「テントもない。水もない。子どもは土をたべているんです。国《くに》は何《なに》もしてくれません。ノー・ホープです！」。私は、これまで、アフリカや中近東《ちゅうきんとう》やアジアの色《いろ》んな難民キャンプに行《い》った。でも一度《いちど》も、こんな風《ふう》に、直接《ちょくせつ》、訴えられた事はなかった。まして、「希望がない」と、はっきり言《い》ってる人に会《あ》ったのも初《はじ》めてだった。

今度《こんど》のかんばつで、国内避難民になったのは百万人にもなるという。同じアジアの中《なか》に、こんなにひどい、恐《おそ》ろしい状況《じょうきょう》になっている国がある事を私は知《し》らなかった。そして、あまりにも無関心《むかんしん》だった事を申《もう》し訳《わけ》なく思《おも》った。熱《あつ》い風の吹く中で、なにひとつ文句《もんく》をいわないで立《た》ってる子どもたちを前にして、私は言葉《ことば》が出《で》なかった。そんな訳で、少しでも日本《にほん》のみなさんに、アフガニスタンの事を知って頂《いただ》けたら、とこの七月下旬《がつげじゅん》に見てきた私の報告を書《か》く事にした。

いま、アフガニスタンの九五％は、タリバンという人たちの勢力《せいりょく》によって支配《しはい》されている。タリバンとは「聖《せい》なる学生《がくせい》」という意味《いみ》。この春先《はるさき》に、テレビのニュースで毎日《まいにち》のように放送《ほうそう》された、バーミヤンの石《いし》の大《おお》きな仏像《ぶつぞう》をイスラム教《きょう》にとっては偶像《ぐうぞう》だとダイナマイトで吹きとばした人たちが、このタリバン。国際的《こくさいてき》には『イスラム原《げん》理主義者《りしゅぎしゃ》』と呼《よ》ばれている。多分、最初《さいしょ》は敬虔《けいけん》なイスラム教の信者《しんじゃ》で、聖なる学生だったのかも知れない。でも、いまは巨大《きょだい》な勢力になって、かつて美《うつく》しかったという首《しゅ》都《と》のカブールは、タリバンの侵攻《しんこう》で目茶苦茶《めちゃくちゃ》になってしまった。彼《かれ》らは、国際的なテロリストをかくまったり、アヘンの原料《げんりょう》のケシの栽培《さいばい》をしたりという事もあり、国際的に非難《ひなん》を受《う》け、国連《こくれん》はタリバンたちの治《おさ》めているアフガニスタンを認《みと》めていない。

カブールは危険《きけん》すぎるという事で、第一《だいいち》の商業都市《しょうぎょうとし》といわれているヘラートに、まず行く事になった。いま、アフガニスタンに入《はい》るのは難《むずか》しい。ふつうの飛行機《ひこうき》は乗り入《い》れていないので、隣《となり》のパキスタンの首都イスラマバードまで行き、そこから国連の二十人乗りの飛行機で行くしか方法《ほうほう》がないと知った。私は、現地《げんち》のユニセフからの助言《じょげん》に従《したが》って、頭《あたま》から黒い布をかぶり、体《からだ》の線《せん》がわからないような黒い洋服とズボン。肌《はだ》は、手と顔だけしか出《だ》していない、という格好《かっこう》で、煮《に》えかえるような暑《あつ》さのヘラートに着《つ》いた。タリバンの人たちが、大勢迎《おおぜいむか》えに来てくれていた。熱心《ねっしん》なイスラム教の人たちは、元来《がんらい》、女性と握手《あくしゅ》をしない。相手《あいて》が手を出せば、私も握手をするけれど、こっちからは一切《いっさい》、握手の手を出さないように、私は慎重《しんちょう》に行動《こうどう》した。どこに行くのにも、銃《じゅう》を持《も》ったタリバンの兵隊《へいたい》たちが車《くるま》にいっぱい乗りこんで護衛《ごえい》してくれた。もちろん、監視《かんし》という事も同時《どうじ》に行《おこな》われている。みんな地味《じみ》な色のターバンに長《なが》い服《ふく》で誰《だれ》が誰だか見当《けんとう》がつかない。でも馴《な》れると、タリバンの兵隊と、タリバンの上層部《じょうそうぶ》と、タリバンの秘密警察《ひみつけいさつ》（彼らは宗教警察《しゅうきょう》といっているけれど）と、ふつうの町《まち》の人、という風に、だんだんわかって来るといわれた。

ヘラートの町の中は、有名《ゆうめい》な寺院《じいん》、ブルーモスクや、背《せ》の高《たか》いミナレットなど、美しいイスラム教の代表的《だいひょうてき》な建物《たてもの》が、きわだっていた。ブルーモスクのタイルが、はげ

落《お》ちている所を、何人《なんにん》もの老人《ろうじん》や若者《わかもの》が伝統的《でんとうてき》なやりかたでタイルを焼《や》き、色をつけて修復《しゅうふく》していた。バーミヤンで、石仏《せきぶつ》をこわしている所を散々《さんざん》見た私は、イスラム教のものなら熱心に修復するのだな、と観察《かんさつ》した。私たちは国連の宿舎《しゅくしゃ》に泊《と》まる事になっていた。二階《かい》の私の部屋《へや》の真下《ました》の地下《ちか》に、バンカーと呼ばれる防空壕《ぼうくうごう》があった。『パンパン』という音《おと》なら寝てていいです。『バーン』という音がしたら、すぐ、バンカーにいって下《くだ》さい」とセキュリティーの責任者《せきにんしゃ》から説明《せつめい》を受けた。バンカーの中は、お水や、一寸《ちょっと》した食糧《しょくりょう》や、懐中電灯《かいちゅうでんとう》があって、戦争中《せんそうちゅう》を思い出した。バンカーからの非常出口《ひじょうでぐち》には、土嚢《どのう》がうずたかく積《つ》んであり、日本の外務省《がいむしょう》の「アフガニスタンは危険度《きけんど》5です」というのが、なるほどと思えた。5が最高《さいこう》なのだから。

私がユニセフの親善大使《しんぜんたいし》としてアフガニスタンに行った理由《りゆう》は、勿論《もちろん》、子どもたちの現状《げんじょう》を同行《どうこう》のテレビ局《きょく》の人たちの映像《えいぞう》や、いくつかの新聞社《しんぶんしゃ》の記者《きしゃ》の記事《きじ》を通《とお》して、みなさんに伝《つた》える事もあるけど、今回訪《こんかいたず》ねたアフガニスタンは、他《ほか》の国へ行ったときと少し違っていた。それは、世界的《せかいてき》にも問題《もんだい》になっている事だけど、タリバンが女《おんな》の子への学校教育《がっこうきょういく》を一切禁止《きんし》にしている事だった。そして、この他にも、禁止事項《じこう》が多《おお》いのに驚《おどろ》いた。女性が外《そと》に出て仕事《しごと》をする事一切禁止。女性一人《ひとり》での外出《がいしゅつ》禁止。どうしてもというときは、旦那《だんな》さまか親戚《しんせき》の男《おとこ》の人がついていく事。勿論、外に出るときは、頭から顔から、すべてを覆《おお》う「ブルカ」を着用《ちゃくよう》する事。今《いま》は、黒だけじゃなく、水色《みずいろ》、緑《みどり》、黄色《きいろ》などのブルカがあるけれど、目《め》のあたりがメッシュになっていて、そこから外を見る。首筋《くびすじ》とか、垂《た》れた髪《かみ》の毛《け》とか、腕《うで》とか、腰《こし》のあたりなど、とにかく、女らしい所は、すべてかくす事。特《とく》に肌を出す事がいけない。ブルカをかぶった女の人と車に乗ったら私の前では「すいません」といって前をめくって顔を出した。慣《な》れてるといっても、やはり、うっとうしい、という事だった。そして、かくしてあるのに顔はバッチリとお化粧《けしょう》をしていた。それでも、すれ違う車があると、すぐ、前の部《ぶ》分《ぶん》をおろしてしまった。

それから、これは一般《いっぱん》の男女《だんじょ》、みんなにだけど、音楽演奏《おんがくえんそう》の禁止。踊《おど》りの禁止。絵《え》を描《か》く事禁止。映画《えいが》禁止。テレビ、ラジオ禁止。音楽のカセットテープなどの禁止。これは、町の所々にキラキラと光《ひか》るものがあるので、よく見ると、ひっぱり出したカセットテープを丸《まる》めて、直径《ちょっけい》五十センチくらいの玉《たま》にして、串刺《くしざ》しにしたものが空中《くうちゅう》にぶら下《さ》がっているのだった。「いましめ」にしても、太陽《たいよう》の光《ひかり》を反射《はんしゃ》してキラキラ光るグシャグシャのテープの玉は、風にふかれて、まるで、さらしものにされているように見えた。こんなに何もかも禁止している事も、アフガニスタンの経済《けいざい》が壊滅的《かいめつてき》になっている原因《げんいん》ともいわれている。

国際的には、女性の人権《じんけん》を認めないという事が問題になっている。私の訪問《ほうもん》の目的《もくてき》の一《ひと》つに、せめて国内避難民キャンプで、ユニセフが行っている女の子への教育を続けさせて頂きたい、とタリバンに申し入れする事があった。この間《あいだ》うち、しばらく閉《へい》鎖《さ》されていたからだった。また、ヘラートからガタガタ道《みち》を車で三時間《じかん》くらい行った所に、秘密の学校というか、女の子のための自宅《じたく》学校という、地域《ちいき》の人たちがお金《かね》を出して、先生《せんせい》を雇《やと》っている所がある。これなども、これだけ離《はな》れているのだから、という事で、タリバンにも黙認《もくにん》してもらっている。ここは私も行ったけど、まるでトルコのカッパドキアのような建物が立っていて、中は暗《くら》くて迷路《めいろ》。その三階あたりに教《きょう》室《しつ》があった。生徒《せいと》は七十人だった。一度に入る教室がないので、二十人くらいずつ時間制《せい》でやっているという事だった。先生は女性だった。この地域には、こういう自宅学校が三十五もあるという。それでも先生は、声をひそめて教《おし》えていた。こんな風にしなければ、女の子が勉強《べんきょう》できないなんて！　日本では想像《そうぞう》の出来《でき》ない事だと思った。

ヘラートで、いくつか行った国内避難民キャンプの一つでは、子どもを大勢集《あつ》めて、先生が地雷《じらい》についての授業《じゅぎょう》をしていた。土に半分《はんぶん》埋めた色んな形《かたち》の地雷があり、その説明と、まわりに赤《あか》く塗《ぬ》った石が置《お》いてあった。「赤い石を見たら、とにかく、そばに行かない事」と先生はいった。また、不発弾《ふはつだん》で大《おお》ケガをしている子どもも大勢いるので、いくつかの種類《しゅるい》の不発弾を地面《じめん》に置き「さわらない事」「遊《あそ》ぼうと思ってはいけない事」と先生はいった。アフガニスタンには、いま一千万個《こ》の地雷が埋まっているといわれている。どの国内避難民キャンプも郊外にあるし、キャンプを出て自分の村に帰《かえ》るときも、地雷が埋まっている可能性《かのうせい》があるので、先生も真剣《しんけん》だった。それにしても、二十一年も続いている内戦で、百万人が死《し》に、五百万人が難民になって隣のパキスタンやイランに逃《に》げ込《こ》んだ。国内避難民キャンプの子どもには孤児《こじ》が多かった。キャンプのまわりには、そのキャンプで死んだ子どものお墓《はか》が作ってあった。お墓といっても、埋めた子どもの上に、舟形《ふながた》に石ころを積み上げてある形なので、その子の体の大きさがわかって胸《むね》がつまった。長さが五十センチくらいのもあり、小《ちい》さい子どもだったのだと可哀《かわい》そうだった。ここまで来て、結局《けっきょく》、死ぬ事になる子どもに、楽《たの》しい時《とき》が少しでもあったのだろうかと、いつもの事ながら、涙《なみだ》をこらえるのが大変《たいへん》だった。子どものお墓は、どこまでも続いていた。そこのキャンプでは、一日《いちにち》に三十人か四十人が死ぬといわれていた。

タリバンの知事《ちじ》のランチに招《よ》ばれた。タリバンが、外国《がいこく》の女性に会う事は珍《めずら》しいという話《はなし》だった。これは、ユニセフのアフガニスタンの代表が、私の事を、あれこれ過《か》大評価《だいひょうか》して伝えてくれたせいもあったらしかった。私も、一体《いったい》、どういう人たちなのかと、何も見逃《みのが》すまい、という気持《きも》ちで出かけていった。知事の公邸《こうてい》は、気持ちのいい、水色が基調《きちょう》の西洋館《せいようかん》で、天井《てんじょう》が高く、すべてが洋風《ようふう》だった。

アフガニスタンにいる間じゅう、御飯《ごはん》のメニューが同じという事に私は驚いたけど、どうやら、お客様《きゃくさま》をもてなすときのメニューが、それと決《き》まっているらしかった。これは、反《はん》タリバンの大統領《だいとうりょう》にお招《まね》きを受けたディナーも同じだった。だから、アフガニスタンのお料理《りょうり》ってどういうのですかと聞《き》かれても、あれがそうなのか、私にはわからない。非常に簡単《かんたん》なので、そのメニューはすぐ言える。まず、オクラの煮もの。日本にあるのより少し長いオクラで、それを茹《ゆ》でて、煮たトマトと和《あ》えて油《あぶら》に漬《つ》けてあるもの。オクラは切《き》ってない。これ以外《いがい》の野菜《やさい》は見なかった。それと、骨《ほね》つき羊《ひつじ》の煮たか茹でたもの。ローストチキン。それに御飯。御飯は、中にお肉《にく》が入っている炊《た》き込《こ》み御飯の場合《ばあい》と、少しチャーハンみたいに、いためてあるみたいのとがあった。

これが御馳走《ごちそう》のメニュー。いくらメニューが同じといっても、これは最高のおもてなしのお料理だと思った。一般《いっぱん》の人が、こういうものを食《た》べられるとは思えなかったからだった。デザートは西瓜《すいか》。西瓜は水がなくても出来る、といわれているけど、本当《ほんとう》に、かんばつのアフガニスタンの町でも、沢山見かけた。私は毎回《まいかい》、御飯にオクラを切って乗せ、羊の煮くずれした部分を少し御飯にまぜ、それをたべた。西瓜は大好《だいす》きなので、いっぱいたべた。イスラム教の人は絶対《ぜったい》にお酒《さけ》を飲《の》まないので、当然《とうぜん》、何も出ない。私は、お酒を飲まないから平気《へいき》だけど、一緒《いっしょ》に行った日本のジャーナリストの人たちは、きっと、ビールなんか飲みたいのだろう、と夜《よる》なんか同情《どうじょう》した。飲みものはお水。お食事《しょくじ》のあとのコーヒーなどもなかった。

知事のランチは、知事の他に、ヘラートの市長《しちょう》、外務省のナンバー1、ナンバー2というエリートの首脳《しゅのう》たちだった。私が、かなり驚いたのは、みんなが若《わか》いという事だった。知事でも、せいぜい三十五歳《さい》くらい。市長が三十三歳くらい。外務省の切れもの、と言われているナンバー2は、なんと二十一歳だった。若々しく愛想《あいそう》がよかった。勿論、みんな、ひげを生《は》やしていた。ランチのあと席《せき》を変《か》えて、ソファーが沢山ある会見場《かいけんじょう》のような所に移《うつ》った。ユニセフのヘラートの事務所長《じむしょちょう》が通訳《つうやく》になった。タリバンの言葉は、ダリ語、パシュトゥー語《ご》といわれている。私はまず、国内避難民キャンプで、女の子にも教育している事を許《ゆる》してくれている事に対《たい》してお礼《れい》をいった。知事は饒舌《じょうぜつ》な人で、私がそういうと、たちどころに、「イスラム教の教えに従っていえば、女子《じょし》教育の禁止はしていないのです。でも、人々《ひとびと》が飢《う》えて苦《くる》しんでいるのに、教育を与《あた》える事が出来ますか。（小泉首相《こいずみしゅしょう》なら、ここで、すかさず『米百俵《こめひやっぴょう》』の話をなさるだろう、と私は考《かんが》えた）。もし経済が安定《あんてい》すれば、女子教育の事も考えます。でも、女子生徒が、顔や体をかくせる、隔離《かくり》された教室が必要《ひつよう》になります。そうした訳《わけ》で、経済が混乱《こんらん》しているので教育に力《ちから》が入れられないのです」といった。日本で、アフガニスタンについて勉強したとき、タリバンは一枚岩《いちまいいわ》ではありません、と教えられたけど、そうなのかなとも思った。

そしてまた、「我々《われわれ》は、アヘンのケシの栽培をするので国際的に評判《ひょうばん》が悪《わる》いのですが、いまケシの栽培を規制《きせい》しています。世界のかたは、バーミヤンの石像《せきぞう》をこわした事だけ報道《ほうどう》して、我々がケシの栽培をやめている事を一向《いっこう》に報道してくれません」。この、ケシについては、一時《いちじ》、三分《ぶん》の一くらいはやめていたけれど、なんといっても資金源《しきんげん》になるので、またはじめた、という話もあるし、そうかと思うと、空《そら》からの衛《えい》星写真で見ると、本当にやめているという説もある。真偽は、わからないけれど、少なくとも、そこにいたタリバンの人たちは、女の子にも教育が必要な事は認めていた訳で、もし、これが本当なら、どんなにかいいのにと心《こころ》から願《ねが》った。それにしても、この知事が物凄《ものすご》く話が上手《じょうず》で、次《つぎ》から次と言葉が出てきて、どこで息《いき》をしているのかわからないくらい息継《つ》ぎがうまい事を発見《はっけん》した。

私は、話が一段落《いちだんらく》したとき知事にいった。「私は女優《じょゆう》なのですが、知事の話《はな》しかたがお上手なので驚いています。そんな風にお上手なのは、この地位《ちい》にお就《つ》きになってからなのでしょうか？　それとも小さい頃《ころ》からですか？」。このタリバンの人たちが、全員《ぜんいん》、英語《えいご》がわかる事は、私がこういったとき、まだ、通訳が口を開《ひら》く前に、みんなが笑《わら》ったのでわかった。知事は笑いながらこういった。「私は、知事の前は、タリバンのスポークスマンをやっていました」。（えっ!!　タリバンのスポークスマン!!）。なんか、私たちは驚いて、シーンとしてしまった。タリバンのリーダー格《かく》の人たちは、ほとんど、内戦のときパキスタンに逃げた難民で、小さいときから、パキスタンの難民キャンプで教育を受けた、といわれている。

随分《ずいぶん》、色々な話をして、私たちは失礼《しつれい》した。元来《がんらい》、タリバンはテレビに顔を写《うつ》させないという話だったけど、知事をはじめ、みんな、テレビ朝日《あさひ》のキャメラマンが撮《と》る事を、話している間じゅう、まったく止《と》めようとはしなかった。日本の新聞記者のフラッシュも大丈夫《だいじょうぶ》だった。矛盾《むじゅん》していると思うけど、タリバンと、うまくやっていかなければ、ユニセフは、タリバンの子どもたちを助《たす》ける事は出来ない。手を引《ひ》けば、どれだけの子どもたちが死ぬだろう。私が行った事によって、ユニセフはとても仕事がしやすくなった、といってくれた。でも、世界から認められていなくて、平和《へいわ》のテーブルにつこうとしないで内戦をやっているタリバンの人たちのやりかたは、一体、どういう事だろうと考える。

いま、百万人という国内避難民にユニセフが必死《ひっし》で教育しているのは「いずれ、この子どもや大人《おとな》は、自分たちの村なり町に帰る。そのときキャンプでの教育が役《やく》に立つ。そうすれば、国を立ち直《なお》らせる事も出来るだろう。のちの世《よ》に役に立つに違いないから。いまが大切《たいせつ》！」という思いでやっているのだ、とユニセフのアフガニスタンの代表から聞いた。

ヘラートから、反タリバンの大統領がいらっしゃるファイザーバードに出発《しゅっぱつ》する日、飛行場《ひこうじょう》にタリバンが見送《みおく》りに来た。特に、あのナンバー2が、ニコニコして来てくれて、別《わか》れぎわに英語でこういった。「いつでもいらして下さい。私たちは、あなたを喜《よろこ》んでお迎えしますので」。私は「ええ、平和になったらね」といって、彼の顔を見た。顔色は変わっていなかった。しかも、これから私たちが、反タリバンの大統領に会う事を知ってて、送りに来てくれたのだった。こういう、若い柔軟《じゅうなん》な教育のある、エリートのタリバンが本当に平和を願ってくれたら。飛行機が飛び立つまで、ずーっと彼は手を振《ふ》ってくれていた。

ヘラートから三時間。ファイザーバードは北東部《ほくとうぶ》にあり、七〇〇〇メートル級《きゅう》の山《やま》にかこまれた、のどかな所だった。反タリバンの地域なので、どことなく自由《じゆう》だった。女の子は、みんな学校で勉強をしていた。女性も、一人で外出していいので、ブルカの女性が沢山歩いていた。川《かわ》の水が流《なが》れているのに、ここでも、かんばつの被害《ひがい》がひどい。なぜかと思ったら、灌漑施設《かんがいしせつ》がないので、畠《はたけ》に川の水をひけないのだ、とわかった。雨だけに頼《たよ》っている農業《のうぎょう》は、こういうとき打撃《だげき》を受けるのだという事も知った。

ファイザーバードだけにあるという、珍しいリンゴを見た。いままで見た事のないリンゴだった。割《わ》りと小さく、全体《ぜんたい》の色はオレンジ色だけど、そこに、まるでセザンヌが描いたように、上のほうから、真《ま》っ赤《か》な線が、長いの短《みじか》いの、美しい模様《もよう》になっている。味《あじ》も甘《あま》くて、かんばつをまぬがれた唯一《ゆいいつ》のたべもののように思えた。

平和に見えるこの地域も、親《おや》を内戦でなくした子どもで、孤児院《こじいん》は溢《あふ》れていた。それでも、婦《ふ》人会《じんかい》があり、女性のみんなと話をしたけど、ほとんどが戦争未亡人だった。それでも、女性たちが力を合《あ》わせて、外の仕事をうけおって、分担《ぶんたん》して収入《しゅうにゅう》を得《え》るようにしている、と話してくれた。色んな話をした。このとき思い切って質問《しつもん》をしてみて面白《おもしろ》かった。私の質問は、女の人同士《どうし》、ブルカを着《き》て歩《ある》いているとき、前から来た女の友《とも》だちの事を、誰さん、と外から見てわかるかどうかという事だった。みんなは大笑いして「これが、わかるのよ」といった。ブルカの下《した》から、一寸出ている、ふくらんだパンツの模様とか、サンダル。ほんの一寸した、しぐさ、肩《かた》のまるみ、胸の厚《あつ》み、そういう事で、女同士は、すぐわかるという事だった。「ところが、男ときたら、全《まった》く外からじゃわからないのよ。たとえ、奥《おく》さんと、すれ違ってもわからないんじゃないかしら」といって、クスクス笑った。「男は観察《かんさつ》が悪いから」ともいった。久《ひさ》しぶりに聞いた女の人の笑い声だった。未亡人たちは、心の中で死んだ旦那さんの事を考えているだろうな、と思った。

ここの町には大きな学校があった。小中高《しょうちゅうこう》とつづいている学校で、男子《だんし》が千九百人、女子が二千二百人、先生が百七十人という大規模《だいきぼ》な学校だった。町というより村といった感《かん》じで、学校は畠や木《き》にかこまれていた。のどかな風景《ふうけい》だった。小さな女の子のクラスが、天使《てんし》のような声で歌《うた》ってくれた。「私たちは、この国の子どもです。この国が大好きです。もし祖国《そこく》が、私の命《いのち》を必要とするならば、いつでもさしあげましょう。でも、私たちは、平和がほしいです。戦争は、うんざりです。でも、私たちは、この国の子どもです」。この国といっている、この子たちの国は、何を指《さ》していっているのだろう。ここは、タリバンが支配《しはい》していない五%のアフガニスタン。

でも、私たちは、このとき、はっきりとは知らされていなかったけど、直線距離《ちょくせんきょり》にして百十キロの所まで最前線《さいぜんせん》が来ていたのだった。そこで銃弾《じゅうだん》が飛びかい、この子たちのお父《とう》さんも死んでいっている。実《じつ》は、私たちがいる間に、この町にも召集《しょうしゅう》がかかるギリギリの所まで内戦は迫《せま》っていた。私たちが会った、町の長老《ちょうろう》たちの中に、若いけれど北部同盟の副司令官《ふくしれいかん》という人がいた。体をこわしているといったけど、この人は、召集をかけるか、どうするか、考えあぐねていた。私たちが行っているときに、そういう所は見せたくない。でも、百十キロの所まで最前線は来ているのだ。勿論、これは、あとになって聞いた事で、結局、召集はなかったけれど、知っている人は、みんな真っ青《さお》な顔になっていたそうだ。

あの素晴《すば》らしい、女の子が二千二百人もいる学校も、もし、タリバンに占領《せんりょう》されたら、すぐ閉鎖になってしまう。先生も生徒も、必死に勉強しているのが、私にも伝わった。教室が足《た》りなくて、高校生《こうこうせい》は校庭《こうてい》の土の上に、机《つくえ》も椅子《いす》もないのに、キチンと間隔《かんかく》をおいて座《すわ》って勉強をしていた。北《きた》のほうといっても、暑《あつ》さはヘラートと変わらない。太陽の真下《ました》で高校生は勉強していた。閉鎖なんてされないように！　私が帰るとき、みんなが飛び出してきて手を振ってくれた。そして「私たちはこの国の子どもです」の歌が、子どもたちの口から出た。そして、大きな合唱《がっしょう》になった。「私たちは、平和がほしいです。戦争は、うんざりです」。車のほうに歩きながら、私は空を見た。入道雲《にゅうどうぐも》も聞いているように思えた。「おねがいしますね」。意味《いみ》もない事のように思えたけど、私は、そういうしかなかった。

反タリバンのラバニ大統領にお目にかかった。首都カブールの大学《だいがく》でイスラム法《ほう》や哲学《てつがく》の教授《きょうじゅ》をしていらしたという大統領は、そんな危険が迫っている、という事に全く気づいていないかのように、おだやかに、知的《ちてき》にお話しになった。「何よりも欲《ほ》しいのは平和です」「タリバンに武器《ぶき》を与え、支援《しえん》している国々が手をひけば、戦争のない国になるはずです」「私は、いつでもタリバンと話し合う用意《ようい》は出来ています」。白《しろ》い美しいひげで、笑顔《えがお》の似合《にあ》う大統領だった。その夜は、大統領とのディナーもあった。建物のすぐ近《ちか》くにヘリコプターがあった。「もしものとき、大統領は、あれで逃げるのかな」。誰かのヒソヒソ声が聞こえた。大統領は、ゆっくりと召《め》し上《あ》がっていた。いかにも、御《お》食事を楽しんでいる、という風だった。食後《しょくご》に、あのセザンヌのリンゴをすすめて下さった。おわかれのとき私は、「また、お目にかかりましょう」といいながら、「また」という日が来ればいい、と心の中で思っていた。前の大統領が、どんな風にタリバンに処刑《しょけい》されたか、私は映像で見て知っていたからだった。大統領は、ニッコリ笑って、「日本のみなさんに、よろしくお伝え下さい」とおっしゃって、夜の闇《やみ》の中に消《き》えていった。

ファイザーバードにも国内避難民キャンプはあった。そこは、二千人のキャンプだった。ほとんどが、内戦で家族を失《うしな》い、自分の村が戦場《せんじょう》になったので、逃げてきた人たちだった。土の家に住む男性《だんせい》は「家《うち》に帰ったら、妻《つま》をはじめ、子どもたちが、ロケット弾《だん》にやられて、みんな血《ち》だらけで、バラバラになって死んでいた」と一点《いってん》を見つめて話してくれた。私は、そのとき考えた。これまで行った国は「内戦が終《お》われば、なんとかなる」「この、かんばつが終われば、なんとかなる」、そういう希望があった。でも、この国は、「一体、何が終われば、なんとかなるのだろう」。出口なし、希望もなしなのだろうか……。そのとき私は、リハビリセンターで会った、羊飼《か》いの少年《しょうねん》を思い出した。思いもかけない近い所に地雷があったので踏《ふ》んでしまい、その少年は、左足《ひだりあし》をものつけ根《ね》からなくした。でも、義足《ぎそく》をつけてもらって練習《れんしゅう》をして、杖《つえ》をついたら歩けるようになった。「また、羊と暮《く》らせます。うれしいです」。少年は、目を輝《かがや》かしていった。国内避難民キャンプで勉強をしていた小学生《しょうがくせい》の女の子たちに、「大きくなったら、なにになりたいの？」と私が聞いたら、全員が「はい、はい」と手をあげ、元気《げんき》な声で「先生になりたいです」といった。勉強を禁止されている中でも、先生になるのだと、その子たちはいっている。

　ファイザーバードのあと、パキスタン最大《さいだい》の難民キャンプのあるペシャワールにいった。アフガニスタンからの難民のためのキャンプで、もう二十年も、ここで暮らしている人もいる。さすがのパキスタンも、もう、これ以上《いじょう》難民を受け入れられない、難民は国に帰ってほしい、という政策《せいさく》を考えはじめた。そんなキャンプの中で、大人が文句をいい、夫《おっと》が死んだと泣いているお婆さんたちの間に、目の不自由《ふじゆう》な小さい女の子が立っていた。私は、その子に、私の顔を触《さわ》らせて、どんな人が話しかけているのかを知ってもらおうとした。私の顔を触った、その子は、小さい声でいった。「私のお母《かあ》さんと似《に》てるのね。お母さんは、ずっと帰ってこないのよ。でも、絶対、いつか帰ってくるから、私、ここで待《ま》ってるの」。そういってニッコリ笑った。「ノー・ホープ」と、お婆さんはいったけど、子どもたちは、こんな風に、みんな希望を持っている事に、私は、あらためて気がついた。希望を失った子には、これまで、どんな難民キャンプでも、どこでも、あった事がないんだと、うれしくなった。前にスーダンの病院《びょういん》で会った少年は、地雷が爆発《ばくはつ》して、右目《みぎめ》を失明《しつめい》し、次の日、眼球《がんきゅう》を摘出《てきしゅつ》する手術《しゅじゅつ》をするというのに、私が、なにになりたいか、と聞いたら、「病気を治《なお》すお医者《いしゃ》さんになりたいです」と答えた。

神様《かみさま》は、きっと小さな子どもたちに、希望を持つ力をお与えになっているに違いない。希望を持ち続ける子どもたちなら、なんとか、やってくれるかも知れない。あの子どもたちが、目を輝かして自由に生《い》きる社会《しゃかい》を作る事。そして、その子どもたちが、アフガニスタンに平和を築《きず》く事。夏《なつ》は四十五度でも、冬《ふゆ》になれば零下《れいか》二十五度になる国内避難民キャンプにいる子どもたち。今年《ことし》のお正月《しょうがつ》には、寒《さむ》さで、沢山の子どもが死んだ。「この冬は、一人も死なせない」とユニセフは誓《ちか》っている。(どうぞ、雪《ゆき》がキャンプに降《ふ》りませんように)(暖《あたた》かい冬になりますように)。現在《げんざい》のアフガニスタンの子どもたちの事を知ったら、やさしい心の人たちは、きっと、こんな風に祈《いの》ってくれるのではないか、と思っている。

ここまで書いて原稿《げんこう》を渡《わた》したあと、突然《とつぜん》、アメリカで、同時《どうじ》多発《たはつ》テロが起《おこ》った。そして、ニュースは、タリバンが、かくまっているビン・ラディン氏《し》が手を貸《か》していると報道している。アフガニスタンの名前《なまえ》が、こんな形で出るなんて。ブッシュ大統領は、どんなことをしてもビン・ラディン氏を探《さが》し出し報復《ほうふく》するといっている。いままで も、六百万人の人達《たち》が、支援なしでは生きていかれないといわれているアフガニスタン。乾いた土の上にすわって、支援を待っている子ども達。これから零下二十五度にもなる冬にむかって、たべものもなく、どうやって生きていくのだろう。これ以上、子どもたちに悲劇《ひげき》が起《おこ》りませんように。

対談　希望とまごころの歌

なかにし礼
黒柳徹子

なかにし　黒柳さんが『窓ぎわのトットちゃん』以来二十年ぶりに出版された『小さいときから考えてきたこと』を拝読して本当に感動しました。なにしろ文体が素晴らしい。常日頃僕は黒柳さんの話す言葉は一級の音楽だと思っているのですが、その音楽がこの本の文章の中にそっくりそのまま生かされているのが凄《すご》い。人間が叡智《えいち》を失いつつある今こそ、多くの人に読まれるべき一冊だと思います。

黒柳　ありがとうございます。

なかにし　どの一編も出色ですが、僕は特に巻頭の「赤い松葉杖《まつばづえ》」が好きなんです。同じ病気にかかりながらも、黒柳さんは治り、治らなかった女の子は松葉杖をついて歩いている。黒柳さんは「世の中には不公平！　というものが、ある」ことに気が付き、自分が恵まれていることを恥じる。このエッセイを読んで、黒柳さんには当時すでに黒柳徹子の精神の核のようなものがあり、それが現在まで続いているのだと思いました。

黒柳 今なら声をかけてあげるでしょうけれど、五歳ですからね。あの頃は自分だけ治って、何か悪いことをしたように感じていたんですね。子供ってみんな自分が悪い、自分がいけなかったんだって思っているんです。ルワンダの内戦で親を亡《な》くした子供たちが、親が殺されたのは自分が親の言うことをきかなかったからだと自分を責めているの。それを知って、神様は何と純粋なものを子供たちにお与えになっているのだろうと思いました。自分がやったにもかかわらず、何とか他人のせいにしようと考える大人《おとな》が多いのに、子供は自分がやったのではないのに自分のせいにする……。きっと私たちみんなそうだったんだろうけれど、そういうものを忘れているのだろうと思います。美智子様もお小さい時にお読みになったという、私の大好きな「点子ちゃんとアントン」を書いたエーリヒ・ケストナーの言葉に「大切なことは、自分自身の子どものころと、破壊されていない、破壊されることのない接触を持ち続けること。おとなが、子どもと同じ人間だったことは、自明でありながら、不思議なことに珍らしくなっている」というのがありますけど。

なかにし 我々大人は「目覚めよ」なんて言うけれど、本来、人間は誰でもそういう心を持って生まれてくるのだから、本当は失ったことを思い出すために「目覚めよ」なんですよね。でも黒柳さんは小さい時から迷わずに考えてきたことが、大きくなった今（笑）、日常、活動している様々なこととイコールに、一本になっている。非常に不思議だと思うのは、黒柳さんにとって、時はどういう風に流れたのか……。

黒柳　どうなんでしょう……私、かれこれ五十年、芸能界にいるのに、いざこざもなく、このままでこられましたものね。どこかで折り合いをつけたのかしら……？

なかにし　折り合いつけてない（笑）。

黒柳　そうですね。初めは難しかったもの。ラジオの収録で、個性が強すぎて、よく「帰っていい」と言われてました。六千人の応募で選ばれた十三人のうちの一人だというのに（笑）。でも、私、子供に上手に本を読んであげられる良いお母さんになりたくて、それを教えてもらえると思ってNHKに入ったので、「そんなものだろうな」と思っていました。自分のやるべきことが分かっていなかったのでしょうね。

なかにし　いや、実は黒柳さんが小さい時から自然にやっていたことが、やるべきことだったのですよ。その証拠がユニセフの親善大使。ユニセフ親善大使というと、大人の善意とかボランティア精神というところにいくけれど、黒柳さんの場合はそういうことと関係なく、〝トットちゃん〟の人生を生きてきて、自然にユニセフ親善大使という子供のために働くというところに巡り合うというか、行き着くというか……。

黒柳　私は自分で一度でも子供の時と同じであろうと思ったことはないんですけど。

なかにし　それはそうでしょうけれど、親善大使になるそもそものきっかけが『窓ぎわのトットちゃん』ですよね。

黒柳　ええ、前国連難民高等弁務官の緒方貞子《おがたさだこ》先生が推薦してくださり、英語版をニューヨークのユニセフ本部のみんなが読んで、これだけ子供がわかっていればと、すぐ決まったらしいです。

なかにし　『窓ぎわのトットちゃん』を読んで、この人こそ親善大使にふさわしいと判断した国連側もすごいですね。

黒柳　ええ、うれしく思います。私なら子供のことを本気でやってくれるだろうと考えてくださったのでしょうね。

なかにし　そして黒柳さんにとって親善大使という仕事は、国連が思った以上にふさわしい仕事だったのですね。それにしても、この巡り合わせは奇跡というか、出来すぎてると思いませんか。

黒柳　思います。親善大使になって最初にタンザニアに行った時、小さな名もない村で、村長さんが子供を集めるのに「トット」って言うんです。あら、私の『トットちゃん』を読んでくれたのかしら……それにしてもまさかね、と思って、現地の方に「トット」の意味を訊《き》いたんです。そうしたらスワヒリ語で子供のことを「トット」というと。その時私は「おお、神様」でした。

なかにし 怖いくらい不思議。まさに神の配剤。

黒柳 アフリカの人たちに最も多く使われているスワヒリ語の「子供」という単語が、私の子供時代の呼び名だったとは、偶然とはいえ、不思議な気がしました。神様が子供のために働けとおっしゃったようで嬉《うれ》しかったですね。

なかにし すべては『窓ぎわのトットちゃん』から始まったわけですが、親善大使以外にも、その印税で「トット基金」を設立して、聾唖者《ろうあしゃ》の劇団を運営なさったり、トットちゃんの社会的貢献は大きいですよ。

黒柳 ありがとうございます。でも、私がＬＤだったらしいという波紋もありました（笑）。

なかにし 「エジソン、アインシュタイン、黒柳徹子」ですね（笑）。

黒柳 ニューヨークのお友達が「世界の偉い人と一緒にあなたの名前が出てる」って、印刷物をくださったの。読んでみたら「みんなＬＤだった」と書いてあるの。で、ＬＤってなんだと思ったら、「学習障害」と訳されているの。まだ「ＬＤ」という言葉が今ほど一般的ではありませんでしたから、私、何か障害があったのかしらと、「LD」について勉強したんです。ある本には「黒柳徹子はLDだった」って断定されてました（笑）。

なかにし　僕も「LD」という言葉、その具体的な症状、行動というものは黒柳さんの『小さいときから考えてきたこと』で初めて知りました。「注意欠陥障害」とか「多動性障害」……。

黒柳　ある大学の先生が『窓ぎわのトットちゃん』をお読みになって、もしかしたら私が「LD」だったのではないかとおっしゃったことが発端らしいんです。「LD」は知的に問題はないんです。個性が強い子が多いのね。

なかにし　僕が黒柳さんのお書きになったものから受ける印象は、大人が失っている「子供らしさ」とか「純なもの」「まごころ」なのですけれど、今の日本のひとくくりの教育だと、障害になってしまうのですかね。しかし、それで退学になってトモエ学園の小林校長先生と出会うわけですから、人生は素晴らしいと思います。

黒柳　本当にそうですね。私、初登校した日に校長先生と四時間話したらしいんです。初めて私の話を真剣に聞いてくれた家族以外の大人だったんですね。で、この人はいい人だ、すごくこの人が好きだ、話が終わってしまったら、この人との関係も失《な》くなってしまう、何か話さなくてはいけない、と……。私、自分の生涯であれほど焦《あせ》ったことはないと、今でも思います。今ならもっといろいろ話せるでしょうけど、六歳でしたから。

なかにし　六歳で四時間自己表現するというのもすごいけれど、聞いていた校長先生も立派ですね。

黒柳　その先生がいつも私に「君は本当はいい子なんだよ」っておっしゃって……「本当は」っていうのがついていたというのに気がついたのは大人になってからなんですけど、私は校長先生のこの言葉で勝手にいい子なんだと思いこみ、先生を信頼して自信を持って大人になったと思います。

なかにし　おそらくそれまでは、〝トットちゃん〟が動くと、世の中何かザワザワして、うまく世の中と関われなかった……でも、その四時間から〝黒柳徹子〟が目覚めたのだと思います。その先生と出会うことによって、世の中とのパイプができたというか……。

黒柳　そうですね、もちろん当時はそんなこと知りませんし、自覚もないですし、はっきりとは分からないものの、心の片隅に疎外感《そがいかん》のようなものがあったと思います。

なかにし　「反省は母の胎内に置いてきた」黒柳さんでも（笑）……。

黒柳　ええ、でもトモエ学園でそれが消えました。同じクラスにポリオで身体《からだ》が不自由な子もいたんですけど、小林校長先生は「みんな一緒にやるんだよ」としかおっしゃらない方でした。

なかにし　聞けば聞くほど優れた先生ですね。弱者に対する黒柳さんの基本姿勢はまさに「みんな一緒」ですものね。「人間は七歳までに受けた影響を一生引きずる」とボードレールが言っていますが、黒柳さんの人格はその時期に形成されたといえますね。最高の出会いでしたね。

黒柳　ですから『窓ぎわのトットちゃん』はその小林校長のことを忘れないようにと書き出したのがきっかけなんです。なかにしさんも子供時代をよく覚えていらっしゃいますよね。

なかにし　僕も子供の頃に味わったことがすべてですね。それをずっと持ち続けています。

黒柳　『赤い月』に書いていらっしゃるような悲惨な中を生き抜いていらした方だとは思ってもいませんでした。

なかにし　黒柳さんが親善大使で訪問されたアフガニスタンの子供たちに比べたら、僕のは悲惨には入らない。自然環境にしても過酷ですよね。我々には想像もつかないことばかりなんでしょうね。

黒柳　ほんとね、三年間も雨が降らなかったり、気温も夏は四十五度、冬は零下二十五度。それにアフガニスタンは世界一貧しい国のひとつです。

なかにし　しかも地雷だけでも一千万個あるといわれている所ですよね。よくいらっしゃいましたよ、アメリカの同時多発テロの直前に……。

黒柳　当時、イギリスの外交官に話したら、世界がどんなに広くても今のアフガニスタンに行く女優はあなただけでしょうと言われました。すでに危険度五でしたからね。

なかにし　危険の最高レベル。

黒柳　訪問国はユニセフ全体で決めるんですけど、アフガニスタンはアジアですから、私自身も前から行きたかったんです。ただ、親善大使になって十八年になりますが、アフリカのモザンビーク、ルワンダ、リベリアなど、そしてコソボといった緊急の所があって、なかなか行けなかったんです。それがようやくタリバンも会うといってくれてましたし……。それに私、自分の身に何かおきるとは全然思ってないんです。ユニセフの方々もご一緒だし、よほど勝手におかしな所に行かなければ、地雷を踏むこともないですから。

なかにし　それにしても、親善大使として訪問される国は、危険なところが多いでしょう?

黒柳　ええ、そうですね。世界の子供の八七%が発展途上国の子供たちなんです。支援を必要としているのはその子たちですから……。

なかにし　ええっ！　では日本やアメリカ、ヨーロッパなどの先進国の子供たちは、地球上では一三%でしかないんですか！　驚くべき数字ですね。知らなかった……。

黒柳　そうなんです。ほとんどの人がそのことを知りませんし、びっくりすることばかりです。

なかにし　しかし、そういうところに、行く情熱というのは並大抵のものではないですね。しかも十八年続けて……。頭の下がる思いです。

黒柳　本当に悲惨な状況の可哀相《かわいそう》な子供たちが待っているというだけで、行かなければ、というより行ってしまうんですね。ですから偶然、危険ぎりぎりで行ったところが多くて、ずいぶん私の人生にいろいろなものを与えてくれたように思います。アフガニスタンで感じたのは「希望」ね。難民キャンプで大人たちが「ノー・ホープ」と言っている中でも子供たちは希望を持っているの。例えば地雷で足を無くした羊飼いの少年が、粗末な義足をつけて、この義足があるから仕事ができるって……（いつも携えている写真を取りだし）見てください、この笑顔。

なかにし　子供は人類の未来です。子供の命も、いくら幼いとはいえ地球より重い。ですから、この笑顔を消すようなことがあってはいけない。それ故に神様は子供たちに、大人が忘れている「希望」を与えているのでしょうね。戦争をしている人たちも、自分たちの子供の頃を思い出してほしいですね。不寛容と欲にはまってないで……。結局、子供は大人が生きていく中で失ったり、失わされたりしてしまった人間として一番大切な純なもの、美しいもの、優れたものを持っているんですよね。

黒柳　ほんと、そうですね。

なかにし　そして、黒柳さんは子供がそういうものを持っていることを信じている。そうしたものが大人も含めて人間には一番大事だということ……それを信じることが黒柳さんの哲学なのだと僕は思います。黒柳さんとお話して、人間の幸運の基本は希望や純なるもの、つまり人間の善なるものを信じる心だと確信しました。黒柳さんは女優になっても、『徹子の部屋』というサロンの主人になっても、ユニセフの親善大使になっても、弱いものへの愛と思いやりを考えつづけていらっしゃる。それも昨日今日始まったことではなく、小さいころからそのまま、子供の持っている人間として一番大切なものを持ち続けていらっしゃる。永遠に〝トットちゃん〟。

黒柳　成長してないんですね（笑）。

なかにし　いいえ、大きくなりました（笑）。黒柳さんは、強い意志と実行力に裏打ちされている「まごころの伝道者」なのです。

（この対談は、「婦人画報」二〇〇二年一月号に掲載され、清流出版刊『人生の黄金律 なかにし礼と華やぐ人々　共生の章』に収録されたものを再録いたしました）

この作品は平成十三年十一月新潮社より刊行された。

小《ちい》さいときから考《かんが》えてきたこと

新潮文庫　く－7－6

平成十六年七月一日発行
令和六年八月十日十六刷

著者　黒《くろ》柳《やなぎ》徹《てつ》子《こ》

発行者　佐藤隆信

発行所　株式会社　新潮社
郵便番号　一六二—八七一一
東京都新宿区矢来町七一
電話　編集部(〇三)三二六六—五四四〇
　　　読者係(〇三)三二六六—五一一一
https://www.shinchosha.co.jp

価格はカバーに表示してあります。

乱丁・落丁本は、ご面倒ですが小社読者係宛ご送付ください。送料小社負担にてお取替えいたします。

印刷・大日本印刷株式会社　製本・加藤製本株式会社

ISBN978-4-10-133406-6 C0195